光文社文庫

長編時代小説

幻影の天守閣

新装版

上田秀人

JN166321

光 文 社

この作品は二〇〇四年十二月に光文社文庫から書下ろしで刊行された『幻影の天守閣』に、著者が大幅に加筆修正した新装版です。

目次

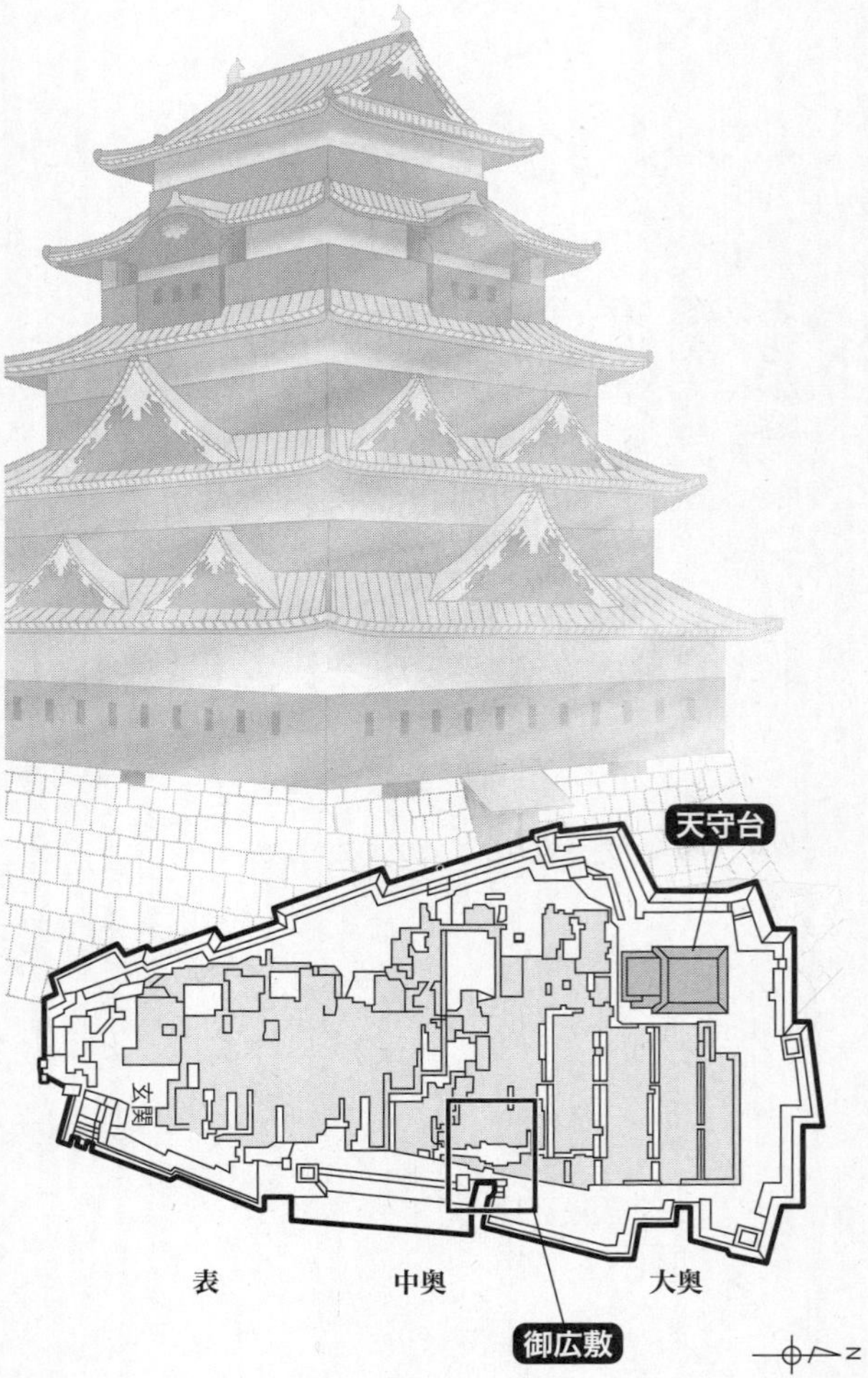

天守台
玄関
表
中奥
大奥
御広敷
N

天守台は大奥からすぐの場所にある。奥女中たちの勤務後の住居は、下図のようになっていた。将軍によって大奥の構造は大きく変わり、下図は家綱から綱吉にいたる際の大奥の図を推量して作成したもの。線の細かい部分は廊下。それ以外の細かく分かれている部分が部屋。長局が普通の女中たちの共同宿舎で、上局は上位女官の部屋となる。

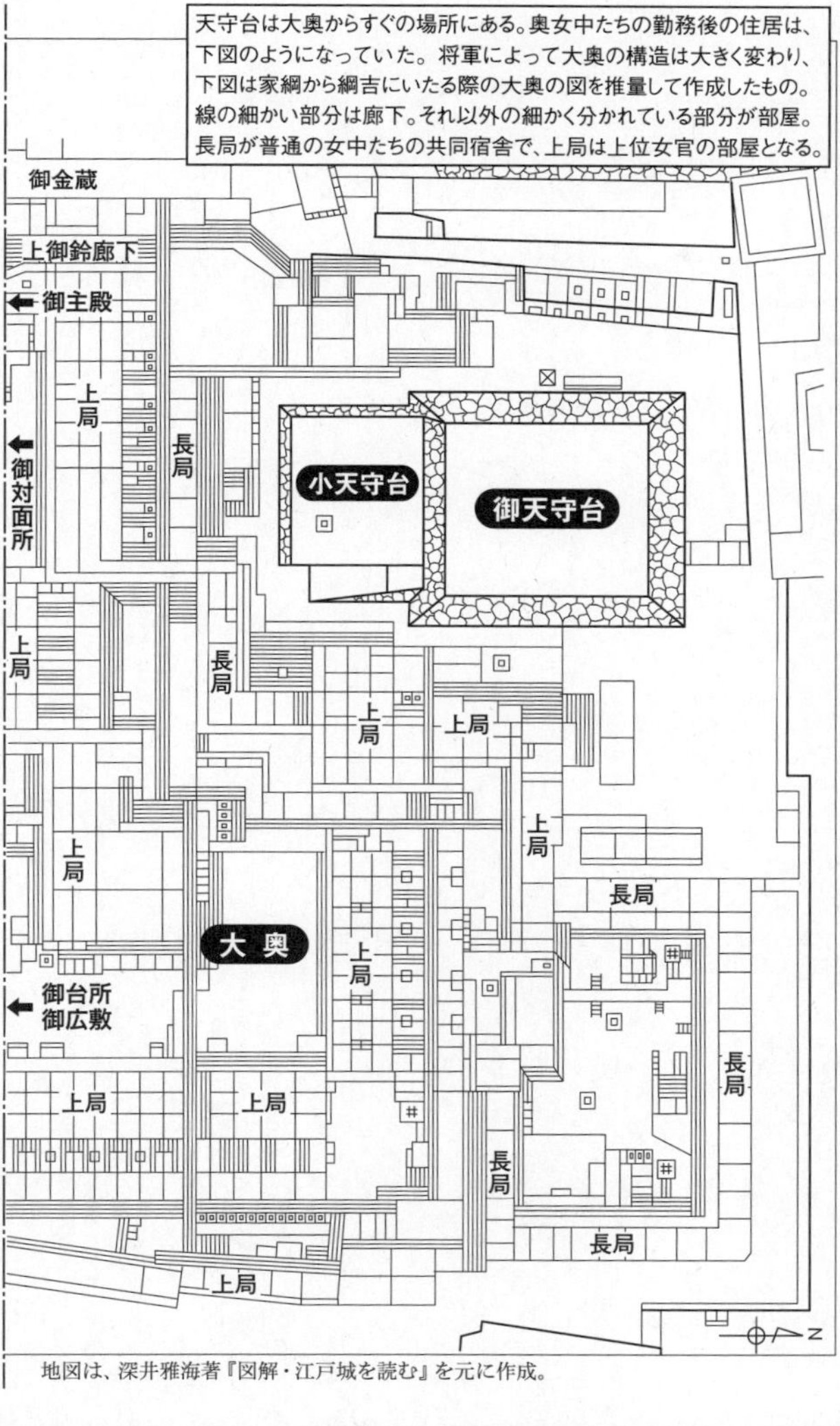

地図は、深井雅海著『図解・江戸城を読む』を元に作成。

幻影の天守閣

新装版

序章

工藤小賢太《くどうこげんた》がようやくえた役目は、御天守番《おてんしゅばん》であった。

御天守番は、留守居《るすい》支配で四百石高《こくだか》の組頭《くみがしら》四人と各組十人の番士からなる。小賢太は、その二番組、組頭春日半十郎《かすがはんじゅうろう》の配下の御天守番となった。

征夷大将軍徳川《とくがわ》家の居城である江戸城は、その規模、その華麗さでまさに天下城であるが、画竜点睛《がりょうてんせい》を欠いていた。

城の象徴ともいうべき、天守閣がないのだ。もちろん、家康が江戸に城を建てたときにはあった。

慶長《けいちょう》十二年（一六〇七）に完成した天守閣は、関ヶ原で天下を取った家康《いえやす》の気《き》概《がい》をかたどり、質実剛健《しつじつごうけん》なものであった。だが、この天守は、豊臣秀頼《とよとみひでより》を滅ぼし、家康が没した元和《げんな》二年（一六一六）から六年後の元和八年（一六二二）、完成からわずか十五年で破却《はきゃく》された。二代将軍秀忠《ひでただ》による江戸城拡張のためという理由であった。そして再建された二代目天守は、家康の五重六階と同じ構造ながら、戦国の終焉《しゅうえん》を報せるかのように規模は小さいものとなった。

しかし、この天守も十四年で消えた。

父秀忠の死を待っていたかのように、三代将軍家光《いえみつ》は天守閣を造りなおした。秀忠のものを石組みの土台からやり直し、初代家康の造ったものを忠実に再現しようとしたのだ。

黒銅板張りで、下総《しもうさ》からも見えたといわれる巨大な天守閣は、江戸へ参勤してくる大名《だいみょう》たちを威圧し、徳川が天下の主《あるじ》であると見せつけた。

まさに日本一の天守閣であったが、この寿命も短かった。家光が亡くなって六年、江戸が灰燼《かいじん》に帰《き》した明暦《めいれき》の大火で焼け落ちてしまったのだ。じつに十万人をこす死者を出した大災害は、三日にわたり城下町を蹂躙《じゅうりん》、その復興に莫大な費用を要した幕府は、四度目となる天守閣の建造をあきらめざるをえなかった。

番をすべき天守閣がないのに、役目だけは残った実態のない閑職こそ、天守番であった。

天守番を十五年もつとめている磯田虎之助《いそだとらのすけ》が、緊張している小賢太に話しかけた。

「初めての宿直《とのい》だからといって、気にすることは何もない。宿直でなにより大切なのは火事を出さぬこと。それを思えば、石造りの天守台しかない天守番は、他の役目に比べて気楽じゃぞ」

「はあ」

小賢太はどう返していいかわからず、曖昧《あいまい》な応答をした。

「では、見まわりに行くとしようかの」

天守番の宿直は二人一組となり、一刻《いっとき》（約二時間）ごとの見まわりと、詰め所での待機、休息を繰り返す。

深更《しんこう》の江戸城は静かであった。見まわりに出た小賢太は、左手にがん灯《どう》を持ち、磯田の前を歩いた。銅手桶のなかに十字を組んで蠟燭《ろうそく》を立てたがん灯は、鏡面に磨かれた銅に反射した明かりを前に放出する。三間《けん》（約五・四メートル）も届かないが、それでも足もとや、ちょっとした暗がりを照らすことはできた。

「日中とおなじ順路で行けばいい」

漆黒《しっこく》に染まった天守台付近でとまどいを隠せない小賢太に、磯田が指示をした。

明暦の火事で焼けた石垣は取り払われ、その跡に加賀《かが》藩が新しい天守台を積みなおした。かつては七間（約一二・七メートル）あったが、再建時に一間減らされ、六間（約一〇・九メートル）に減っている。とはいえ、江戸城内で一番立派な石垣であることは変わらない。

石垣をぐるりと回って小天守台側にでたとき、暗闇のなかに何かが走った。

小賢太ががん灯の明かりを向けた。

「何者か」

誰何《すいか》しつつ、小賢太は、右手を柄《つか》にあて、腰を落とした。剣士としての本能であった。

「……」

相手が無言で斬りかかってきた。がん灯を投げつけ、太刀を抜く。太刀で受け止められたがん灯が重いへしゃげるような音を出しながらつぶれた。辺りが、一瞬で暗闇になった。

小賢太は大きく後ろに下がって間合いを開けた。目が明かりになれている。夜目《よめ》が利くまでの時間稼ぎだった。

「一つ、二つ……五人か」

闇のなかにある五つの影を小賢太は確認した。

「どうした、工藤」

様子のわからない磯田がとまどっていた。

「曲者《くせもの》でござる、ご注意なされ」

小賢太の警告を聞いた磯田が、慌てた。

「く、曲者、そんな、ここはお城のなかぞ」

かろうじて太刀は抜いた磯田だったが、腰が浮いたままであり、剣術の経験がないと小賢太にはわかった。

曲者が小賢太に三人、磯田に二人と分かれて向かってきた。

「ちっ」

小賢太は舌打ちをした。曲者らがかなりの遣《つか》い手であることは、その身体から発せられる殺気からもわかる。とても磯田の加勢にまわることはできそうにもなかった。

小賢太は、太刀を青眼《せいがん》に構え、正面の敵に対峙した。

すっと敵が間合いを詰めてくる。小賢太は合わせるように前にでた。

「くっ」

押せば引くと思っていたのか、曲者が足を止めた。

だが、小賢太は、下がれば後ろに回っている敵が襲いかかってくるとわかっていた。囲まれたときには、目の前よりも見えない敵に気を遣う。剣術を長くやっているうちに身につく心得《こころえ》であった。

「りゃ」

短い気合いをあげて正面の敵が斬りかかってきた。

「……」

上段からの真っ向斬りを小賢太は太刀で受けなかった。受ければ、そこで太刀を止められてしまう。となれば、背後や横からの一撃に対処できなくなる。

すっと斜め前に出るようにして振りおろされた太刀を右脇に感じながら左足を軸に身体を回し、片手薙《な》ぎになった一撃でそのまま敵の背中から右脇腹を裂いた。

「ぐわはっ」

「くらえ」

小賢太は前へ出つつ、右足で絶命した敵の背中を蹴り飛ばし、近づきかけていた背後の敵にぶつけた。

「こいつっ」

「ふん」

味方の死体と交錯し、体勢を崩した敵に向き直った小賢太は、正面から斬りつけ、頸動脈《けいどうみやく》をはねとばした。

夜目にも紅《あか》い血が扇のように広がって噴き上がった。

「あああああ」

視界の隅に磯田が太刀を構えたまま、震えているのが見えた。

小賢太は、大声をかけた。

「磯田どの、叫ばれよ。腹の底から叫ばれよ」

真剣の立ち合いなど経験したことがないのであろう。磯田は真剣のもつ魔性に引きこまれ、身体が動かなくなっていた。緊張のあまり、呼吸さえまともにできていない。

かつて小賢太も、師範の小田切一雲《おだぎりいちうん》との立ち合いで陥ったことがあった。意識の範疇《はんちゅう》にない呼吸さえ、狂うのだ。身体の筋肉が思うように動かなくなるのも当然で、これを打ち破るにはとにかく声を出すしかない。そう一雲から小賢太は教えられていた。

自分の相手はあと一人、右手にいる敵を牽制《けんせい》しながら磯田の援護に走ろうとした小賢太が、苦鳴《くめい》を漏らした。

「間に合わぬ」

小賢太の目の前で、青眼に構えた磯田は声をまともに出すこともできず、袈裟懸《けさが》けに斬られた。

「きさまらあ」

小賢太が怒りにまかせて走った。

たちまち間合いがなくなった。磯田を斬った敵が、残心《ざんしん》の構えをあわてて青眼に戻したが、それを待つほど小賢太は優しくなかった。

下段におろした太刀を勢いのまま斬りあげ、股間から腹まで裂いた。

「ぎえええ」

絶叫する敵を気にすることなく切っ先を引き抜く。太刀に肉が巻きつけば、終わりなのだ。

「次は……」

小賢太は素早く残りの二人に目をやった。一人を倒した後こそ、つけいられる最大の隙《すき》であった。

「おい」

「うむ」

二人は互いに目配せをすると、小賢太に太刀を向けたまますると闇のなかへと消えていった。

「……」

あとを追うべきかどうか、一瞬小賢太は迷った。が、まずは磯田だと、考えた。

倒れている磯田の状態に、小賢太は息を呑んだ。

「磯田どの、磯田どの」

声をかけたが、磯田はまったく動かず、己の血だまりに身体が浸かっていた。

そこへ、新たな明かりが三つやってきた。小賢太の叫び声を聞いた番士が駆けつけてきたのだ。

「どうした、なにがあった」

そのなかに、組頭の春日半十郎の姿もあった。

小賢太は立ちあがって、春日半十郎に説明を始めた。

「ご城中に曲者だと……」

がん灯の明かりのなかに映しだされる磯田と曲者の死体に春日半十郎が絶句した。

「組頭どの」

「あ、ああ。お、御広敷番《おひろしきばん》に報せよ」

小賢太に声をかけられた春日半十郎が、我に返って指示を出した。

江戸城本丸《ほんまる》の北にある天守台から、将軍が夜を過ごす大奥《おおおく》まではすぐである。曲者の狙いが将軍の身にあると考えるのは、組頭として、いや、旗本《はたもと》として当然であった。

慌ただしく宿直番の同僚たちが走り回るのを、小賢太は呆然と見ていた。夢中であった戦いが終わり、組頭たちが来たことでほっと緊張が解けた小賢太は、初めて人を斬った衝撃に放心した。

「……」

無住心剣術《むじゅうしんけんじゅつ》の遣い手とはいえ、真剣勝負は初めてである。どの流派でも、旗本や御家人《ごけにん》、藩士などの身分ある弟子に真剣は使わせない。人を斬るということは恨みを背負うことでもある。主に仕《つか》え、一朝有事《いっちょうゆうじ》の際には命をかけて戦わなければならない武士にそれは許されないことだった。

配下たちに命《めい》を下し終わった春日半十郎が小賢太に声をかけた。

「よくやったぞ、工藤」

春日半十郎の褒《ほ》め言葉に、ようやく小賢太は顔をあげた。

「申しわけありませぬ。磯田どのを……」

大きくうなだれた小賢太を、春日半十郎が叱咤《しった》した。

「うぬぼれるでない。磯田とて一人前の番士である。昨日今日入ったばかりの工藤に助けられて喜ぶはずなどなかろう。見よ、太刀を抜き立派にお役目をはたして事切れた姿を。これこそ武士の鑑《かがみ》とすべきではないか」

春日半十郎の言葉の裏に小賢太は気づいた。春日半十郎は、ひそかに小賢太一人が手柄を立てたことにするなと伝えているのだ。事実のまま報告すれば、小賢太は大いに名をあげられるが、一人の曲者も倒せなかった磯田は恥となる。下手をすれば家督《かとく》相続が認められないかも知れないのだ。

「わかりましてございます。未熟、恥じ入りまする」

小賢太が低頭した。春日半十郎が首を振って頰をゆるめた。

「いや、工藤もよくやった。こうやって曲者の三人を屠《ほふ》ったのだ。多勢を相手に一刀でしとめるとは。これだけの武芸の士を配下にもてて、儂《わし》は鼻が高い。そなたは詰め所にもどって休むがよい。明朝、お目付《めつけ》さまのお取り調べがあろう。寝不足の頭で粗相《そそう》してはいかぬ」

「わかりましてございまする」

小賢太はまだ血糊《ちのり》のついた太刀を小脇に抱え、詰め所へと戻った。

旗本の俊英が選ばれる目付は峻烈《しゅんれつ》なことで知られ、役目にあるあいだは親子といえども義絶する。
百石取りの御家人でしかない小賢太は、本来目付の下役である徒目付《かちめつけ》の管轄にな
るが、城中での異変でもあり、特別に目付じきじきの聴取を受けることになった。
「目付、榊主水《さかきもんど》である。天守番工藤小賢太だな」
小賢太が呼び出されたのは城中表御殿檜《おもてごてんひのき》の間近くにある目付御用所だった。
目付榊主水を上座に調書《しらべがき》を書く祐筆《ゆうひつ》一人、徒目付が二人坐っている。そしてそ
の下座敷に平伏《へいふく》している小賢太と付き添いの春日半十郎が控えていた。
榊主水が重々しく取り調べを開始した。
「昨夜、天守台側であったことを包み隠さず申し立てよ。隠し立てはためにならぬ。
よいな」
「承知致しておりまする」
小賢太は応えた。
「では、まず、そなた、いつ曲者に気づいたか」
榊主水が訊いた。目付の権威は高く、大名といえどもそなたと呼ぶことが許され
ている。
「小天守階段の手前あたりで、がん灯の明かりのなかに走る影を見つけましてござ

めるように。栓《せん》

いまする」

「次に……」

詮議《せんぎ》は着々と進み、いよいよ核心へと入ってきた。

榊主水の顔が引き締まった。

「そなた、曲者に見覚えはないか」

榊主水はもちろん、徒目付二人の目が言葉の裏を見透かすかのようにじっと見つめる。

「ございませぬ」

小賢太はまっすぐ榊主水の顔を見つめて応えた。

「うむ。本日のお調べはこれまでとする。工藤、そなたはしばらく自宅で控えておるように。番勤めにはおよばぬ」

「御役御免《おやくごめん》ということでございましょうか」

何年もかけてやっとの思いでありついた役目を失うのは辛い。おもわず、小賢太は身を乗り出してしまった。

「そうではない」

短く言い残して榊主水が徒目付を伴って御用所を出ていった。

頭を下げてそれを見送った春日半十郎が小賢太に声をかけた。

「心配いたすな。工藤がしたことは褒められこそすれ、咎《とが》められることではない」

「ありがとうございまする」

小賢太は、礼を述べて自邸へと戻った。

第一章　楼閣の影

一

工藤家は、もともとは四百石の知行所《ちぎょうしょ》を持つ三河《みかわ》以来の旗本であった。

それが父の代のとき、役目上の不始末をしでかして三百石を減らされたうえ、家格をお目見《めみ》え以下に落とされ、小普請《こぶしん》入りを命じられたのだった。

小普請組は無役の旗本御家人が編入されるところで、一度入るとなかなか抜け出せない。旗本、御家人の数より、役目のほうが少ないのだ。不始末を起こしたあげくの小普請入りとなれば、さらに状況は悪くなる。

「吾《われ》が代でお目見えに復帰したい」

十八歳で家督を継いだ小賢太は、家禄を四百石に戻し、家格を復することを夢見ていた。将軍家に目見えができるかどうかは、旗本にとって、武士かそうでないかに等しいほどの差になる。

番入りを願い続けて七年、亡母の実家である千五百石取りの旗本で、御使番《おつかいばん》をつとめる菅原越前守正幸《すがわらえちぜんのかみまさゆき》の引きを受け、やっと手にした役目が天守番だった。どう考えても手柄の立てようもない閑職で、かつての工藤家とかけ離れた役目とはいえ、役料は入る。なにより、無役ではない。

「小普請よりはましだ」

まじめに務めていれば、いつかは日の目を見るだろうと職務に励んでいたところに、騒動であった。


待機を命じられて六日、なんの音沙汰もなく、小賢太は、忘れ去られたかのようであった。目付はもちろん、組頭の春日半十郎からもなにも言ってこなかった。

「どうなっているのだ」

不安を口にした小賢太を、先代の頃から仕えている小者《こもの》の子平《しへい》が慰めた。

「若さまは、見事なお手柄をお立てになられたのでございますよ。おそらくご出世となりましょう。そのお役目をどこにするかで、ときがかかっているだけでございましょう」

「であればよいがな」

小賢太は力のない笑いを浮かべた。

かつて小賢太の父が、役目のうえでの失策を犯したとき、その処分が決まるまでかなりの暇《いとま》があった。もちろん、閉門《へいもん》はその日のうちにおこなわれたので、今の小賢太が罪人扱いでないことはわかる。だが、宙に浮いたような状態はたまらなかった。

「身体でも動かさねば、やってられぬわ」

庭に出た小賢太は、嫌な気分を払うつもりで木刀を振った。

「……うっ」

手に人を斬ったときの感触がよみがえった。水の入った革袋を叩いたような感触の後にくる固い手応え。暗闇でよかったと、あらためて小賢太は思った。あれが白昼ならば、肉と骨、そしてあふれ出す内臓を目の当たりにして吐かずにはおられなかっただろう。

一人で木刀を振っていては、かえって気分が重くなる。

「道場に顔を出してくる」

小賢太は外出の用意をした。待機ではあるが謹慎ではない。遊興に出かけるのはまずいが、侍の表芸である武術の鍛錬となれば問題はなかった。

工藤小賢太は、無住心剣術の流祖針ヶ谷夕雲《はりがやせきうん》最後の弟子である。夕雲をして、「儂にあと五年の寿命があれば」と言わしめたほど天性のものを持っていた。

針ヶ谷夕雲は、文禄《ぶんろく》二年（一五九三）上野《こうずけ》針ヶ谷に生まれ、身の丈六尺（約一・八メートル）をこえる大男であった。若くから多種他流を学び、刃びきの刀を好んで遣い、斬るより殴るに近い荒々しい剣を遣った。

その夕雲が変わったのが、四十歳のときである。東福寺《とうふくじ》の虎白《こはく》和尚と知りあった夕雲は、禅に傾倒、悟りを開いた。

極意相抜《あいぬ》けである。

相抜けとは、実力がおなじ者同士なら戦う前に相討ちを悟り、静かに刀を引く。ただ、技量に差がある場合は、烈火のような剣で竹を割るように敵を倒す。すさまじいまでの豪剣であった。

その針ヶ谷夕雲が死んだあと、小賢太は夕雲と三度まで相抜けを果たした一番弟子の小田切一雲に預けられ、二十二歳で印可をうけた。小賢太はその小田切一雲の道場を目指していた。

小田切一雲の道場は深川《ふかがわ》にある。小賢太の住む橘《たちばな》町《ちょう》二丁目からは、東北に進み両国広小路《りょうごくひろこうじ》から両国橋をわたる。

江戸時代の初めに埋め立てが始まった深川は、当初は渡し舟でしか行けなかったが、万治《まんじ》二年（一六五九）に架けられた両国橋のおかげで便利になった。両国橋をわたって右に曲がれば、小田切一雲の道場はすぐである。

「工藤ではないか、久しいな。何かあったな」

縁側で白湯《さゆ》を飲んでいた小田切一雲の目が光った。

一雲は、正確には小賢太の兄弟子である。だが、小賢太を預かってもう長い。ほとんど師といっていい。それだけに弟子の機微には鋭い。

小賢太は先夜の一件を話した。

「ご城中に曲者とは、世の乱れる兆《きざ》しかの」

「また、天草《あまくさ》の乱のような戦が起こると申されますか」

小賢太は目を瞠《みは》った。剣の達人のなかには天変地異をあらかじめ悟る者がいる。一雲はそうであってもおかしくないだけの遣い手であった。

「いやいや。もう、あれだけのことは起こるまい。聞けば、将軍家には床に伏せられる毎日とか。主なき城は乱れるが常。御家人のおぬしにこのようなことを申してはなんだがの」

一雲は、白湯を飲み干すと、陋屋《ろうおく》の片隅におかれている木刀を二つ手に取った。

「どれ、その曲者の刀術を見せてみよ」

無住心剣術の道場は陋屋の前のならされた平地である。屋根も柱もなく、雨風を防ぐことなど端《はな》から考えていない。

「雨だから、風だからと、戦がなくなるか。剣を学ぶ意味のない者は去れ」

不平を漏らした弟子の全員を、一雲は一言で放逐《ほうちく》した。おかげでいっそう貧乏に拍車がかかった。

「はい」

裸足になった小賢太は、渡された木刀を構えた。五歳から剣を始めてすでに二十年。天賦《てんぷ》の才もあったが、無住心剣術の極意相抜けを一度経験したほどの腕である。相手の剣の動きはしっかりと憶えていた。

「拝見いたしたく」

陋屋のなかから一雲の師範代である真里谷円四郎《まりやえんしろう》が出てきて、縁側に坐った。

「来い」

一雲が、無住心剣術の基本である心持ち剣先を下げた青眼に構えた。それにたいし、小賢太は先日の曲者の動きを真似た。

三人分の動きが終わったとき、一雲が木刀を下げながら言った。

「念流《ねん》じゃな」

「慈音《じおん》禅師が編み出した本邦剣術の始祖と呼ばれるあの……」

「うむ。小賢太の足の動きは、蟹《かに》歩きと呼ばれる念流独特のものであるし、一度剣先をふれあわせてから、相手の太刀の動きを封鎖しつつ一刀のもとに斬りおろす刀法、まずまちがいないであろう」

一雲の言葉は、推測でありながら確信に満ちていた。

「先生は、念流と刃を交えられたことがおありでしょうや」

一雲をして我を超えるは円四郎のみと言わしめた弟子が、師匠に詰め寄った。

「落ち着け」

はやる弟子を尻目に、一雲がゆっくりと縁側に腰を下ろした。目で弟子に白湯を命じた。

「念流とは何度か刃を交えたことがある」

一雲が、小賢太を手で招いた。

小賢太は縁側に近い地面に坐った。

「念流は、柳生新陰流《やぎゅうしんかげりゅう》や小野一刀流《おのいっとうりゅう》のように足さばきに重きをおかぬ。剣先に俵をくりつけて微動だにせぬことを修練とし、一撃必殺を旨《むね》とする」

一雲は、円四郎が差し出した白湯を一口すすった。

「我が無住心剣術は、一瞬で敵とおのれの技量の差を読みとり、一刀で片をつける。念流と似ているようだが違う」

小賢太は問うた。

「念流はどのあたりで隆盛をむかえているのでございましょう」

「高崎《たかさき》に本家の道場があるという。もちろん、江戸にも道場はあろうがな」

小賢太は、道場を辞した。

道場から帰って質素な夕餉《ゆうげ》を摂り終わった小賢太の屋敷を、一人の侍が訪ねてきた。

「拙者は、大留守居《おおるすい》北野薩摩守忠則《きたのさつまのかみただのり》が家人《けにん》、日野十四郎《ひのじゅうしろう》と申しまする。夜分失礼ながら主のもとへご足労いただきたく参りましてござる」

侍は、大留守居の家臣と名乗った。

大留守居は、幕臣として長く役目にあり、その功績が優れている老練な旗本が隠居するまえに就《つ》くことのできる顕官《けんかん》である。その名のとおり、将軍が城を留守にするときにその代わりを務め、城中の管理いっさいを任される。番方《ばんかた》と呼ばれる武の役目のほとんどを掌握し、大留守居としての役目を務めているあいだは、十万石の格式を与えられた。

「大留守居さまが……。承知つかまつった。同道いたしまする」

驚愕した小賢太だったが、すぐに身なりを整え、日野の後に続いた。

北野薩摩守は七千石取りの大旗本である。三河以来の家柄を誇り、大番頭《おおばんがしら》、大目付と順調に出世を重ねてきた。今年で還暦を迎えたが、意気軒昂《いきけんこう》で、まだまだ長男に家督を譲ろうとしない。

居室に通された小賢太の前に、北野薩摩守が坐った。

「夜分に呼びだしたことをまず詫びよう。言わずともわかっていようが、本日貴公を呼んだのは、他でもない。先日の一件じゃ」

天守番も大留守居に属する。わざわざ夜中に招かずとも、北野薩摩守ならば城中へ小賢太を呼びつけることができる。小賢太は不審を覚えた。

「お調べならば、先日お目付さまに申しあげたこと以外になにもございませぬ」

小賢太の口調に含まれる堅いものを感じとったのであろう、北野薩摩守が小さく笑った。

「取り調べではないわ。勝手なことをするであろうが、貴公のことを調べさせてもらった。無住心剣術の遣い手だそうだの。もちろん親父どののことも、そして貴公が家格をもとに戻したいと願っていることもな」

幕臣として最高位にある人物が、家譜《かふ》の提出さえ求められない御家人に興味をもつ。北野薩摩守の言葉に、小賢太は戸惑った。

小賢太の父の工藤正之助《まさのすけ》は元書院番士《しょいんばんし》であった。

書院番は将軍の身辺警固を任とする。書院番組頭のもと五十人の番士で江戸城の各門を警衛し、将軍外出の際は御駕籠脇を警固する。

名門旗本から選ばれ、小姓《こしょう》組と並んで両御番《りょうごばん》と称せられる花形である。無事に勤めあげれば、目付などへの出世もある。

四百石取りの工藤家としては望んでもなれないほどの役であった。が、正之助は、初代将軍家康の祥月命日に上野寛永寺《うえのかんえいじ》での法要に向かった将軍家綱《いえつな》の駕籠脇で待侍《たいじ》しているとき、居眠ってしまったのだ。

初めての警固役ということで前日よく眠れなかったのが災いしたのだが、そんな言い訳が通るはずもない。妻の兄である菅原越前守の奔走で、かろうじて切腹や改《かい》易《えき》は免れたが、知行所召し上げのうえ、禄高百石に減じられて小普請組入りを命じられたのだった。

旗本として敵に背を向けるに次ぐほどの恥ずかしい失策をし、二度と浮かび上がることのない懲罰小普請となった正之助は、酒におぼれ、数年後、四十歳という若さでこの世を去った。その跡を小賢太は継いだ。

何を求められているのかわからない小賢太は、北野薩摩守に問うしかなかった。

「御用の向きは」

「工藤、そなたに頼みがある」

「なにをでございましょう」

「天守台が狙われた理由を探り、襲い来た者どもの正体を暴《あば》け」

北野薩摩守が小賢太の目を見つめた。

「…………」

「明暦の火事で焼け落ちた天守閣は再建されぬと決まった。だが、天守台だけは造りなおされた。だけではない、天守閣がないにもかかわらず天守番の役目だけは続いている。工藤、どう思う」

「わかりませぬ」

北野薩摩守の問いに、工藤は首を振るしかなかった。

「その天守台を狙った曲者が出た」

「大留守居さま、あの夜、本丸《ほんまる》御殿への侵入はございませなんだのでしょうや」

「そうか、おぬしは自邸に籠《こ》もっておったのだな。そうじゃ、御広敷の者ども、書院番、小姓組といろいろ問うてみたが、あの夜の前後を含めて、曲者を見かけた者はなく、また入りこまれたようすもないとのことじゃ」

「では、あの曲者どもはやはり天守台を……」

「わからぬ。生き残りはおらぬのだからな」

北野薩摩守が嘆息した。小賢太の太刀は、どれも見事に三人を一撃でしとめていた。

「気づかぬことをいたしました」

小賢太は、一人でも生かしておいて尋問をすべきであったと、今になって気づいた。

「いや、おぬしが悪いわけではない。同僚が斬られたうえ、大奥に近い天守台に曲者だ。斬って捨てることこそ上策《じょうさく》。無理をして逃がしては、どのようなことになったかわからぬ」

北野薩摩守が首を振った。

「拙者をお選びになったわけはなんでございましょうや」

小賢太はあらためて理由を尋ねた。

「上様のご病状芳《かんば》しからず、お世継ぎもない。臣下《しんか》による壟断《ろうだん》のかげりも見える。そこへこの騒動」

北野薩摩守が大きく息を吸った。

「表向きの調べは目付がいたしておる。だが、儂には、この度のことは表沙汰にできぬことに起因しているのではないかと思える。前例を守るだけの杓子定規《しゃくしじょうぎ》な目付や徒目付では調べきれぬのではないかと危惧《きぐ》しておる」

言葉を切った北野薩摩守が、小賢太をじっと見つめた。

「夜分のこととはいえ、逃げた曲者を見知っておるのはそなたのみ。我が手の者として、探索に当たってはくれまいか。代わりにことの成否にかかわらず、そなたの家格がもとに戻るように手を尽くそう」

「ならば」

北野薩摩守の条件に、小賢太はゆっくりとうなずいた。

処罰も褒賞《ほうしょう》もなく、普段通り出仕《しゅっし》するようにとの連絡を受け、翌日、小賢太は城中本丸北にある天守番詰め所に出た。

詰め所の片隅にもうけられた机に、磯田虎之助の霊と書かれた紙と線香立てがあった。

小賢太は線香をあげ手を合わせた。相役《あいやく》でありながら自邸で待機中であったために、葬儀には参列できなかった。磯田には、妻と十二歳になる長男と、八歳の娘がいると聞いていた。

お役目中の死である。家督相続は問題なくおこなわれるだろうが、嫡男が幼すぎる。役付きになるにはかなりの年数がかかる。小普請入りになれば、手当を失って家禄だけとなり、生活も厳しくなる。

身をもってそれを知っている小賢太は、暗澹《あんたん》たる思いであった。

「組頭さま」

小賢太は書付を認《したた》めている組頭の春日半十郎の前に坐った。

春日半十郎が、手にしていた筆を置いて小賢太を見た。

「なにか」

「天守台を見てまいりたいのでございまするが、よろしいでしょうや」

すでに見まわりの二人が出ている。相役を失った小賢太は、磯田の代わりが来るまで見まわりの役からはずされ、一日詰め所にいなければならない。出るときは、春日半十郎の許しを得なければならなかった。

「いいだろう。後藤《ごとう》と石館《いしだて》が出ているが、気にせずともよい」

「かたじけなし」

一礼して小賢太は詰め所を出た。

将軍の側で勤める書院番や小姓組は、太刀を佩《は》くことを許されていないが、御殿外を巡回する天守番や大番などは両刀を帯びる。

小賢太は、あの夜の経験から、亡き師針ヶ谷夕雲から譲られた太刀を持ってきていた。無銘《むめい》ながら厚重ねの備前《びぜん》ものは、普段差している太刀よりも重い。左腰にかかる重量が増え、わずかに身体が傾く。

天守閣への入り口である小天守台右脇にある石造りの階段を、小賢太は駆けのぼった。明暦の火事の後、再建された天守台は従来のまま、小天守台も設けられていた。

西向きに石段を使って小天守台に上がり、その北面中央にある段を過ぎれば大天守台である。小賢太は、大天守台へと足を進めた。

大天守台には、所々に礎石《そせき》となる大きな石がはめこまれている。ここに天守閣の柱を立てるのだ。もっとも天守閣を持たない天守台である。本来隠されているはずの礎石も、日の光に照らされていた。

「おかしなものは、ないな」

大天守台から小天守台と隅々まで見た小賢太だったが、なにも探し出すことはできなかった。

「工藤ではないか」

見まわりに出ていた後藤が声をかけた。

「お見まわりお疲れさまでございまする」

小賢太は頭を下げた。

後藤と石館はたすきがけをしていた。

あの夜以来、どこの番方も緊張していた。江戸城諸門を警衛する大番組や書院番組のなかには、通過時の誰何《すいか》を巡って争いごとになった者もいる。

「どうした」

石館が小賢太に問うた。

「今まで一度も御天守台に上らせていただいたことがないので、組頭さまにお願いいたしまして」

小賢太は応えた。

「そうか。磯田氏のことがあって、皆一様に気を張っておる。あまり変わったことをしてくれるな」

石館が諭《さと》すように言った。石館は、駿府勤番《すんぷきんばん》から御天守番に来て、二十年になる。老練の御家人である。世知《せち》にも長《た》け、組頭より若い番士にとっては頼りになる人物であった。

「気づかぬことを……申し訳ありませぬ」

小賢太は素直に頭を下げた。

「工藤は、磯田氏のことがあってとまどっておるのだ。あまり強く咎めだてなさるな」

後藤が石館を抑えた。後藤も番方を歴任している。年齢はわずかに石館より若いが、やはり手慣れた御家人であった。

「そうであったの。あれが我らの見まわり番であれば、二人とも生きてはおるまい」

石館がうなずいた。

「うむ。しかし、凄いの。詰め所で曲者の死体を見たが、一刀両断とはあのことを言うのであろうな。工藤、かなり遣うの」

後藤が感心した口調で小賢太を褒めた。

「恐縮いたしまする」

小賢太は、磯田を救えなかったことを口にすることをやめていた。春日半十郎に、それが傲慢《ごうまん》でしかないと教えられたからだ。

「では、われらは詰め所にもどる。あまり長居をするな。誰かに見咎められてもよろしくなかろう」

忠告を残して、二人が去っていった。

「承知いたしました」

それを見送った小賢太は、天守台の周りをゆっくりと巡った。

天守台の南側は竹矢来《たけやらい》で区切られているが、本丸御殿とつながっている。西は濠《ほり》で、東には広場があり、そこに天守番の詰め所があった。北には塀を隔ててお的弓《まとゆみ》場《ば》が拡がり、その先は、北桔橋《きたばね》御門を経て北の丸へと通じていた。

小賢太は、辺りを見ながら曲者がどこから入り、どこへ消えたかを考えた。

「いくつもの門と塀を乗りこえて本丸へ入りこむのは至難《しなん》の業《わざ》だ。となると、北側のお的弓場から来たことになるが……お的弓場と本丸とは高低があり、かなり上らねばならぬ。だが、それを克服すれば、お的弓場と天守台を隔てているのは塀一枚しかない。もっともたしかめようはない」

どの役はどうやって詰め所に向かい、どの経路で巡回するか、そのすべてが決められている。天守番である小賢太は、本丸御殿や北桔橋門を越えてお的弓場や北の丸へ行くことは許されていない。

小賢太は詰め所へと戻った。

二

番方は三日に一度の勤めである。一度登城すると二日休めた。

巡回からはずれ、することもなく無為《むい》な当番を終えた翌日、小賢太は道場へ顔を出すつもりになっていた。

夕雲亡き後、まちがいなく江戸一の遣い手は小田切一雲である。とはいえ、弟子をとることはほとんどしなかった。小田切一雲は、よほど才を認めるか、夕雲から任されるかのどちらかの弟子しか手元に置かなかった。夕雲が生涯に三千人の弟子をとったのに比べてあまりに少ない。ために収入がなく、小田切一雲の貧しさは筆《ひっ》舌《ぜっ》に尽くしがたかった。

にぎりめしを腰につけ、手に荒縄でくくったたくあんを三本さげて、小賢太は屋敷を出た。

「おはようございまする」

道場に着いて、小賢太は丁寧に辞儀《じぎ》をした。道場には先客が三人いた。

「工藤ではないか。続けてとは珍しいな」

崩れかけた縁側で白湯をすすっていた小田切一雲が、機嫌のよい声を出した。

「今日は、ご指導をお願いいたそうかと思いまして」

「そうか、では、ちょっと待て。先にこちらをすませてしまうでな」

小田切一雲が、顔を三人の浪人者へと向けた。

「で、何用かの」

「小田切という剣術遣いは、おまえか」

問われた総髪《そうはつ》姿の浪人らしき男が口を開いた。

「いかにも、拙者がおたずねの小田切一雲じゃ」

「我ら心放《しんぽう》流を修行しておる者。小田切どのが剣名を聞き、一手ご教授たまわりたいとやってまいりもうした」

最初に口を開いた者と違って丁寧な物腰でまんなかの浪人が話した。

「他流試合をご所望《しょもう》か」

「さよう」

残った一人が応えた。

三人とも小賢太を凌駕《りょうが》するほどの大柄で、見せつけている二の腕などは一雲の足ほどもある。顔にはすさんだ色が張りつき、目は三人ともがそろって細く、瞳は上にあがって小さい。なんともいえない黒い気配が染みついていた。

人を殺したことがあるな、と小賢太は感じた。

無住心剣術道場は、小田切一雲の名前に比して弟子の数が少ない。くみしやすいと思うのだろうか、俗に言う道場破りの輩《やから》がよく来る。

「得物《えもの》はなにをおつかいかな」

小田切一雲は白湯を喫しながら訊いた。

「真剣でもよいが、まあ、木剣で勘弁してやろう」

口の利きかたを知らない最初の浪人が腰を叩いた。

それを見て小田切一雲が後ろに声をかけた。

陋屋のなかから、内弟子の真里谷円四郎が火吹き竹を手にしてあらわれた。

「はい」

「円四郎、お相手をしなさい」

「おい」

小賢太は目を瞠った。

他流試合という名の道場破りに小田切一雲が出ることはまずない。代わりに円四郎や小賢太などの弟子が相手させられるのだが、このとき小田切一雲がご指導を受けなさいというか、お相手をしなさいというかで対応が変わった。

ご指導の場合はごく普通の仕合《しあい》になる。割竹《わりたけ》を革袋につめたひき肌竹刀を使うのではなく木剣同士で立ち合うのだが、意図して傷を負わせることはない。受けをしくじれば、肉がはぜたり骨を折ったりすることもあるが、命に関わるところは撃たない。

一方、お相手しなさいの場合は違った。二度と剣が握れないようにしてしまえという合図であった。

「あたら若い者の将来を奪うことになりますぞ。お弟子がかわいければ、足代だけお出しいただければ退散いたしますが」

慇懃無礼《いんぎんぶれい》な浪人が口をゆがめた。

「ふっ」

朝餉の菜にさえ事欠く道場から金子《きんす》をまきあげようというのを聞いて、小賢太は思わず噴きだした。

「なにがおかしい」

口の悪い浪人が吠えた。

「あなたが相手してくださってもかまわないのですよ」

慇懃無礼な浪人が小賢太をにらんだ。

「工藤さまが出られるまでもございませぬ。わたくしで十分」

真里谷円四郎が火吹き竹を縁側に置き、代わりに木剣を手にした。

「口の利きかたを覚えさせてやる」

口の悪い浪人が手にした木剣を円四郎に突きつけるようにしてわめいた。

「三人同時になされよ」

「なんだと」

小田切一雲の言葉に浪人たちが顔面を蒼白《そうはく》にした。

「ふざけたことを」

ここまで馬鹿にされたことなどなかったのか、三人から殺気が立ちあがった。

「後悔してももう遅い。この若造の命はないと思え」

慇懃無礼だった浪人の口調も変わっていた。

三人との間合い五間（約九・一メートル）を、一瞬で真里谷円四郎が詰めた。

「……………」

浪人たちが啞然としているあいだに、真里谷円四郎の木剣が鈍い音を三度たてた。

「ぎえっ」

右肩を砕かれた一人だけが苦鳴をあげられた。残りの二人は脳天《のうてん》を砕かれて即死していた。生き残った一人が呻いた。

「ひ、卑怯《ひきよう》な」

「相手が構えたときから仕合は始まっている。おまえたちの油断でしかない」

小田切一雲が冷たく言い放った。

「……………」

小賢太は、真里谷円四郎の剣に迷いがまったくないことに驚いていた。

「これぞ、無住心剣術よ。一瞬で強弱を見極め、一撃で決める。おそらく円四郎をもって無住心剣術は完成することになろう」

小田切一雲が小賢太を見て声をかけた。

小賢太は黙ってうなずいた。

「ところで、その手に持っておるのはなんだ」

「我が家で漬けましたたくあんでございまする」

問われて小賢太はあわてて荷をさしだした。

「それは重畳《ちょうじょう》。ありようは、朝餉の菜がなかったのよ。おい、円四郎。工藤がたくあんをくれたわ」

「工藤さま、助かりました。本当にどうしようかと途方に暮れておりました」

真里谷円四郎が死体を堀に投げこみながら丁寧に礼を述べた。

小田切一雲が立ちあがった。

「どれ、では、飯の前の腹すかしといくか」

「お願いいたしまする」

二人は陋屋の前の空き地で対峙した。素早くたすきと袴《はかま》の股立《ももだち》をとった小賢太は手持ちの木刀を、小田切一雲は着流し姿のまま真里谷円四郎が置いた火吹き竹を手にしていた。木刀は二尺五寸（約七六センチメートル）、火吹き竹はわずかに一尺（約三〇センチメートル）で太さも親指ほどしかない。

「参りまする」

小賢太はするすると滑るように足を運ぶと、右袈裟懸けに出ようとした。間合いは二間（約三・六メートル）になった。すでに木刀の間合いである。小賢太が木刀に力をいれようとした。

すっと小田切一雲のもつ火吹き竹が大きく伸びたように見えた。

「うっ」

無様《ぶざま》に下がるのは耐えたが、小賢太は木刀を青眼に戻すしかなかった。

「くおっ」

小賢太は、気合い声を発して、青眼からふたたび上段へと移ると、そのまま一気に振りおろそうとした。だが、やはり火吹き竹が小賢太の眉間《みけん》を刺すように感じ、動けなかった。

「ぐっ」

出ようとするのだが、そのたびに小田切一雲の火吹き竹が小賢太を圧倒する。

「参りました」

小半刻《こはんとき》（約三十分）ほどがんばったが、小賢太はついに木刀をさげた。

にこやかに小田切一雲が笑った。

「落ちてはおらぬな。なかなかによき気合いであった」

「工藤さま、ずいぶんと腕をおあげになられました。師匠相手にここまで間合いを詰められるとは」

真里谷円四郎が興奮した声をだした。

「勘弁してくれ。とてもとても。我が身の足りなさと、師兄の大きさをあらためて知ったわ」

「結構、結構。これからはたびたび顔をだせ。腹が空いた。わしは朝餉とする。おい、円四郎、工藤に一手つけてもらうがいい」

小田切一雲が陋屋にあがった。

「よろしいのでございますか」

真里谷円四郎が、歓喜の声をあげた。

「ああ、ただし、工藤から一本とるまでは、飯は食わさぬ」

「工藤さま、よろしくお願いいたしまする」

「こちらこそ、お願いする。師範代どの」

小賢太が弟弟子になる真里谷円四郎に礼を尽くした。

今年やっと十七歳になったばかりだが、真里谷円四郎の剣は、まさに天才であった。

上総《かずさ》国真里谷村の郷士《ごうし》の息子として生まれた真里谷円四郎は、十歳のときに小田切一雲のもとへやってきた。一目でその才能を見抜いた小田切一雲が、住みこみの内弟子として鍛えあげ、いまでは道場で並ぶ者はないまでになっていた。

「はじめよ」

小田切一雲の声で二人は間合いをとった。ともに木刀を持った二人は、さきほどより広い五間（約九・一メートル）をあけて対峙した。

小賢太は得意の右構え、真里谷円四郎はやや剣先の下がった青眼である。

五尺六寸（約一七〇センチメートル）と大柄な小賢太に対し、真里谷円四郎は、五尺二寸（約一五八センチメートル）とごく普通の体格である。大柄の者に対するに、青眼はやや高めに切っ先をおくのが常識であるが、真里谷円四郎は違う。何度か木剣を交えたことのある小賢太は、ここから千変万化することを知っていた。

小田切一雲が、大きな音をたてたくあんを噛んだ。その音を合図に二人が駆け寄る。

「りゃあ」

「おう」

堅い音をたてて木刀がふれあい、二人は一間ほど跳びすさる。ふたたび走り寄ると、木刀をふれあう。何度もそれを繰りかえす。二人の息が上がり始めた。

食事を喫し終わった小田切一雲が、声をかけた。

「そろそろ、決めよ」

二人は最初の構えに戻った。

小賢太は、右袈裟から下段左袈裟、上段からの斬りおろしという連続技を得意としている。背が高く手が長いので他人よりも二寸（約六センチメートル）ほどだが間合いが遠い。それを小賢太は利用していた。

一方の真里谷円四郎は、青眼から、鶺鴒《せきれい》の尾のように剣先をはねて首の血脈《けつみやく》を狙い、そのまま下段へと落とし、返す刀で胴を抜くのを得手としている。

「おうりゃあ」

「なんのう」

走り寄った二人が木刀をぶつけた。そのまま力で押し合う。

流祖針ヶ谷夕雲が膂力《りよりよく》ある人物であったせいか、無住心剣術を遣う者は力が強いことが多い。小賢太も真里谷円四郎もそうだ。二人の力を受けた木刀がきしみだした。

「やめよ」

小田切一雲の気合いが二人を分けた。

「木刀がもったいないわ」

「はい」

「ありがとうございました」

一雲の言葉に、二人は苦笑しながら木刀を退《ひ》いた。

非番の二日目、小賢太は内藤新宿《ないとうしんじゅく》へ足を運んだ。今度は念流の道場を目指していた。

念流の宗家といわれる樋口《ひぐち》家は、木曾義仲《きそよしなか》四天王の一人である樋口二郎兼光《じろうかねみつ》の後胤《こういん》を称している。

兼光は、義仲敗死ののちに源頼朝《みなもとのよりとも》に捕らえられて処刑され、一族は木曾を逃げ出し、郷士として逼塞《ひっそく》してきた。そのせいか、念流の道場は他流のように町中にきらびやかに構えることをよしとせず、郊外にひっそりとたたずんでいた。

念流新宿道場もその伝に漏れず、うっかりすると見過ごしかねない百姓家風の建物であった。

袋竹刀《ふくろしない》をつかって打ち合う流派と違い、木刀で形《かた》をこなしていく古流の道場は、やたらと気合い声がでることはない。

静かな道場の開け放たれた表門から、小賢太はなかに入った。

「ごめん、どなたかおられぬか」

訪《おとな》いの声に応じて、一人の少年が現れ、式台《しきだい》に膝をついた。

「拙者、ご公儀天守番工藤小賢太と申す。こちらの道場の主どの、あるいは師範代どのにお目にかかりたい」

「入門ご希望の方でございましょうや」

師弟関係を結ぶまでは、御家人とはいえ小賢太が町道場の主より格上である。少年が丁寧な態度で訊き返した。

「いや、伺いたいことがござって参りもうした」

「主に訊いて参りますゆえ、しばらくお待ちくださいませ」

小賢太の返答に、少年は薄暗い道場のなかへ消えていった。

「どうぞ」

すぐに戻って来た少年が、小賢太を招き入れた。

剣術の道場はどこもおなじような造りである。玄関を入って控えの間があり、その奥に道場がある。道場も武神鹿島大神宮《かしまだいじんぐう》をまつった床の間以外は板敷きで、光を入れるだけの無双窓《むそう》がいくつかある。もっとも、大きさは道場によって違う。念流の新宿道場は三十畳ほどあった。

少年が道場の中央に小賢太を案内すると、すぐに道場主が出てきた。

「当念流道場の主、樋口与四郎《よしろう》でござる」

道場主は、小賢太の右側に座して名乗った。

「突然に来訪致しました無礼、ご寛恕《かんじょ》願いまする。拙者、幕府家人工藤小賢太でござる」

小賢太はまず詫びた。

そこへ少年が茶碗に水を入れて持ってきた。

「なんのおもてなしもできませぬ。これは自慢の井戸から汲みましたもの」

道場主が小賢太に勧めた。江戸の水は悪い。幕府が造った水道の水は木臭く、水売りが商う大川《おおかわ》上流の水も生ぬるくてうまいものではなかった。

「なによりのもの。遠慮なくちょうだいする」

ここまで歩いてきて喉の渇いていた小賢太は一気に空けた。

「これは冷たい。まさに甘露《かんろ》でござるな」

小賢太は水のうまさに感心した。

「ところで、わざわざこのような田舎までお見えになられたは、なにかお尋ねになりたいことがおありとか」

与四郎が問うた。

「じつは、先日、夜歩きをしているところを五人に囲まれまして……」

小賢太は、事実を隠して襲われたことを告げた。

「なるほど。曲者たちが遣ったのが、念流の技に近いと……それで我らに心当たりをお訊きに来られた」

与四郎が合点《がてん》のいったという顔をした。

「佐之介《さのすけ》、だれか道場の者で亡くなったという話を聞いてはおらぬか」

与四郎が背後に控えている少年に訊いた。

「いえ、当道場はもちろんでございますが、他の道場についてもそのような噂を聞いた覚えはございませぬ」

佐之介が首を振った。

「お聞きのとおりでございまする。どうやらその曲者どもは、我らが念流とかかわりがないようでございまする」

与四郎が小賢太に告げた。

「さようでございますか」

小賢太は与四郎をじっと見つめた。

「……」

与四郎も見返してきた。

「お手数でござった」

小賢太は頭を下げた。

内弟子らしい佐之介という少年の態度、拭きこまれた道場の床板を見ても、樋口与四郎がなかなかの人物であることはわかる。少なくとも、この新宿道場は関係ないと小賢太は感じた。

小賢太は、無礼を詫び、道場を辞することにした。

「まあ、せっかくのお見えでござる。お手合わせなど願えますかな」

与四郎が止めた。

「それは……願ってもないことでござるが、他流試合は禁じられておられるのではございませぬか」

なかなかの人物と見た与四郎と剣をまじえる。小賢太にとって願ってもないことであった。

「弟子どもに他流試合は禁じておりまするが、交歓試合ならば問題ございませぬ。ご存じのとおり、当念流は袋竹刀ではなく木刀になりますれば、寸止めということでよろしゅうございましょうか」

与四郎がほほえんだ。

「よろしくお願いいたしまする」

小賢太は、御家人から剣術遣いへと意識を変えた。

二人は道場の中央で対峙した。間合いは二間（約三・六メートル）。互いが一歩踏みだすだけで太刀がふれあう距離であった。

与四郎は心持ち拳をあげた青眼、小賢太は無住心剣術の基本形、剣先を少しさげた青眼の構えで試合の開始を待った。

他流の道場にての礼儀を守り、小賢太がまず名乗った。

「無住心剣術、工藤小賢太」

「念流、樋口与四郎」

小賢太の流名にちょっと目を見開いたようであったが、与四郎もよくとおる声で応えた。

二十数える間で息を吸い、おなじく二十数えながら息を吐く。無住心剣術独特の呼吸法を幾度となく繰り返して心気《しんき》をとぎすました小賢太は、与四郎の腕がおのれよりも上であることを悟った。

小賢太は、後ろに一歩大きく下がると、木刀を背中に回した。

「拙者の及ぶところではござらぬ」

深々と一礼した。

与四郎も構えを崩し、木刀を背中に回すと一礼を返した。

「噂には聞く相抜けとはこれでございまするか。こちらこそよき勉強をさせていただきました。無住心剣術をお遣いの方とは初めてでござったが、世にもおそるべきものでございますな」

与四郎が大きく息を吐いた。

「わからぬという顔をしておるの」

与四郎が傍らで控えていた佐之介に目をやった。心の内をあてられて焦ったのか、佐之介が俯《うつむ》いた。

「佐之介、他人の剣の腕を見抜くことができようかな」

与四郎の問いに、佐之介が首をかしげた。

「そなたの目で見てどうじゃ。工藤さまの腕はどのくらいか」

「………」

佐之介は口を開かなかった。与四郎が優しく声をかけた。

「怒りはせぬゆえ、思うたとおりに言うてみよ」

「大崎宗乃進《おおさきむねのしん》さまより、少し劣られるかと」

「少しとは、世辞を入れたな」

与四郎が笑った。

「そなた、大崎にもこの工藤さまは及ばぬと思っておるであろう」

佐之介が真っ赤になった。あまりに素直な反応に、小賢太も苦笑するしかなかった。

与四郎が内弟子の無礼への詫びのつもりなのか、小賢太を見て頭を軽くさげた。

「大崎ごときでは切っ先も触れあえまい。そうよな、矢野《やの》ならば三本で一本は取るかもしれぬ」

佐之介が目をむいた。矢野は師範代である。滅多にないこととはいえ、与四郎から一本取ることもあるほどの腕であった。

「今は退いてくださったが、もし、これが真剣の立ち合いならば、儂が負けたやもしれぬ」

与四郎がしみじみと言った。

「少し剣の話などをいたしたく存じますれば、よろしければ昼餉をご一緒に」

「よろこんで」

与四郎の誘いを小賢太は受けた。

一刻（約二時間）ほど歓談した後、小賢太は新宿の道場を去ることにした。

「ありがとうございました」

「お気になさることはございませぬ。ぜひともまたお見えくださいますように」

礼を言う小賢太を玄関まで見送りに出た与四郎が笑みを浮かべた。

「では」

別れを告げて背を向けた小賢太に、与四郎が小さな声をかけた。

「その者ども、ひょっとすれば道場ではなく、藩の剣術指南役の弟子かもしれませぬ。そうなれば、我らが流主でも把握できませぬ」

「かたじけのうござる」

与四郎の気遣いに、小賢太はすがすがしい気分で新宿を後にした。

三

思いの外道場でのんびりしたからか、橘町まで帰り着いたときには、陽が落ちていた。

江戸城から少し離れているこのあたりは、小旗本、御家人の屋敷、民家が入り交じって、小さな路地があちこちにある。

後少しで自邸というところで、小賢太は足を止めた。

「拙者にご用か」

小賢太の声に路地の奥の闇が揺れ、ゆっくりと一人の浪人が姿を現した。

「無住心剣術の工藤小賢太ってのは、おまえさんかい」

浪人が懐から両手を出しながら問うた。

「そうだが、貴殿は」

小賢太は浪人に見覚えがなかった。

「名乗るほどの者《もん》じゃねえ。見てのとおりの穀潰《ごくつぶ》しだ」

浪人が馬鹿にするように笑った。

「どうやら拙者を待ち伏せていたようだが、用件を聞かせてもらおうか」

問いながら、小賢太は履いていた雪駄《せった》を脱いだ。

「なあに、やり合おうってんじゃねえよ。これから馴染みの女のところへ行かなきゃならねえ。色事《いろごと》の前にもめ事は勘弁だからな」

浪人がさりげなく両手を垂らし、近づいてきた。

「いらざることに首をつっこむのはやめたほうがいいぜ。親父の失策で傷ついたが残った家名。それを跡継ぎがなくしたんじゃ、元も子もねえだろ。生きてさえいれば、いつかはいいこともある。なにも家名を上げるばかりが男の夢でもあるめえ。えっ、おめえさん女を知っているかい。いいもんだぜ。浮き世のことなんぞさっぱり忘れさせてくれる。どうだい、いまからおいらと一緒にしけこまねえか。いい女をあてがってやるぜ」

しゃべりながらも浪人の目は笑っていなかった。

小賢太は間合いを測った。すでに二間（約三・六メートル）に近い。足腰の強い剣士なら太刀が届く。

「そう、力をいれなさんな」

浪人はあくまでも、小馬鹿にしていた。

小賢太は息を落ち着かせながら、じっと浪人を見た。無住心剣術の相抜けの技である。互いの技量を知り、負けると思えば逃げ、相討ちならば刀を退く。浪人はかなり遣うが、樋口与四郎ほどでもないことがわかった。

「女はいいぜえ。なんといっても匂いがいい、抱けば柔らかい」

「いい加減に戯《ざ》れ言《ごと》はよせ」

小賢太は遮った。

「ほう」

浪人が足を止めた。

続けて小賢太は挑発した。

「まだ間合いに入っていないのか」

「へへへへ。しゃあねえな」

浪人が刀を抜いた。太刀を青眼から徐々に上段へとあげていく。一撃両断の気迫で相手を射竦《いすく》める一刀流の形である。

一刀流は、伊藤一刀斎《いとういっとうさい》が創始した流派である。ぎりぎりまで絞った弓を放すように、全身全霊を込めた必殺の一撃を旨とする。とくに一刀斎が編みだした威《い》の位《くらい》の太刀は、構えただけで敵を畏怖《いふ》させ動けなくしてしまうとまで言われていた。

合わせて小賢太も太刀を抜いた。

「ふん。流派がわかっても勝てなきゃ意味ねえだろ」

浪人が眼光すさまじく小賢太を睨《にら》みながら、近づいてきた。

「……」

小賢太は、淡々とおのれの間合いに相手が入るのを待っていた。

「動けねえだろ」

浪人が勝ち誇ったように言った。

「間延びする技よな。眠たくなるわ」

小賢太があきれた顔をした。

「なめた口叩くじゃねえか。命だけは助けてやろうとの温情を捨てさせたことを後悔するがいいぜ」

浪人の顔色がさっと変わった。

間合いが二間を切ったところで、浪人が腰を落とした。右足を前に出して腰をぐっと左へとひねる。右手が白くなるほど太刀の柄を強く握る。

「けあっっ」

「一刀流か」

浪人が振りきるように太刀を斜め上から下へと走らせた。

小賢太は、かるく左足を引いてそれをかわした。浪人の太刀が足元でひるがえって斬り上がってくる。それを小賢太は、太刀の峰ではじき返した。そのまま踏みこみ、真っ向から斬りおろした。

「えっ……」

小賢太は、驚きのあまり目を瞠った。

浪人は、払われた太刀から手を離すと、そのまま真後ろに下がって逃げだしたのだ。

あてを失って流れそうになった太刀を、小賢太は両腕に力をいれて止めた。

浪人の姿は、すでに路地の奥の闇に溶けこんでいた。

「あきらめのよいというべきか。腕の差を見抜く腕を持つと見るべきか」

嘆息しながら小賢太は浪人が捨てていった太刀を拾いあげた。太刀は近頃はやりの厚みのない江戸拵《ごしら》えというものなのか、持った感じが軽く、小賢太には頼りなかった。

「疾《はや》さに重きをおいて、伸びは捨てたか」

真剣は重い。振れば外へと持っていかれるかのように剣先が伸びる。木刀では届かない間合いでも、真剣なら少し食いこむ。刀が重ければ重いほどそれは大きくなる。もちろん腕も関係してくるが、小賢太の太刀は、真剣ならば二寸（約六センチメートル）弱伸びるのだ。樋口与四郎が言った真剣ならば負けていたかもしれぬとは、この伸びのことを指していた。

「捨ておくわけにもいかぬな」

小賢太は、おのれの太刀を鞘に戻し、浪人の太刀を左手に持って自邸へと帰った。

その日、大奥は喧噪《けんそう》に包まれていた。

奥医師《おくいし》の中 条 桂庵《ちゅうじょうけいあん》が呼びだされて半刻（約一時間）のち、お鈴《すず》廊下扉まで御広敷番頭の楠 木権太夫《くすのきごんだゆう》を呼びつけた大奥上臈《じょうろう》清川《きよかわ》が、重々しく口を開いた。

「ご側室お満流《まる》の方さまにおかれましては、ご懐妊のよし、まことにめでたきことと存じあげたてまつる」

「まことでございますか。それは慶賀至極《けいがしごく》。ただちに表《おもて》の衆《しゅう》に伝えまする」

楠木権太夫が喜色《きしょく》を満面に浮かべた。

「老中《ろうじゅう》方によしなに。なお、お満流の方さまは現在、二月《ふたつき》に入られたばかりでござれば、ご養生が肝要《かんよう》。無事ご出産のおりまでは、お褥《しとね》ご辞退申しあげる」

清川が告げた。

本来なら将軍ご寵愛《ちょうあい》の側室といえども呼び捨てにできる上臈だが、懐妊したとなると将軍の一族扱いとなるため、敬称をつけた。矜持《きょうじ》の高い上臈がそうしたことで、ことの重大さがよりはっきりした。

「承《うけたまわ》ってございまする。きっとお伝えいたしまする」

楠木権太夫は平伏した。

大奥の上臈ともなると、十万石格で従五位《じゅごい》に相当する。幕府での格は老中にひとしい。楠木権太夫がへりくだるのは当然であった。

「では、御免くだされ」

楠木権太夫は、大急ぎで表御殿へと戻ると、大老《たいろう》に面談を申しこんだ。

大老は徳川幕府最高の地位である。非常の職として普段はおかれることはないが、三河以来の名門譜代《ふだい》である酒井《さかい》、井伊《いい》からだけ選ばれ、今は上州厩橋《まやばし》藩十五万石の酒井雅楽頭忠清《うたのかみただきよ》が就いていた。

大老、老中のいる御用部屋は、祐筆と御用部屋坊主以外は立ち入りできない。御用部屋脇の入り側《いかわ》と呼ばれる畳廊下に出てきた酒井雅楽頭に、楠木権太夫は清川から言われたことを伝えた。

「そうか、お満流の方さまがご懐妊か。めでたい」

酒井雅楽頭は辺りに響くほどの大声で歓喜を表した。

御用部屋から老中たちが出てきた。

最初に声をかけたのは、稲葉美濃守正則《いなばみののかみまさのり》であった。

「ご大老、いまのお言葉はまことでございますか」

明暦三年(一六五七)からじつに二十二年も老中の座にある老練の大名である。春日局《かすがのつぼね》の息子として三代将軍家光の信頼厚く、死の床にあった家光から家綱にとくと仕えよと命じられたほど温厚な人物だった。

酒井雅楽頭の返事も待たず、久世大和守広之《くぜやまとのかみひろゆき》、大久保加賀守忠朝《おおくぼかがのかみただとも》も問いかけた。

「まことでござるか」

「ご大老どの」

老中たちがいろめきたつのには訳があった。もとより丈夫な体質ではなかった将軍家綱の体調が、最近とみに優れなくなってきていたのだ。

なにせ、家綱には世継ぎがいなかった。家綱は三十九歳になったが、蒲柳《ほりゅう》の質がたたったせいか子供ができなかった。今までの将軍が嫡子相続できていただけに、正統を継ぐ者がいないのは、大きな問題であった。

三人に迫られて小さく眉をひそめた酒井雅楽頭だったが、すぐに穏やかな笑みを浮かべると応えた。

「まちがいないようでござる。さきほど、正式に奥向きより御広敷へ通告があったようでござれば」

「めでたい」

若年寄《わかどしより》、祐筆など、その場にいた全員から安堵《あんど》のため息が漏れた。

「お満流の方さまといえば、二度目のご懐妊。よほど上様とご相性がよろしいのでござろう。誰か、小姓組組頭を呼んでまいれ、上様にお祝いを申しあげねばならぬ」

酒井雅楽頭が命令を発した。御用部屋坊主が小腰《こごし》をかがめて走っていく。

「楠木と申したか」

「はっ」

忘れ去られていた楠木権太夫に、酒井雅楽頭が顔を向けた。

「お満流の方さまは、かつてお一人目をお流しになられた経緯《いきさつ》がある。こんどこそ無事にお世継ぎさまをお産み願わねばならぬ。今日より、御広敷にて待機せし奥医師を三名に増やせ。とくにお産に詳しい者を選んでな」

「承知つかまつりましてございまする」

楠木権太夫は、深く平伏すると御広敷へと戻っていった。

まだ集まって声高《こわだか》に話している大名、旗本たちを見た酒井雅楽頭が言った。

「さて、うれしいことはわかるが、我らには他にもなすべき仕事がござる。それぞれのお役目へと精進《しょうじん》いたせ」

その言葉をうけ、集まっていた者は散っていった。


大留守居北野薩摩守の屋敷は、旗本七千石の顕官としては珍しく江戸城を離れた高輪《たかなわ》にあった。

江戸城から下がってくる北野薩摩守を、小賢太はその屋敷で待っていた。あれから非番を二度ほど経験したが、小賢太はいったいどうやって探索をおこなえばいいかまったくわからず、なんの成果もあげられていなかった。とはいえ、報告しないというのもまずいと考え、訪問したのである。

「よく来た」

北野薩摩守は、一服することもなく小賢太を居室に招き入れた。

「お疲れのところ、失礼いたしております」

小賢太はまず詫びた。

「いや、貴公のほうが疲れているのではないか。先日より顔色がよくない。少しやつれたようだの」

北野薩摩守が、小賢太を見てねぎらった。

「で、今日は何用じゃ。なにかわかったか」

「申しわけありませぬ。拙者ではお役にたてそうにございませぬ」

促されて、小賢太は頭を下げた。

「どういうことかの」

「ここ何日か、探索の真似ごとらしきことをおこなってまいりましたが、なんの成果もみられませぬ。なにとぞ、この度のお役目、余人にお命じくださいますようお願いいたしまする」

畳の上で平たくなる小賢太をじっと見つめながら、北野薩摩守が訊いた。

「ふむ。辞めさせてくれと申すなら考えもするが、貴公、この何日か、なにをしておったのだ」

「新宿へ……浪人者に襲われましてございまする」

小賢太は、平伏したままで経緯を話した。

「ほう、できておるではないか。たかが十日もたたないうちに、相手側から貴公のもとへ姿を現しておる。その一刀流を遣う浪人、これこそ大きな進展ではないかの。たしかに、貴公は町方や目付探索方ではない。だが、町方や目付探索方であったなら、浪人者が出てきたであろうかの。おそらく、なにも起こらなかったはずじゃ」

「どういうことでございましょうか」

「探索を専門にする者ならば、なにからでも手掛りを見つける。ならば、下手人としてはできるだけじっとして目立たぬように潜む。だが、相手がおぬし同様の素人ならば、話は逆になる。真相に近づかれる前に、芽を摘みとってしまえば、それ以上は入りこまれる心配はあるまい」

北野薩摩守が言外に言わんとすることを、小賢太はつかみかねた。

「まだ納得はしておらぬようじゃな。まあよかろう。ただ、言えることは、相手にとって貴公は目障《めざわ》りな存在であるということだ」

「はあ」

「しかし、貴公の言うことも一理ある。探索はなかなか素人にできるものではない」

北野薩摩守が手を叩いた。

先日、小賢太を案内してきた家臣が顔を出した。

「あの者を後で呼ぶように。それと、工藤どのと夕餉をともにする。膳の用意をいたせ」

「はい」

家臣は首肯《しゆこう》し、さがっていった。

七千石ともなると内証《ないしよう》は裕福である。しかし、北野薩摩守の食事は質素であった。

麦が三分、米七分の飯に、焼きなす、味噌に野菜を刻みこんだ金山寺《きんざんじ》味噌、蜆《しじみ》の吸い物だけだった。百石取りの小賢太に馴染みの深いものであった。

「質素であろう。歳をとればあまり食べ物にこだわることがなくなってな。その代わり、酒はいいものを選んでおるぞ。飲め」

北野薩摩守に促され、小賢太は膳の上にある杯を手にした。そこへさきほどの家臣が瓶子《へいじ》から濁り酒を注いだ。

「遠慮してくれるなよ。酒は樽で用意してあるゆえな」

「かたじけなし」

勧められた小賢太は、夕餉を食した。

小賢太は、夜半前になって北野薩摩守の屋敷を後にした。剣士の心得として、酒はたしなんでも酔わない。小賢太は、いつもと変わらぬ足取りで高輪から橘町へと歩いた。

江戸は町内ごとにある木戸で守られている。四つ（午後十時ごろ）に閉められた木戸を通るには、木戸脇の自身番《じしんばん》に声をかけ、潜《くぐ》りを開けてもらうしかない。

いくつかの木戸をこえたところで声をかけられた。常夜燈《じょうやとう》の明かりに浮かび上がったのは、先日の浪人であった。

「夜遊びの帰りかい」

「落とし物なら持っておらぬぞ」

小賢太は軽口をたたいた。

「ああ、あのなまくらならいらねえよ。気にいったんなら使ってくんな」

浪人が左腰を叩いて見せた。

「で、今宵はまた何用だ」

男の腕はすでに見抜いている。小賢太は、警戒するよりなぜ出てきたのかに心をおいた。

「なあに、ちょっと話を聞かせてもらいたくてな」

浪人がいやらしい笑いを浮かべた。

「名前さえ名乗れない輩に何を応えるというのか」

「まあ、そうかりかりしなさんな。名乗れというなら名乗るよ。藤堂進九郎《とうどうしんくろう》だ。名乗ったからには応えてくんなよ。おめえさん、大留守居北野薩摩守さまとはどういう関係だい」

小賢太は、自分がずっと尾行されていたことに気づいた。迂闊《うかつ》であった。

「応える前に、先日の続きをいたそうぞ」

小賢太は左手で鯉口《こいぐち》を切り、わざと殺気を放出する。

「うわっと」

まともに殺気を浴びた藤堂が後ろに跳んだ。

「おお怖《こえ》え。話しかけただけで殺されそうになったんじゃわりにあわねえよ。おめえさんの腕前は、十分に知っているからな。今夜は一人じゃないんだよ」

後ろから二人、左右から一人ずつ、やはり浪人体の連中が姿を現した。

「……」

小賢太は無言で太刀を抜きはなった。

新たに姿を現した連中の腕前をはかる。右手にいる三十歳くらいの浪人からだけ圧迫を感じた。上背は小賢太より少し高く、肩幅はかなり広い。太刀の柄にまだ手をかけていないことからも相当の腕であることが読めた。あとの三人は藤堂と変わらない。

小賢太は、ゆっくりと足を地にすりこむようにして体勢を整えていった。

「どうだろう、素直に話してくれねえか。そしたら、今夜は黙って消えるぜ」

「…………」

藤堂の言葉を小賢太は無視し、右に神経を集中した。

「りゃあ」

後ろの一人が気合い声をあげた。殺気が籠もっていない。本気でない牽制《けんせい》だが、小賢太は誘いにのった。素早く振り向き、そのまま間合いを詰める。三間ほどの間合いが一瞬でなくなった。

並んでいた二人の浪人が慌てて太刀を青眼から振りあげる。が、小賢太はそれよりも疾い。二人のあいだに割って入るように駆けぬけ、二度太刀をきらめかした。

小賢太に右を抜かれた浪人は、肝臓を断ち斬られ即死し、左にいた浪人は肋骨ごと肺を裂かれ、血泡を吹いて倒れた。

「なにっ」

二間ほど行きすぎてふりかえった小賢太は、驚愕の声をあげた。

さきほど右手にいた一番の強敵と目した浪人が、仲間の死体を跳びこえて迫っていたのだ。

跳びこえた勢いのまま振りおろされた一撃を、小賢太はとっさに太刀の峰で受けた。

火花が散り、砕けた相手の刃の破片が顔に刺さる。が、そんなことを気にしている余裕はなかった。

体重をかけて押し斬ろうとしてくるのを、片膝を地につけて耐える。目と目が合った。相当数の人を殺した者だけがもつ濁りのある独特の眼差しが冷たく小賢太を睨んでいた。

「くうう」

小賢太が右足を組み替えた。敵の勢いを斜め左にそらすためである。

「ちいっ」

浪人が、跳びすさって間合いを開けた。

不審そうな表情を浮かべて藤堂が訊いた。

「渡瀬氏《わたせうじ》、なぜあのままやってしまわれぬのだ」

「見えぬのなら黙っていろ」

渡瀬が不機嫌をあらわに怒鳴りつけた。

その間に、小賢太は体勢を立てなおしていた。

「馬鹿が。いらぬ声がけをするから、あいつに体勢を立て直す余裕をやってしまったではないか」

渡瀬が吐き捨てた。

「できるな、おぬし。なぜ刺客のような真似をする。それほどの腕があれば、そこまで堕《お》ちずともよかろう」

小賢太は、渡瀬に声をかけた。

「ふん、飼い馴らされた犬に狼の辛さがわかるものか。剣の腕など戦のなくなった泰平の世では何の役にも立たぬ。剣よりも筆、筆よりも口なのだ。生きていくためには堕ちることもいたしかたあるまい。まさか、おのれの命より他人の命を慈《いつく》しめなどと申すつもりではあるまい」

渡瀬が小賢太を睨みつけた。

「むっ」

呪いのような言葉に、小賢太は応える術《すべ》をもたなかった。

「返せまい。ならば、刀で語ってみせよ」

渡瀬が、太刀を左肩に担ぐようにして走ってきた。たちまち間合いが詰まった。

「来い」

小賢太は体中の力を抜いてただ立っている。夕雲得意の構えだ。柳に雪折れなし。夕雲はそう言って小賢太にこの構えを叩きこんでいた。

間合いが一間半（約二・七メートル）になったところで、渡瀬が叫んだ。

「死ねえ」

空気を裂く音をたてて渡瀬の太刀が袈裟懸けに小賢太を襲った。

「おうよ」

小賢太はそれを体《たい》を開くことで見切った。

目の前を落ちていく太刀が、ふいに勢いをなくすと臍《へそ》の辺りで跳ねた。

小賢太は、左足を後ろに引くことでそれもかわした。

渡瀬が、ふたたび太刀を肩に担ぎながら笑った。

「飯綱《いづな》返しもかわすか。見事と褒めてやる」

「もういいだろう。そろそろこちらから参る」

宣言した小賢太の気迫に、渡瀬の笑いが凍りついた。

小賢太はわずかに腰をおとした。太刀先を地につきそうなほど落として、無言で跳ぶ。

「やあぁ」

二間に戻っていた間合いなどなきに等しい跳躍であった。

「くっ」

渡瀬が太刀を振りあげて防ごうとしたが、小賢太の勢いはそれを許さなかった。下から渡瀬の太刀を撃ち上げ、がら空きになった胴に切っ先を突き刺した。

「まさか、そんな」

藤堂が驚きの声を漏らした。

「ひっ……」

残っていた一人は、後も見ずに逃げだした。

「あがぁあ」

小賢太の太刀がおのれの腹のなかに入っているのを見た渡瀬がうめいた。太刀先が一寸ほど背中に突きでていた。

「おのれ……」

渡瀬が手にしていた太刀を振り回そうとした。小賢太は、素早く渡瀬から離れた。

「渡瀬氏、成仏せいよ」

藤堂が逃げだした。

傷を押さえていた渡瀬が、膝から崩れ落ちた。力ない声で言った。

「介錯《かいしやく》してくれ」

「よかろう」

小賢太は慎重に渡瀬の背後に回った。

「誰かに申し遺すことでもあれば、聞くが」

小賢太の心遣いに、渡瀬は首を振った。

「これまで誰の命を奪ってもそんなことを聞いてやった例《ためし》がない。儂だけが遺すわけにはいくまい」

そう言って顔をあげた渡瀬の首に小賢太が一閃《いつせん》を送った。

渡瀬の首が自分の膝に抱かれるように落ちた。

四

翌日、当番で登城した小賢太を、組頭の春日半十郎が呼んだ。

「工藤、来い」

小賢太は、太刀を壁際に設けられた刀掛けに置くと、春日半十郎の前に坐った。

春日半十郎の隣に見慣れない男が坐っていた。

「磯田の後任、桐山示五郎《きりやまじごろう》だ。おぬしとおなじ小普請組からの抜擢だ。わずかとはいえ工藤が先任なれば、よく仕事のことなど教えてやるように」

「はっ」

春日半十郎の指示に小賢太は頷《うなず》いた。

「工藤小賢太でござる。よしなに」

「こちらこそ」

二人は顔を見合わせて頭を下げあった。

「では、工藤、桐山を連れて巡回してまいれ」

春日半十郎に命じられ、二人は詰め所を出た。

小賢太よりわずかに年上らしい桐山は、八十五俵の御家人であった。屋敷は白金《しろかね》台《だい》にあり、妻と六歳になる息子、三歳の娘がいる。

「お子さまがおありとはうらやましい。拙者はまだ独身《ひとりみ》でござる」

互いのことなどを語りながら、小賢太はかつて磯田から教えられたことを桐山に話した。

動いているとやはりときの経つのは早い。いつの間にか下城時刻になっていた。

「お近づきのしるしに一献《いっこん》いかがでござるか」

「せっかくでござるが、このあと用がござって。また、今度お願いいたす」

桐山の誘いをこの次にと断って、小賢太は自邸へと急いだ。昨夜のことは子平を使って北野薩摩守の屋敷に報せてある。その返事が来ているのではないかと思ったのだ。

自邸の門をくぐった小賢太を子平が迎えた。

「お帰りなさいませ。お客さまがお待ちでございまする」

「わかった」

子平に太刀を預け、小賢太は玄関を入って右にある客間へと入った。

客間にはくたびれた感じのする小柄な中年の侍が坐っていた。

「お邪魔をいたしておりまする」

侍が、軽く頭を下げた。

「当家の主、工藤小賢太でござる。お待ちいただいたようで」

侍の正面に腰をおろして、小賢太は名乗った。

「留守居同心《どうしん》、小向《こむかい》新左衛門《しんざえもん》にございまする」

小賢太の言葉が終わるまで頭を下げていた侍が、背筋を伸ばした。

留守居同心は、北野薩摩守に預けられている同心のことである。二十俵二人扶持から五人扶持まで経験と家柄で多少の上下はあるが、徳川の家人のなかで最下級に属する。五十人が一組となり、大留守居与力《よりき》の下で江戸城の警備を担った。

「薩摩守さまがお待ちでございまする」

それ以上のことを言わず、小向が小賢太を屋敷から連れ出した。

橘町二丁目から神田川をさかのぼり、お城をぐるりと回るように進んだ。藤堂にあとをつけられてから過敏になっている。小賢太は、ふと風のなかに違和感をおぼえ、半歩前を行く小向に問うた。

「周囲になにやら気配を感じるのだが……」

「お気づきとは……」

小賢太の言葉に小向がちょっと目を見開いた。

「影どもがついておりまする」

小向は淡々と応えた。

「影とはなにか」

小賢太が訊いた。

「我らの動きを窺《うかが》う者がないかどうかを見張っておるのでござる。これから参るところは、付け馬にくっついてこられては困りますで」

小向が小さく笑った。付け馬とは遊廓で金の足りなかった客の後について、借財を取り立てる男衆のことである。

「……………」

小向の冗談に、二度襲われた小賢太は笑えなかった。

やがて、二人は徳川御三家尾張中納言《おわりちゆうなごん》六十二万石の上屋敷の角を曲がって市《いち》ヶ谷《や》へと着いた。

市ヶ谷はそのほとんどが小旗本、御家人の屋敷、先手組《さきてぐみ》与力や同心などの組屋敷からなっている。留守居同心の組屋敷も、先手組同心組屋敷のなかに埋もれるようにあった。

小賢太はその一軒へと案内された。

「拙者の家でござる。どうぞ」

留守居同心の組屋敷は長屋である。玄関を入って右手に台所兼用の土間、その奥に十畳ほどの居間、それと向かい合うように床の間つきの八畳ほどの部屋からなっている。もちろん、使用人を雇う余裕はない。

「妻に先立たれましたのでおもてなしはいたしかねまする。おい、智美《ともみ》、白湯を頼む」

奥の間に小賢太を案内した小向が台所へ声をかけた。

「はい」

すぐに白湯を盆にのせて若い女が入ってきた。

「えっ」

小賢太は驚いていた。さきほど屋敷に入るときには、誰もいなかった。

「娘の智美でござる」

「よしなにお願いをいたしまする」

小向が紹介し、智美が丁寧に三つ指をそろえて礼をした。

「工藤でござる」

かるく返礼した小賢太に、智美がほほえんだ。無骨《ぶこつ》な小向に似ず、華奢《きゃしゃ》な顔立ちの智美は、美しかった。色白の肌に紅なしでもあかい唇が目立った。

「達哉《たつや》はまだか」

小向が智美に問うた。

「後を見ておりましたが、まもなくかと」

智美がそこまで言ったとき、背後の襖が開いて若い男が入ってきた。智美の隣に腰を下ろした。

「遅れました」

「どうであったか」

「一人ついて参ったようでございますが、尾張さまの屋敷前で片づけておきました」

達哉が応えた。

「相手は」

「小者ふうの男でございました」

口を挟んだ小賢太に、達哉がていねいな口調で応えた。

「長男でござる」

あらためて、小向が達哉を紹介した。

「で、拙者をここまで呼んだのはなぜでござるか」

一礼を返した小賢太は用件を尋ねた。

「北野薩摩守さまより、工藤さまに従うようにとの命を受けましてござる」

小向が応えた。達哉、智美ともに首肯した。

「従うようにとは、探索のことか」

「さようでございまする。われら留守居同心は、いざ鎌倉《かまくら》となってお旗本衆全軍進発された後も、ここに残りまする。もちろん、お城の守りが主な任でござるが、他に万一のとき、大奥にお残りの御台所《みだいどころ》さまやお部屋さま、西の丸におられるお世継ぎさまをお連れして城を退くのも任。そのおり、行く先々の事柄を調べるのもまた我らの仕事」

「忍《しのび》の衆か」

小向の説明をそこまで聞いて、小賢太は思わず口を挟んだ。

「甲州《こうしゅう》忍の末《すえ》でございますれば」

小向が話を遮られたことに苦笑しながら応えた。

甲州忍は、武田信玄《たけだしんげん》が育てあげ、戦国時代に名をはせた。もとは黒鍬衆《くろくわしゅう》と呼ばれた金山山師《きんざんやまし》だともいわれ、野山を縦横に駆けめぐり、土木技術に長《た》けたその腕は、伊賀《いが》や甲賀《こうが》にまさるとも劣らぬとうたわれた。武田家滅亡後、家康に抱えられたが、伊賀組や甲賀組や根来《ねごろ》同心のように表には出ていなかった。

小向が話を続けた。

「またの名を、退《の》き口衆《ぐちしゅう》と呼ばれておりまする、留守居組の最後の最後を務める殿《しんがり》」

小向の声には誇りが感じられた。

お目見えという誇りを取り戻そうと躍起になっている小賢太の心に重いものが落ちた。

「……………」

そんな小賢太を気にするでもなく、小向は話をすすめた。

「昨夜、工藤さまを襲った藤堂とか申す浪人でござるが、その行方がわかりましてございまする」

「どうして、それを」

小賢太は驚愕した。襲われたことは話していたが、小賢太から逃げた藤堂がどこへ行ったかを知っているはずはなかった。

「あの日、北野薩摩守さまの命で、お屋敷を出られた工藤さまの後をつけさせていただいておりました」

「後をつけていただと……そうだったのか」

小賢太は、まったく気配を感じさせなかった小向の術者としての腕に感心するとともに、気づかなかったおのれの未熟を恥じた。

「工藤さま、悟られるようでは我らが役目は果たせませぬ。お力落としをなされるな。あなたさまは、さきほどこの二人の気配を感じられたではございませぬか」

小向が小賢太を慰撫《いぶ》した。

「えっ」

「まさか」

智美と達哉が顔を見合わせた。

「そなたたちは、まだまだということだ。少し天狗《てんぐ》になっていただけに、よい薬じゃ」

小向が子供二人をたしなめた。

「申しわけありませぬ。話の途中でございましたのに」

「かまわぬ。それより藤堂がどうなったのか聞かせてくれ」

詫びた小向に手を振って、小賢太は先を促した。

「藤堂は、あの町内の一軒に入りましてございまする」

「町内だと……」

工藤はおのれの迂闊《うかつ》さを呪った。

木戸が閉まれば、町の外に出ることは基本としてできない。他所《よそ》へ行きたいならば、木戸番に潜り戸を開けてもらうしかないのだ。そのとき木戸番は、何人通ったかを次の木戸番に報せるために拍子木《ひょうしぎ》をその数だけ打つ。あの夜、その拍子木の音がしなかった。つまり、藤堂は町内から出ていなかった。

「どんな家だ」

「ごく普通の商家で。上州《じょうしゅう》屋という古着商いの店《たな》でございまする。家の者は、主に番頭と手代《てだい》、丁稚《でっち》が二人ずつ。主の家族は別のところに住んでおるのか、姿は見えませぬ。そこの二階に、藤堂は潜んでおりまする。しかし、なかなか用心深い男で、まったく動きを見せませぬ。見張りは付けてございますが」

小向が告げた。

「わたくしが仕切りますのはここまで。あとのことは、すべて工藤さまのお指図に従うようにとの北野薩摩守さまのご命でございまする」

小向はそう述べると、小賢太をじっと見つめた。達哉と智美の二人も父に倣《なら》った。

「探索のことは全然わからぬ。拙者の申すことがおかしければ教えてほしい。では、藤堂の見張りの継続と、念流の剣術指南役をもつ藩を探してもらいたい」

小賢太は、頼んだ。

「承知つかまつりました。工藤さまがご当番でない日は、かならず暮六つ（午後六時ごろ）までに報告をいたしまする。何かありましたら、そのときに」

小向の返事で顔合わせは終わった。

寛永《かんえい》十八年（一六四一）に生まれた四代将軍家綱は、今年延宝《えんぽう》七年（一六七九）で三十九歳になった。

病弱な家綱は、側室を二人しか設けなかった。無事出生した子供はなく、妊娠中に妊婦ごと死亡するか、流産という悲惨な結果が続いていた。

そして、家綱の体調がかつてないほどに悪くなった今、幕府最大の懸案事項は五代将軍を誰にするかということであった。そこへ飛びこんできたのが、側室お満流の方の懐妊であり、慶事ながらこの騒ぎは御用部屋を大きく揺るがした。

老中稲葉美濃守が、口火を切った。

「お満流の方さまのご懐妊が明らかになりしうえは、西の丸さまのお話は振り出しに戻ったものと考えてよろしいか」

車座になった老中たちを見回した稲葉美濃守は、最後に大老酒井雅楽頭の顔に目を向けた。

「それは早計《そうけい》ではないかな、美濃守どの」

酒井雅楽頭が、ゆっくりとした口調で応えた。

「早計といわれるか。上様の直系の若君がお生まれになるかもしれぬことを」

三代将軍家光から政治力ではなく忠誠というだけで家綱付きの老中に任じられただけに、稲葉美濃守の考えは家綱中心であった。

酒井雅楽頭が、挑みかかるような稲葉美濃守を抑えるように口にした。

「口にするもはばかりあることであるが、執政として言わねばならぬ。お満流の方さまのお腹にあらせられるお子さまが、無事にお生まれになる保証はござらぬ。なにせ、お満流の方さまには一度お流しの経歴がござる」

「たしかに」

久世大和守が、酒井雅楽頭の意見に賛同とばかりに首肯した。

酒井雅楽頭が、ちらとそちらを見て話を続けた。

「それに、無事お生まれになられたとしても、若様とはかぎりませぬ。姫君であられた場合はいかがなされる。婿殿をそれからさがされるおつもりか」

黙って話を聞いていた大久保加賀守が口を開いた。

「ご大老の申されることも一理ござる。また、美濃守どのの忠義のほども当然のこと。いかがであろう。ここは、万一、あくまでも万一に備えて、五代さまのご候補を決めておくということにしては」

「万一に備えてとあれば、いたしかたございませぬな」

大久保加賀守の仲裁に、御用部屋に安堵の空気が流れた。

将軍から老中に幕府の実権が移って久しい。当然のことながら老中になろうという者には野心が満ちあふれている。

誰が御用部屋を握るかの勢力争いなど日常茶飯事である。今は、徳川家と祖を等しくする大老酒井雅楽頭と家光の遺言に忠実に家綱を守り続けている稲葉美濃守の二人が、その大きな柱であった。もっとも、誠実なだけの稲葉美濃守が、権謀術数を駆使する酒井雅楽頭に勝てるはずもなく、すでに大勢は決していた。

酒井雅楽頭が、鷹揚《おうよう》にうなずいた。

「うむ。加賀守どのの申すことやよし。では、どなたがよろしいか、皆の思うところを聞こう」

あらためてそう言われると、誰もが口火を切りたがらない。己が推す人物が選ばれればいいが、別人がなったときにはまちがいなく更迭《こうてつ》される。

御用部屋を覆った沈黙を破ったのは、稲葉美濃守であった。

「お満流の方さまのお子さまに万一のことがござったとして申すが、ならば先代将軍家光公のお血筋である甲府宰相綱重《こうふさいしょうつなしげ》公がご嫡男綱豊《つなとよ》さまこそ、ご正統と申すべきでござろう」

正論である。

「お待ちあれ。正統と申されるなら、御三家から選ぶのが筋ではございませぬか」

すでに老中を退いていたが、格別な家柄として呼びだされていた井伊掃部頭《かもんのかみ》が反対を表明した。

「御三家は、大権現《だいごんげん》さまが、宗家に跡継ぎがないおりに血筋を絶やすことがないようにとお設けになられたもの。尾張には光友《みつとも》卿、紀州《きしゅう》には光貞《みつさだ》卿がおられる。お二人とも大権現さまの孫にあたられ、血筋としては甲府綱豊卿よりもお近い」

これも正論であった。だが、酒井雅楽頭によってすぐに崩された。

「掃部頭どのの言われることに異議がござる。尾張も紀州も、ともに初代がお上に謀反《むほん》の兆しがあり、登城慎みを申し渡されたことをお忘れか」

尾張徳川義直《よしなお》は、寛永十年（一六三三）十一月、甥である三代将軍家光の不予の報せを受けて、許可なく尾張から馬で江戸に下って、幕閣から厳しくとがめられて謹慎を申しつけられた。おなじく紀州頼宣《よりのぶ》は、慶安《けいあん》四年（一六五一）七月、家光の死の直後に謀反を起こした由井正雪《ゆいしょうせつ》の乱に関わったとして、江戸での禁足を命じられていた。

「いかに大権現さまの直系とは申せ、御三家は将軍家の家臣。それが謀反の気を見せるなど言語道断。本来ならお取りつぶしとなってしかるべきを、上様のお情けで長らえた。それだけでも感謝すべきなのでござる。そこから将軍を出すなどもってのほかじゃ」

酒井雅楽頭もまちがってはいない。

「では、誰をとお考えか、ご大老」

意見を粉砕された井伊掃部頭が、少し厳しい声で問うた。

「鎌倉幕府の故事にならい、宮家《みやけ》より将軍を迎えるべきだと愚考いたす」

「……」

酒井雅楽頭の言葉は、御用部屋を沈黙に落とした。

第二章　権力の闇

一

　藤堂が動いたという報せを小賢太が受けたのは、小向一家と出会ってから十日目のことであった。

　髪を島田《しまだ》に結《ゆ》い娘らしい小袖を身につけた智美が、決めごとの暮六つ（午後六時ごろ）に現れて小向の言葉を伝えた。

「おでましを」

　小賢太は、智美の半歩後ろについて歩いた。それはちょうど墓参か使いに出た旗本の娘と警固役の家臣に見えた。女が先に立つ違和を感じさせないためのものだろうが、小賢太は小向の世慣れたやりかたに感心した。

「こちらへ」

半刻（約一時間）ほどたって智美が立ち止まったのは、日本橋《にほんばし》を南に下がった丹《たん》後田辺《ごたなべ》藩牧野《まきの》家の上屋敷にほど近い茅場《かやば》町《ちよう》であった。大川からお濠へとつながる支流にそって拡がる河岸を一本裏に入った民家の戸を、智美が小さく叩いた。すっと音もなく潜《くぐ》りが開いた。智美は小賢太を目でうながした。

小賢太は、太刀に手をかけ、ぐっと上に突きだし、いつ襲われても対応できる体勢でなかへと入った。

しばらく辺りを窺っていた智美が、後に続いた。

小向が一人で有明行燈の隣に坐っていた。

「お呼び立ていたしまして」

小向は、娘と違ってくたびれた行商人のような姿であった。

「藤堂は」

小賢太は、小向の隣に腰を下ろした。

「二階へお上がりください」

小向はそう応えると、先に立って階段をのぼった。

八丁堀《はっちょうぼり》を見ることのできる窓を一寸ほど開け、達哉が外を見張っていた。二階に明かりはなかった。月明かりだけがうっすらと部屋を照らしていた。

「どうだ」

小向に声をかけられた達哉が、無言で首を左右に振った。

「工藤さまをお連れした」

達哉が小賢太に向かって小さく頭を下げた。小賢太はうなずき返して窓に近づいた。

「どこだ」

身体をずらした達哉に小賢太は問うた。達哉が黙って指先で目の前の家をさした。

「あれも古着屋で。伊豆屋儀兵衛《いずぎへえ》と申しまして、明暦の大火の後、ここに店を構えましてござる。四十歳に少し欠けるようですが、身体つきはがっしりとしており、歩き方からもとは武士であったのではないかと」

小向の声は外に漏れないほどの小声でありながら、しみ通るように聞こえた。

小賢太が小向へと目を移したとき、達哉が小さな声を出した。

「藤堂がでましてござる」

小賢太は急いで外を見た。すると、目の前の店の潜り戸を開けて藤堂が出てきていた。辺りをさっと見回すと、日本橋へと向かって歩きだした。

「追うぞ」

小賢太が慌てて階段を下りようとするのを小向が止めた。

「もう少し、お待ちくだされ」

そう言った小向が、ふたたび伊豆屋に目をやった。つられるように小賢太も窓の外を見た。一服つけるほどの間があって、伊豆屋の潜り戸が開いた。なかから首だけが出てあたりを警戒した。

「あれが、伊豆屋でござる。まもなく出て参りますゆえ、気配をだされませぬように」

達哉が小賢太の背後からささやいた。

「……………」

小賢太は無言でそれに応じた。

首だけ出していた伊豆屋が、全身をあらわした。店のなかへ声を掛け、そのまま藤堂とは逆の霊岸橋《れいがんばし》のほうへ歩きだした。

「あとを追いまする。おでましを」

小向に続いて小賢太も階段を下りた。

「こちらから」

入ってきた表ではなくて、小向の案内で路地に面した裏木戸から夜の町へと出た。

この辺りは八丁堀と呼ばれている。町奉行所に勤める与力や同心の屋敷が集まっていた。もちろんそれだけではない。江戸城呉服橋《ごふくばし》御門に近いこともあって、小藩の上屋敷も多い。町屋よりは常夜燈も多く、夜も明るい。慣れてない小賢太をずっと下げて、小向が伊豆屋のあとをつけていった。

遠目ながら、小賢太にも伊豆屋の前身が武士であることはわかった。左腰を下げ、前に出すときに左足を少し外へふくらませる。重い両刀を腰に帯びて歩くことを子供のころから続けていると、両刀を外してもその癖が残るのだ。

霊岸橋をわたり、冨島町《とみしまちょう》から湊橋《みなとばし》をこえて、箱崎町《はこざきちょう》、永久橋《えいきゅうばし》を通って蠣殻町《かきがらちょう》と、わざとうろうろするように小半刻ほども歩いた。

伊豆屋が立ち止まった。そして、じっくりと後ろをすかすようにして見ている。半町《ちょう》（約五五メートル）ほど戻ってきて、さらに周囲を見回した。

それを三町（約三二七メートル）ほど離れた永久橋袂の稲荷《いなり》社から見ていた小賢太は、太は、その用心ぶりに驚いた。

その気配を悟ったのだろう小向が口を開いた。

「あれくらいは当然のことでござる。ですが、あの者は忍ではございませぬ。忍なら、我らの姿を見つけられずとも、気配ぐらいは感じましょうから」

山岳仏教の修験道《しゅげんどう》から派生したと言われる忍は、その修行を山中でおこなうことが多い。熊や狼はもちろん、毒蛇などが横行している奥深い山で鍛錬をするに大切なのが、気配を感じることである。これら危険な獣が側にいることに気づかなければ命に関わる。

伊豆屋を見ていた小向が、小賢太の肩を触った。

「動きまする」

小賢太も目を細めて伊豆屋を追った。伊豆屋は、そのまま真正面にある小ぶりな大名屋敷へと消えていった。

「あれはどこの屋敷だ」

小賢太が小向に問うた。

江戸の大名旗本屋敷は表札を掲げていない。知りたければ、周りで訊くか、武鑑《ぶかん》と呼ばれる本で探すしかなかった。

「上野《こうずけ》伊勢崎《いせざき》藩二万石酒井さまの下屋敷のようでございまする」

素早く武鑑の携帯版である袖武鑑《そでぶかん》を懐から出した小向が調べた。

「大老酒井雅楽頭さまのご分家か」

「はい」

小向が首肯した。

「なぜ、伊豆屋が、いや藤堂が、酒井家と関わっているのだ」

小賢太の疑問に小向は首を振った。

「今宵、やっとここまでつきとめられたのでござる。それ以上のことはわかりませぬ」

「では、乗りこもうではないか」

稲荷社の陰から出ようとした小賢太を、小向が押さえた。

「お待ちなされ。工藤さまは他家の屋敷へ忍ばれたことがございますか。ございますまい。失礼ながら、剣術と忍の術はまったくといっていいほど違いまする。工藤さまなら塀を越えただけで見つかってしまいまする。今宵は、藤堂と伊豆屋、そして酒井家がつながったことに満足して退くのが得策。なにかあって相手に警戒させては元も子もございませぬ」

「むう」

小賢太は身体から力を抜いた。

「では、帰りましょう。酒井家のことは、我らが探りをいれておきまする」

二人は、そっと稲荷社の裏側に回ると、来た道をたどっていった。

酒井雅楽頭が提唱した宮将軍擁立はなかなか周囲の賛同をえられなかった。

徳川幕府にとって神にも等しい家康の血筋を無視した話だけに、いかに大老として幕府のほとんどを握っている酒井雅楽頭とはいえ、押し通すことはできなかった。

御用部屋に稲葉美濃守の声が響いた。

「三代家光さまのお血筋がお二方もおられるのに、なぜ宮将軍などを」

酒井雅楽頭が、手で稲葉美濃守を制した。

「これは家康さまのお血筋を守るべく、申したのである」

酒井雅楽頭の言葉に、御用部屋が静かになった。

「どういうことかの、ご大老」

大久保加賀守が問うた。

四天王には入っていないが、一族の数では徳川家一である大久保家である。その発言力は、大老といえども無視できないものがあった。

「おそれおおくもご先代さまは四十八歳で亡くなられた。そして申すこともはばからねばならぬが、ご当代さまはまだ不惑に達しておられぬというに、ご体調芳しからず。これは、ひとえに将軍が激務であるということによる。ならば、お血筋さまのご寿命をお守りし、長く大権現さまのご血脈を伝えてまいるには、将軍位からお離れ願うしかございますまい」

酒井雅楽頭の言いぶんは、家康の遺した幕府構造からかけ離れていた。だが、家康の子孫の寿命を長持ちさせるためだといわれれば、反対することは難しかった。

「大権現さまのお血筋は、今までのように御三家、甲府と館林《たてばやし》の両宰相家として継承していただき、代々の宮将軍の御台所《みだいどころ》として姫君を配していただく」

「将軍を宮家に渡すことで、朝廷の力が増すことにはなりもうさぬか」

大久保加賀守が、懸念を口にした。

征夷大将軍は武士の統領である。朝廷が徳川に朝敵の汚名を着せて、征討の檄《げき》を国中にとばしたとき、征夷大将軍が朝廷についたら混迷は増し、またもや戦国の世に戻ることにもなりかねなかった。

「そうならぬように我らがおるのではないか、加賀守どの」

大久保加賀守の心配を酒井雅楽頭が笑った。

「いいや、雅楽頭どのの意見は通せぬ。上様のお血筋が、お満流の方さまのお腹にあるときに、そのようなことを申すなど」

稲葉美濃守が話を振り出しに戻した。

御用部屋での会話は、すべて当番の祐筆によって記録される。

その日当番であった祐筆は、夕七つ（午後四時ごろ）の下城時刻になると、居宅ではなく高輪の北野薩摩守の屋敷へと向かった。


翌日、小賢太は、北野薩摩守に呼びだされた。

小賢太と北野薩摩守のつながりは、すでに敵方に知られている。ならばなにも隠すことはないと、北野薩摩守が堂々と小賢太を招いた。

居室に通された小賢太の前にあいも変わらぬ質素な膳が置かれた。酒だけは大きな片口《かたくち》に溢《あふ》れんばかりに用意されている。

さっさとおのれの杯についだ酒を北野薩摩守があおった。

「呼び出してすまんな」

小さく息を吐くと、北野薩摩守が二杯目を注いだ。

「いえ。なにか御用でございましょうか」

小賢太も酒を飲みながら訊いた。

小向から、藤堂のことや上野伊勢崎藩酒井家のことは報されている。あれから大きな動きもない。小賢太は、今日の呼び出しがなんのためかわからなかった。

北野薩摩守が苦そうな顔で言った。

「ちと嫌な話をせねばならぬでな。まずは酔わせてくれい」

続けざまに酒をあおった北野薩摩守は、やがて口を開いた。

「どうやら、上様のお次を巡ってよからぬことが起こりそうなのじゃ。正直なところを申せば、上様はそう長くはないであろう。だが、お世継ぎはお決まりではない。これは、誰にすれば得かと考える老中たちの思惑もあるが、なによりも唯一のお血筋であるお満流の方さまのお腹におられるお子さまの存在が大きい。いま仮に、御三家あるいは甲府、館林の宰相方のどなたかをお世継ぎとしても、もし若君がお生まれになったら、いつ譲位するかを巡って騒動のもととなりかねぬ。多くの大名をお家騒動で取りつぶしてきた幕府が、もめるわけにはいくまい」

北野薩摩守がさらに酒を口にした。

「……お満流の方さまさえおられねば、お世継ぎのことは片がつくと考える者がでるやもしれぬのだ」

北野薩摩守が苦渋に満ちた顔をした。

「まさか、そのようなまねをする者が」

杯を落として小賢太は驚愕の声をあげた。

「それが天下の座の恐ろしさよ。女子供でも容赦せぬ。臣下が主君のお血筋を害する。泰平の下克上《げこくじょう》が起こりかけている」

杯を手に、北野薩摩守が吐き捨てるように言った。


江戸城北桔橋御門が開き、女駕籠行列が出た。

今日、十二月二日は、将軍家綱の母で、死後宝樹院《ほうじゅいん》と号されたお楽《らく》の方の命日であった。

大奥にとって、将軍生母である宝樹院は特別な人であった。毎年この日は、大奥から将軍家代参《だいさん》として中臈《ちゅうろう》以上の女中がその菩提《ぼだい》を弔うため、東叡山《とうえいざん》寛永寺へと参詣した。

その代参をここ数年は、お満流の方が担当していた。

側室として将軍の寵愛《ちょうあい》をいかに受けていようとも、身分は中臈でしかない。ただ、家綱の御台所がすでに他界しているため、実質の妻として、お満流の方にはいろいろな行事への参加が義務のようになっていた。

北桔橋御門を出た行列は、竹橋《たけばし》御門、一橋《ひとつばし》御門を通り、駿河台《するがだい》を下って筋違橋《すじかいばし》を渡った。そして、下谷御成街道《したやおなり》から東叡山寛永寺へと着いた。

宝樹院の墓は、東叡山寛永寺の奥の別当観善院《べっとうかんぜんいん》にある。行列は、まず境内に勧進《かんじん》されている東照大権現宮に参り、続いて本坊で法要を営み、その後観善院へと進んだ。

「ようこそのお参りでございまする」

代参に対しては代理が出る。東叡山寛永寺の主の輪王寺宮《りんのうじみや》は、将軍家もしくは御台所以外の見送りはしない。出てきたのは、執行《しゅぎょう》と呼ばれる権大僧正《ごんだいそうじょう》の地位にある高僧であった。

大奥の代参は時間がかかる。女の多い行列の進む速度が遅いこともあるが、なによりも着替え身支度に時間がかかるためであった。お満流の方はもちろん、その左右に侍《はべ》って参拝にもつきそう女中たちが、場所ごとに衣装を替える。衣装好み、贅沢好みでやっているわけではない。参拝する相手によって決められた格があり、それに従わなければならないのだった。

朝四つ（午前十時ごろ）に城を出た行列が、東叡山寛永寺を離れたのは夕七つ（午後四時ごろ）前になっていた。

下谷御成街道は、堀丹波守《ほりたんばのかみ》の上屋敷を過ぎると町屋に入る。神田明神の門前町である。そのなかほどへかかったとき、浪人者がわらわらと出てきた。

将軍家の御成行列なら、前もって町奉行所や徒目付が出張ってあたりを警戒するが、代参にそれはなかった。

「御台所さまご代参行列と知っての狼藉《ろうぜき》か」

警固を担う御広敷番頭が誰何した。

行列の後ろについていた御広敷伊賀者四人がすばやく駕籠脇を固めた。

「ひえええ」

それを見た大奥女中たちが胸に挿している懐刀に手をやることもなく右往左往した。

「……」

襲撃者は無言で斬りつけてきた。

「ぎゃあ」

御広敷番は、書院番や小十人組のように武芸で選ばれた者ではない。大奥という女の城とうまくやっていけることが主眼であった。たちまちに斬り伏せられてしまった。

「させるか」

かろうじて、御広敷伊賀者が防いでいた。が、御広敷番がすべて倒されてしまえば、多勢に無勢となるのは一目瞭然《いちもくりょうぜん》であった。

「待て」

そこへ行列の後ろから陰供《かげとも》をしていた小賢太が、駕籠脇に駆けつけた。

「かあっ」

小賢太を迎えたのは浪人の一撃であった。駆けこんでくる小賢太めがけ、上段から一気に斬りおろしてきた。

すでに太刀を抜いていた小賢太にはその動きが見えていた。

「なんの」

右斜め前に踏みだしてかわすと、右足を軸に身体を回した。勢いのついた太刀が、すんなりと浪人の胴を裂いた。

「ぐえええ」

ひしゃくで水を打ったような音がして、血が噴きだした。浪人は何か遠くを見つめるような目つきで倒れた。

「ちいっ」

駕籠脇の御広敷伊賀者を取り囲んでいた浪人のなかから数人が、あわてて小賢太に向きを変えた。

相手の陣形が整うまで待つつもりはなかった。小賢太は向かってくる浪人のなかでもっとも近い男に走った。

「なんだ」

多人数に慢心していたのか、浪人が唖然とした顔をした。

真剣に慣れていないと、その威圧感に抜いただけで身体が固まる。抜きつけていても、人を斬ったことがないと、いざというとき切っ先がのびない。

驚いた段階で浪人の負けだった。筋肉によけいな力が入って動きが鈍くなった。

小賢太の太刀が、やすやすと浪人の血脈を斬りとばした。

「で、できるぞ、こやつ」

見ていた浪人の一人が、焦った。

「囲んで仕留めよ。邪魔させるな」

全体を見渡せる町屋の角にいた頭領らしい浪人が、小賢太を指さして命じた。

「来い」

多人数を相手にするときには残心の構えをとる暇はない。動きを止めれば周囲を抑えられ、包みこまれるようにしてやられる。相当な腕の違いがあっても無事ではすまない。小賢太は、流れるように足を運びながら、太刀を左右に振った。

無住心剣術は、心を留めおくことなく流れるようにとの夕雲の考えかたから、形《かた》に名前をつけることはない。相抜けも形の名前ではなく、心のありようでしかない。決まった形を作るより、そのときどきの心にまかせて太刀を振るえとの夕雲の教えを、小賢太は身をもって体現していた。

「ぎゅああ」

「ぐえええ」

たちまちにして四人が血に濡れていた。

包囲網に穴が開いた。そこを突いて小賢太は、駕籠脇の御広敷伊賀者に襲いかかっている浪人の背中に突きを入れた。

「かはっ」

宙を仰ぐように身体を反らせて浪人が絶命した。

「こいつめ」

「ぬん」

小賢太に太刀を向けようとした若い浪人を薙いだ。重い音をたてて肘から先と一緒に太刀が落ちた。

「天守番工藤小賢太でござる」

呆然としている若い浪人を蹴り飛ばし、駕籠脇にとりつく。

「かたじけない」

何カ所か傷を負いながらも使命を果たしていた御広敷伊賀者が礼を述べた。

「あと少しでござる。気張られよ」

小賢太は、斬りかかってきた浪人の目の前に太刀をきらめかした。

「おわっ」

浪人があわてて後ろへ逃げる。

「情けない」

状況を見ていた浪人の頭領が、太刀を抜いて駆けてきた。左脇に引きつけるように構えた太刀を間合いに入るなり真横に薙いできた。

勢いのついている太刀をそのまま受けては、力に負けて食いこまれる。かわせないと悟った小賢太は、太刀先を下に向けて出した。

すさまじい音がした。命のやりとりをしている御広敷伊賀者と浪人が動きを止めて、小賢太たちを見た。

小賢太の右で太刀を構えて隙をねらっていた中年の浪人が驚きの声をあげた。

「な、なんと」

小賢太の太刀の刃が、頭領の刀の刃に食いこんでいた。

拍子が合うということがある。太刀の質、力の方向、あたったときの勢いなどの全部が、うまく重なることだ。今もそうであった。

「……」

一瞬で意識を戻した頭領は、さすがに慣れていた。太刀から手を離すと脇差《わきざし》を抜いた。鍔《つば》ぜり合いの間合いならば、脇差でも十分である。

普段の倍の重さになった得物を気にすることもなく、頭領の太刀を食いこませたまま小賢太が逆袈裟に振り抜いた。

小賢太の胸めがけて脇差を突きだした頭領は、目の前を通過した白光《びやっこう》をこの世の見納めに死んだ。

食いこんでいた頭領の太刀がはずれて、大きな弧を描いて落ちた。

「まさか……」

術が解けたかのように、動きを止めていた者たちが我に返った。

「ひいい」

小賢太の腕を目の当たりにした中年の浪人が、背中を向けて逃げだした。

「ひ、ひけっ」

誰が叫んだのか、戦力の半分を小賢太に倒されて、浪人たちが散りだした。

それを追うほどの余裕は、警固側になかった。女中たちに死者は出ていないが、警固の御広敷番はほぼ全滅、陸尺《ろくしやく》二人は逃げていなくなっていた。御広敷伊賀者も一人を失い、かろうじて三名がなんとか動けるというありさまであった。

駕籠の反対側にいた御広敷番が、小賢太に近づいた。

「助かり申した」

ていねいに小腰をかがめて礼を言った。

「あと少し早ければ……残念でござる」

小賢太は倒れている御広敷番たちに瞑目《めいもく》した。

「申し遅れました。御広敷侍広川《ひろかわ》太助《たすけ》でござる」

四十歳ほどのやせた風采《ふうさい》のあがらない侍が名乗った。

御広敷侍は、御広敷番と違い、警固役ではなく御広敷の維持、大奥女中たちの外出の供が仕事である。

「天守番二番組工藤小賢太でござる」

二人は名乗りあった。

小賢太が不審に思って訊いた。

「お駕籠のお方の安否を確認されずともよろしいのでござるか」

広川が目を伏せた。

「われらは、お部屋さまのお顔を拝することどころか、お声をかけることさえ許されておりませぬゆえ。お女中方のどなたかがお戻りになられるまでは、このままでおるしか」

「馬鹿なことを」

小賢太は広川の声を途中で遮った。素早く駕籠の戸近くに片膝をつく。

「工藤どの」

広川の咎めるような声に、小賢太は右手に血刀《ちがたな》をさげたままであることに気づいた。

小賢太は太刀を背中にまわした。

「ご無礼は承知で申し上げまする。お怪我などなされてはおられませぬでしょうや」

駕籠のなかから何かを動かす音がした。貴人の乗る駕籠には何かの拍子に戸が開かないように小さな留め金がついている。それをはずす音だった。

広川が飛びつくようにして戸を押さえた。

「工藤どの、お方さまはご懐妊なされておられまする。血の汚れは……」

広川の言葉は小賢太に向けたものであったが、そのじつは駕籠のなかのお満流の方へ聞かせるためであった。妊娠中に火事や血を見ると赤子にあざができるという迷信があった。

「心得のないことをいたしました」

小賢太は素直にわびた。

「外の者に申します」

駕籠のなかから声がした。

若い張りを残しながらも落ち着いた声音は、周囲を鎮めるだけの威を含んでいた。

「妾《わらわ》はどこにも傷など負っておりませぬ。それよりも、行列の者どもが無事であるかどうかが気がかりじゃ」

「おそれながら、お駕籠まで申し上げまする。お女中方には、まもなくそろいますれば、いま少しお待ちくださいますように」

駕籠のなかにいても、外の音や声は聞こえている。お満流の方も、被害がないと思っているわけではないだろうが、ここまでひどいとは知らないはずだ。小賢太はごまかした。

三々五々戻ってきた女中たちと陸尺によって、駕籠はふたたびお城へ向けて動き出した。

行列の最後に控えた広川が小賢太に顔を向けた。

「ご門までお供願えますか」

「承知」

広川の願いに小賢太は頷いた。

二

お満流の方が襲われたことは、あっという間に城中を駆けまわった。老中や役人たちの下城時刻をすぎていたが、ただちに再登城がなされた。

暮六つになり、暗くなった御用部屋には蠟燭が大量に入れられ、真昼のようであった。

「どういうことか、ただちに目付どもを向かわせよ」

稲葉美濃守が叫んだ。

「場所は神田の町屋と聞く。町奉行所に命じるべきである」

老中といえども、役目による管轄は厳守しなければならない。大久保加賀守が注意した。

「急ぎ」

お城坊主が御用部屋を出ようとするのを酒井雅楽頭が止めた。

「待て」

「どういうことでござるか。ただちに手配をいたさねばなりませぬぞ」

井伊掃部頭が詰問した。

「わからぬのか。お世継ぎのことが決しておらぬときに、ご懐妊なされているお満流の方さまに刃が向けられたなどと表沙汰にしてみよ、お膝元の江戸でさえ抑えることができぬのかと、世間の嘲笑を買うは必至でござるぞ」

酒井雅楽頭が、厳しい声で御用部屋一同をねめつけた。

「しかし、このまま放置しておくわけにもいきますまい。御広敷番六名が死亡いたしたことでもござるし」

「表だっての探索をせずとも、裏でやればよいだけでござる。何のために御広敷に伊賀者が配されておる」

まだ言いつのる井伊掃部頭に、酒井雅楽頭が不機嫌な顔を隠そうともせず言った。

それを受け、大久保加賀守が口を開いた。

「では、町奉行には何もするなと伝え、御広敷番頭に伊賀者を使って下手人どもを探させるということにいたしましょうぞ。それと、亡くなりし者どもには、そのまま家督を許し、扶持米を別途支給する。なお、この件に関しては月番《つきばん》である拙者が受け持とうと存ずるが、よろしいかな」

「そういえば、行列の危機を救った者がおると聞いたが」

稲葉美濃守が、思い出したように隣に控えている祐筆に問うた。訊かれた祐筆が、顔を上げて応えた。

「天守番二番組、工藤小賢太が偶然通りかかったとのことでございまする」

「お目見えはかなわぬ身分か」

「父の代に失策を犯し、四百石から百石に禄を減じ、お目見えからはずされたと記録にございまする。御使番菅原越前守が甥にあたりまする」

祐筆が淡々と記録を読んだ。

「そうか。いかになかったことにすると申しても、功績ある者をそのままにもしておけまい。この者の褒賞も拙者にお任せいただいてよろしいかな」

大久保加賀守が、話に終止符を打った。

番方の褒賞は、本人より前に支配に伝達が行き、そこでもう一度検討されて、組頭、本人へとおりていく。

大久保加賀守は、天守番を支配する大留守居北野薩摩守を呼びだした。

「薩摩守どの、先だっての一件をお聞きなされたかな」

百万石の前田《まえだ》、七十七万石の島津《しまづ》でも呼び捨てにできる老中であるが、御三家と大留守居だけは敬称をつける。

「伺いましてござる。お満流の方さまにはご別状なきとのこと、祝着至極にございました」

すでに小賢太からいっさいの事情を聞いている北野薩摩守であったが、匂わせることさえしなかった。

「行列の援護に参った者が、薩摩守どのの支配下の天守番だとか。その者への褒賞でござるが、お目見えの復帰ということでいかがでござろう」

「それはいかがでござろう」

大久保加賀守の提案を、北野薩摩守は拒否した。

「それはまたなぜでござるかな」

御家人身分から旗本へあがることは、名誉なことである。それも役職の都合で身分替えされるのとちがって、子孫代々旗本になれる。

「聞きますれば、此度《こたび》のことは表向きなかったことになるとか。それの褒賞で格を上げるとなれば、つじつまが合わぬのではございませぬか」

北野薩摩守は落ち着いた口調であった。

御家人から旗本への格上げ時には、将軍家お目見えがある。家綱の体調のよくないいま、お目見えは長くおこなわれていない。それが急におこなわれるとなると、いらぬ憶測を呼ぶことは必至である。

「なるほど。そのとおりでござるが、それではあの者への褒賞はどうされる。なしというのは、あまりではないか」

「ならば、五十石ほど加増してつかわせばよろしいのでは」

格を変えることはそうないが、加増はけっこうおこなわれる。百石をこさない加増なら、まず目立たない。

「そうじゃな。少々軽いように思うが、お満流の方さまが無事に若様をお産みになられたあかつきに、あらためて格を上げてやればよいか」

北野薩摩守の話に、大久保加賀守は納得した。

慶事は午前中に、凶事は午後にという幕府の慣例にのっとって、小賢太が支配である北野薩摩守のもとへ呼びだされたのは翌日の四つ（午前十時ごろ）であった。

公式な言い渡しになる。江戸城表留守居役部屋で小賢太は徒目付同席のうえ、北野薩摩守より加増の沙汰を受けた。

「此度の功績により、工藤小賢太に五十石の加増を下しおかれる」

「ありがたき幸せに存じまする」

小賢太は切り紙を押しいただいた。

儀式は終わり、徒目付と祐筆が出て行った。それを見送った北野薩摩守が小賢太を誘った。

「ついてくるがいい」

将軍の居間御座所に近い留守居役部屋から少し歩けば、御広敷である。

「これは、大留守居さま」

御広敷番頭楠木権太夫が出迎えた。

「お待ちでござる」

二人は、楠木権太夫の先導で、表にある大奥唯一の場の元橋御門脇座敷に案内された。

「お連れ申しました」

二十畳ほどの座敷の上座にはすでに三十過ぎの中臈が坐り、その両脇に大奥女中が二人控えていた。

「大留守居北野薩摩守どのでござる」

楠木権太夫が北野薩摩守を紹介した。

「大奥中臈、光山《みつやま》でございまする。よしなに」

光山が、北野薩摩守に向かってかるく頭をさげた。

「あの者が、そうでございますか」

光山が目で対面所入り口襖付近で平伏している小賢太を指した。

将軍家の手がついていない中臈をお清《きよ》の中臈といい、高禄の旗本に等しい扱いをうける。お目見えさえできない小賢太など家臣扱いであった。

「さようでござる。天守番工藤小賢太でござる」

北野薩摩守が小賢太を披露した。

「お満流の方さまより下されものがありまする。これを」

脇に控えていた女中が、小賢太の目の前に袱紗《ふくさ》ごと置いていった。

「では、これにて失礼いたしまする」

光山は北野薩摩守だけに礼をしてさっさと出て行った。功績者の小賢太には目もくれなかった。

「お腹立ちになられませぬように。あれが大奥というものでございまする」

楠木権太夫が、北野薩摩守の機嫌をとるように言った。

「いやはや。噂には聞いておりましたが、なかなか女傑揃いのようでござるな」

笑い声をあげた北野薩摩守が、小賢太を見た。

「なにを頂戴いたしたかの」

小賢太は袱紗に手を伸ばした。

「懐刀でございまする」

黒漆《くろうるし》の鞘に納められた懐刀であった。はやりの貝象眼《かいぞうがん》や蒔絵《まきえ》などの装飾はいっさいない。いかに下賜《かし》されたものとはいえ城中である、鞘走らせることは許されない。拵えしか見られなかったが、ていねいな仕事がなされていた。

「女持ち道具じゃな。ひょっとするとお満流の方さまお手持ちの物かもしれぬ。大切にいたせよ」

「はっ」

北野薩摩守の言葉に小賢太は首肯した。

師走《しわす》に入ったが、進展はなにひとつなかった。

今宵、暮六つに、小賢太の屋敷を訪れたのは小向自身であった。小向は脇差だけを差し、武家奉公をしている小者のような姿であった。

「何かあったのか」

娘の智美か、達哉がやってくる連絡に小向が来た。小賢太は身構えた。

「あれから何度か伊勢崎藩酒井家の下屋敷と上屋敷に忍んでみましたが、あれだけ無防備ではなんともしようがございませぬ」

小向が淡々と酒井家屋敷のことを話した。

「下屋敷というのは、ご存じのとおり藩主の家族の住居か、あるいは家臣たちの長屋であることが多いのでござるが、あれだけ人気《ひとけ》の少ないのは珍しゅうござる」

伊勢崎藩は酒井雅楽頭の分家である。雅楽頭が家督を継ぐときに弟に分地したものので、扱いは譜代ながら、なにをするにも本家である酒井雅楽頭の許可がないとできない。

「二万石なら藩士が全部で百八十人ほどでござろうか。国元に七分、江戸表に三分と家臣を分けているとすれば、江戸におる藩士は、五十人ちょっと。上屋敷に三十人とすれば、下屋敷には二十人、藩士家族を入れたとして、下屋敷には八十人ほどしか人がおりませぬ」

千四百坪ほどの敷地に八十人ほどなら、ほとんど他人目《ひとめ》がないに等しい。忍にとっては無人の野《や》を行くのと変わらなかった。

「蔵のなかはもちろん、それこそ老臣どもの日記まであさりました。が、なにもございません。あのとき、伊豆屋が入っていったのがまことであったのかと疑うほどでござる」

小向が嘆息した。

小賢太も言葉がない。一拍おいて小向が言った。

「ご相談がございまする」

「なにか」

「あぶり出してみたいのでござる」

「それがよい」

じっとしているのが苦手な小賢太は喜んでのった。

「で、どうするのだ」

「藤堂を追いこみまする」

小向は短く応えた。

藤堂が潜んでいるのは、京橋《きょうばし》を北に行った松川町《まつかわちょう》である。江戸城に近いわりに武家屋敷がなく、楓川《もみじがわ》、八丁堀、お堀に囲まれたまったくの町屋ばかりのところである。

綺麗に升目《ますめ》に造られた町内は、一つの固まりごとに町役を決め、町の出入り口に木戸を設け、自身番を置いている。人別《にんべつ》にない者の逗留《とうりゅう》を許さず、一定の日数をこえての滞在は、たとえ親戚といえども町役へ届け出なければならない。この徹底した規則が、町内の安全を守っていた。

小向が計画を語った。

「上州屋にもゆさぶりをかけてみたいと存じまする。どのようなかたちで届け出ているかはわかりませぬが、後ろ暗いところがあれば動きがあるかと」

「わかった。拙者が上州屋へ出向こう」

決行を翌日に決めて、小向は手配をしに帰っていった。

中食《ちゅうじき》を家ですませた小賢太が松川町に現れたのは、八つ（午後二時ごろ）を少しすぎたころであった。

「ごめん、こちらに藤堂どのと言われるご浪人が滞在されてはおらぬか」

小賢太は、鶯《うぐいす》色の地に白く上州屋と染め抜かれた暖簾《のれん》をくぐって尋ねた。大量につるしてある古着をかき分けて初老の番頭らしき人物が出てきた。

「どちらさまで」

「工藤小賢太が参ったとお伝え願えぬか」

番頭が二階への階段を上がっていった。

しばらくして、二階から藤堂が下りてきた。左手に太刀をぶら下げ、顔には笑いを張りつかせていた。

「知られていたとはな」

「こちらにも目も耳もあるということだ」

小賢太は一人ではないということを匂わした。

「外で話そうか」

聞き耳を立てている番頭に太刀と脇差を預けた藤堂が、小賢太を誘った。

「ああ」

二人は上州屋を出ると東に歩き、楓川の河岸にでた。

藤堂が小賢太の正面に立って言った。

「刀では勝てないことはわかっている。無駄な抵抗はしねえから、そう剣呑《けんのん》な顔をしないでくれねえか」

「知っていることを洗いざらいしゃべってくれればいい」

小賢太は声《こえ》に殺気をのせた。

「おお、怖え。全部といっても、おいらごとき雇われは、肝心なことは教えられねえ。たぶん、おめえさんが知っていることとさして変わりはねえよ」

藤堂が苦い笑いを浮かべる。

「かまわない」

小賢太の言葉は短い。小向から尋問するにはこちらの手の内を見せないほうがよいと言われていた。

「おいらは、深川あたりの浪人を仕事に応じて集めるのを生業《なりわい》としていてな。上州屋が持ってくる仕事をこなすだけなんだよ」

藤堂がゆっくりと歩きながら語った。

「誰に頼まれた。知らぬとは言わせぬ。伊豆屋のことはわかっている」

藤堂の眉が少し動いたことに、小賢太は気づかなかった。

堀の一部になっている楓川を、荷物を積んだ舟や、葛西《かさい》あたりから下肥《しもごえ》を引き取りに来る肥舟が行き交っている。

藤堂がさりげなく川に目をやった。

「なあ、川の流れのように人は決まったほうに行けねえものなんだよなあ」

藤堂の科白《せりふ》に、小賢太はとまどった。

「もとはおいらもさ、旗本だったんだぜ。三河以来のお家柄ってやつだ。石高までは言わぬが華。父母と姉の四人家内《がない》、家督を継いでお役についてと、夢はまっすぐだった。それが暗転しちまったのが、色恋ってやつよ。相手が悪かった。支配頭のお姫さまに惚れちまった。あとはお定まりよ、しつこくつきまとう男を目の前から消し去るにはとな、大坂城代《おおさかじようだい》勤番を命じられた。そのまま大坂へ行っていたらよかったんだが、恋に目がふさがっていたおいらは、女と離れるくらいなら家名なんぞと道中で逐電《ちくでん》。江戸へ戻ってきたときには、女はすでに高禄の旗本へお輿《こし》入れ。あきれたね、おのれの目のなさに」

藤堂の投げやりな態度に、小賢太はただ毎日生きているだけだった父の姿を思い出していた。

「そうか……」

それがわずかな隙《すき》になった。

「ぬん」

藤堂が河岸から跳んだ。

うまく舟の上に乗る。ふり返り、小賢太に手を振った。

「また、会おうぜ。続きはそのときにな」

「おのれっ」

跳べない距離ではない。が、舟に降りた藤堂の手には太刀が握られていた。

船頭が菅笠《すげがさ》を取って小賢太に挨拶した。

「では、失礼を」

上州屋の番頭であった。

「しまった」

小賢太は急いで上州屋へと戻った。だが、すでにもぬけの殻《から》になっていた。

上州屋を出た小賢太は、隣の店へと入った。

「隣の上州屋について訊きたいのだが」

「あいにく、おつきあいはございませんで」

小賢太は何軒か回ってみたが、どれもおなじような答えばかりであった。上州屋はこの場所で二十年以上古着屋をやっているが、その前はどこで何をしていたのか誰も知らなかった。

六軒目の家を出た小賢太は、空を仰いだ。

いつものように暮六つにやってきたのは智美であった。無地の小袖に足袋《たび》を穿かない貧乏御家人の娘のような姿だった。

「すまぬ。逃がしてしまった」

智美が小さく笑った。

「いえ、ちゃんと後をつけておりますれば」

小賢太が失敗《しく》じるくらいは見すかしていた。

「どこへ行ったか」

「深川本誓寺《ほんせいじ》裏のしもた屋へ」

智美が応えたのは深川のほぼ中央である。小名木川《おなぎがわ》の南で霊巌寺の近くだが、旗本や大名の下屋敷、寺社と町屋が入り組んでいる。

「どこにでも逃げられるというわけか」

町方に追われれば寺社地あるいは大名屋敷のなかへ、寺社奉行の手配なら町屋あるいは大名屋敷、目付相手なら寺社か町屋へと、どうにでもなる。

「あの辺りの寺院や大名屋敷の者どもは、金で飼われているようなものでございます」

屋敷の門番はもちろん、中間《ちゅうげん》、なかには藩士や僧侶まで悪党どもに鼻薬を嗅がされていた。

「水路で細かく仕切られておりますゆえ、知らぬ者が入ることは難しく」

智美の言うとおりであった。もともと海を埋め立てて造っただけに、あちこちに排水路があり、細切れに造成された土地は、四隅の小さな橋だけで周囲とつながっている。そこに見張りさえたてておけば、入る者を管理できる。

「拙者は行けぬか」

「はい。工藤さまはお顔を知られておりますゆえ。でも、ご心配なさらずとも、我らが探索を続けますほどに」

智美がそう言って帰ったのは、六つ半(午後七時ごろ)であった。


延宝八年(一六八〇)が明けた。

小賢太にさしたる変化はなかったが、幕府は大きな波をむかえていた。四代将軍家綱の病状がますます悪化したのだった。

一日中微熱が去らず、長時間坐っているだけで気を失うこともあり、大名たちの年賀の挨拶を受けている最中に吐血さえした。顔色はさらに悪くなり、表御番医師たちもなすすべがなく、滋養強壮《じようきようそう》に効くとされる漢方薬を処方するしかないありさまであった。

三が日がすむと、江戸城内は普段と変わらない日常を取り戻す。役人たちは決められた時間に登城し、任務をこなす。御用部屋とて同じであった。

「上様のご病状は、ますます思わしくないとの報せが医師よりあがっておる。春早々には京より、典薬頭《てんやくのかみ》の江戸下向《げこう》もおこなわれると、所司代《しよしだい》より通達もまいっておる」

酒井雅楽頭の声で、延宝八年の御用部屋の話は始まった。典薬頭の派遣は将軍の寿命が尽きる寸前でないとおこなわれない。

すぐに大久保加賀守があとを継いだ。

「取り急ぎ、西の丸さまだけでも決めておかねばなりますまい。もちろん、上様のご快復が第一であることは当然でありまするが、幕政に一時の空白も許されませぬ。三代さまご逝去のおり、上様がすでにお世継ぎとしておられたにもかかわらず、二度も謀反が起こりましたことをお忘れではございますまい。空位とあれば、それこそなにがあるか」

二度の謀反の一つは慶安四年（一六五一）七月の由井正雪の乱で、もう一つはその翌年承応《じようおう》元年（一六五二）九月にあった別木庄左衛門《べつきしようざえもん》によるものである。ともに訴人する者があって未然に防がれたとはいえ、幕府を揺るがした大事件であった。

「ううむ。たしかに、あのとき上様はまだ十一、二歳であらせられたからのう」

稲葉美濃守が苦い声をだした。

「しかし、一度西の丸さまとしてお迎え致したかぎり、将軍宣下《せんげ》を受けずしてお退きいただくというわけにはまいらぬ。せめて、お満流の方さまのお腹におられるお子さまが若君か姫君かだけでもわかれば……」

大久保加賀守が、繰り言のように口にする。

「御三家方や甲府館林の宰相方を西の丸さまにお迎えすれば、お満流の方さまが若君さまを無事ご出生なされたところで、お世継ぎをご辞退願うわけにはまいりませぬぞ」

酒井雅楽頭が、稲葉美濃守に顔を向けてしゃべった。

「かともうして、お子さまがお生まれになるまで待っているだけのときもござらぬ」

酒井雅楽頭が続けた。

「なにかあってからでは遅いのでござるぞ」

「……」

酒井雅楽頭の厳しい声に、御用部屋が沈黙した。

「次までにおのおの西の丸さまによろしかろうと思われるお方を思案しておいていただこう」

ここで無理押しをするのは得策ではないと感じたのか、酒井雅楽頭が話を切りあげた。

幕府最大の懸案事項ではあったが、そのことだけにかかずらわっているわけにはいかなかった。やるべきはまだまだあるのだ。

老中たちは車座を解いておのおのの机に戻った。


江戸の松の内は六日までである。この日、市中はそろって門松を外し、いっせいに焼く。もとは十日過ぎまで飾っていたが、門松が原因になった火事が続き、寛永年間に六日に外すようにとお触れが出た。

門松がなくなれば、一気に正月気分は抜ける。

その六日の夜、小賢太は母方の本家である菅原越前守に呼びだされた。御使番を務める菅原越前守は、小賢太の母あきの兄にあたる。

「よく来たな」

菅原越前守が、書院に小賢太を招き入れた。

伯父甥の仲になるとはいえ、相手は布衣《ほい》格の旗本で小賢太は御家人である。通された書院の廊下際で小賢太は頭を下げた。

「そう硬くなるな。もっとこっちに来い。そこでは話ができぬわ」

菅原越前守に言われて、小賢太は畳二枚ほど前に出た。

「まずはめでたい。五十石とはいえ御加増を頂戴したことは工藤家にとって久々の慶事である」

「ありがとうございまする」

小賢太は、これほど機嫌のよい菅原越前守を見るのは何年ぶりかと頭のなかで勘定した。父の失策があってからは、いつも苦虫をかみつぶしたような顔ばかりであった。

「城中で坊主どもから聞いたのだが、お満流の方さまの御代参行列を襲った曲者どもを蹴散らしたそうだの」

菅原越前守が、小声で囁くように訊いた。

あれだけの事件である。見ていた町人もいるし、なにより口さがない大奥の女中たちが黙っていられるはずもなかった。

「はあ」

北野薩摩守に口止めされていることもあって、小賢太は曖昧な返事をした。

「よいよい。わかっておる」

いかによき家柄であろうとも、城中で出世していくためには身の処し方を知らなければならない。菅原越前守が、なにもかもわかっているぞという顔をした。

「小賢太。そなた、お満流の方さまにお目通りは願えたのか」

「いえ。お声を伺っただけでございまする」

小賢太は正直に応えた。

「そうか。まあよい。それならば、お満流の方さまが、まったくそなたのことを知らぬと言われることはなさそうじゃな」

「どういうことでございましょうや」

「上様がお世継ぎさまを決められるという話を聞いたことはないか」

小声になった菅原越前守が問うた。どうやら、これが本題のようであった。小賢太は慎重に応えた。

「噂ていどでございますが」

「そのお世継ぎの第一とされているのが上様のお子、そう、お満流の方さまのお腹におられる方じゃ。もし、お満流の方さまが和子さまをご出産なされれば、その伝《つ》手《て》で工藤家は旧に復するどころか、場合によっては和子さまの小姓に抜擢され、立身出世も夢ではなくなるのかもしれぬ」

菅原越前守の考えは間違っていない。これまでも女の縁で出世した者は数えきれないほどいる。代表が、家光の乳母《めのと》だった春日局だ。春日局の引きで夫、長男、次男、孫が大名に取り立てられた。

小賢太は首を振った。

「そのようにはまいりますまい。拙者の名前など、とうにお満流の方さまはお忘れでございましょう」

「お満流の方さまが覚えておられるかどうかは問題ではないのだ。そなたがお満流の方さまとかかわったということが重要なのじゃ」

菅原越前守が、小賢太の心得違いを諭した。

「そういうものでございましょうか」

「うむ。世のなかとは、おのれの意志とは関係なく流れていくものよ。その流れに乗るか、逆らうかで世に出るか出られぬかが決まる。小賢太、そなたはいま大きな流れに乗ろうとしておるのだ。よいか、けっして流れに逆らうではないぞ」

「はあ」

小賢太は頷いた。天守番への推挙といい、菅原越前守には世話になりっぱなしなのだ。

「それから、申すまでもないとは思うが、そなたはすでに世間からお満流の方さまについたと見られておる。もちろん縁続きである儂もだがな。よって、御三家、甲府宰相さま、館林宰相さまには近づくではないぞ。二股をかけるのがいちばんまずいでな。両方から憎まれる」

「百五十石ていどの御家人に、御三家さまや宰相さまがお声などかけてくださるはずもございません」

小賢太が苦笑した。

「甘いの。よいか、お満流の方さま側の者を自陣に引き入れることは、かなり大きな効果があるのだ。あやつまでが見限った、それほど状況が悪いと周囲に思わせることになる。とくにそなたはお満流の方さまのいわばお命を救った功労者じゃ。世間一同の注目が集まっておる。よいか、そなたは己で思う以上にこのことに深くかかわっているのじゃ。結果が出るまで、もう抜け出すことができないということを心に留めておけ」

菅原越前守の話に、小賢太は背筋に寒いものを覚えた。

三

夕餉を馳走になった小賢太が菅原越前守の屋敷を出たのは六つ（午後六時ごろ）であった。

今夜までが松の内である。陽は落ちたとはいえ、人通りは多い。あきらかに一杯飲んでいるとわかる連中が提灯も持たず、常夜燈の明かりを頼りにおぼつかない足元を見せていた。

自邸まであと少しとなったところで、すっと人影が湧いた。殺気を見せていないとはいえ、小賢太は足を止めて様子を窺った。

「工藤小賢太どのとお見受けする」

常夜燈の明かりに照らされたのは、不惑ほどの武士であった。身につけているものも華美《かび》ではない。どこぞ大藩の上級家臣か、中級旗本といった感じであった。

「いかにもさようでござるが、どなたか」

「ここでは、なんでござる。ご同道願えまいか。けっして御身《おんみ》に害意は抱いておりませぬ」

武士がていねいに小腰を屈《かが》めた。

「……あまり遠くでは困るが」

小賢太は一応渋った。

「小半刻（約三十分）もかかりませぬ。ぜひにお願いいたす」

武士はしっかりと小賢太の顔を見た。小賢太は黙って首肯した。

小賢太は、橘町からわずかに北、通旅籠町《とおりはたごちょう》にある一軒の宿屋に案内された。

武士は二階の一間の前で膝をつくと、なかへ声をかけた。

「工藤どのをお連れいたしましてござる」

「入れ」

低い声で応答があった。

「なかへどうぞ」

武士が膝をついて襖を開け、おのれは廊下に控えたまま小賢太に入るようにとうながした。

障子を開け放つことで十畳ほどの部屋二つを一つにした奥の間に、贅沢な小袖を身につけた初老の武士が坐り、その右手に黒紋付き姿で脇に太刀を置いた頑強そうな侍が控えていた。

「ごめん」

なかに入った小賢太は、床の間を背にしている初老の男の前に膝をそろえた。礼儀にのっとって太刀を鞘ごと抜き、おのれの右側に置く。

「夜分に招いた無礼をまず詫びよう」

初老の男は傲慢《ごうまん》な態度でほんの少し頭を傾けた。

「尾張家家老成瀬《なるせ》隼人正《はやとのしょう》である。見知りおけ」

隼人正が、小賢太をじっと見た。

小賢太は驚いた。

尾張家の成瀬はそこらの家老と格が違った。付け家老と呼ばれ、家康からとくに九男義直の傅育《ふいく》と補佐を命じられた家康股肱《ここう》の臣を先祖にもち、犬山《いぬやま》城主として三万五千石を領している。

初代正成《まさなり》は、駿府に隠居した家康の宿老《しゆくろう》として辣腕《らつわん》を振るった人物であり、そこらの譜代大名よりはるかに名門であった。が、尾張家の付け家老になったために陪臣あつかいをうけ、江戸城にも席を与えられてはいなかった。

「ご用件をお聞かせ願いたい」

小賢太は紋切り口調で問うた。

かつては直臣であったかもしれないが、今では陪臣である。目通りできないとはいえ、御家人である小賢太が格上であった。とはいえ、石高の違い、幕府での影響力など、小賢太よりははるかに強い。

「ふむ」

小賢太の態度に不満をいだいたのか、成瀬隼人正の目つきがきつくなった。

「我らに与《くみ》せ」

成瀬隼人正が、命じるように言った。

「……………」

小賢太は黙っていた。ついさきほど伯父菅原越前守から忠告を受けたばかりだった。

「ふん。条件を聞かねばなんとも言えぬか。……どうだ、我が主がご正統を継がれたあかつきには、千石加増のうえ、小姓組に推挙しよう」

成瀬隼人正が妙な笑いを浮かべた。

魅力のある案であった。石高もそうだが、小姓組はその名のとおり将軍の側にいて身辺を警固するだけに、目立ちやすい。出世の機会にも恵まれ、目付や使番に昇進し、家禄も増えていくことが多い。

「ありがたいお申し出ではございまするが、われら旗本御家人はひとえに上様に仕えるもの。御三家さまといえども、いまだその席にあらざれば、拙者の忠誠の向かうところではございませぬ」

小賢太は断った。

「お満流の方さまが無事にご出産なされるかどうかもわからぬ。また、お産みになられるのが男子とはかぎらぬ。たとえ男子であられたとしても、赤子では武士の統領にはなれぬ。将軍の座に就かれるとしても、十五年はかかるぞ。その点、我が主ならばすぐにでも約束は果たせる」

成瀬隼人正が小賢太を説得しようとした。

「いえ。なんと申されましても三河以来の工藤家、現に将軍の座にあられるお方以外にお仕えするつもりはございませぬ」

「さようか。慈悲であったのだがな。では、帰るがよい。後日、悔やんでももう遅いぞ」

成瀬隼人正が憎々しげな表情で、小賢太を追い返した。

尾張の誘いを蹴ってからも、この手の話はいくつも来た。それだけ、お満流の方の命を救った小賢太は注目されていた。

今宵もその誘いを受けての帰りだった。

「むっ」

小賢太は、ひさしぶりに殺気に身を包まれた。水戸《みと》家のある小石川《こいしかわ》から橘町へ向かう途中、豊島町《としまちょう》の角をすぎたところであった。

「なにやつ」

針のような殺気を感じた瞬間、小賢太は後ろに跳んだ。目の前を白光がよぎった。

小賢太も抜き合わした。もう、言葉を発する暇はなかった。

たちまち小賢太の周囲を覆面姿の武士たちが囲んだ。浪人者ではない。身につけている小袖も派手なものではないが継ぎなどはなく、袴もよれてはいなかった。

「………」

小賢太は、無言で斬りかかってくる相手を迎え撃った。行き交うように前に出て、がら空きになっている脇腹を梳《す》くように斬った。

「ぐえっ」

濡れ手ぬぐいで壁を叩くような音がして、胴を裂かれた武士が倒れた。

「で、できるぞ」

小賢太の腕を見た武士たちが動揺した。小賢太は、青眼の構えを崩さずに言った。

「退くなら追わぬ」

見たところ小賢太の相手になるほどの腕の者はいなかった。が、多勢に無勢である。夕雲の教えにあるように無駄な争いは避けるのが剣士としての心得であった。

「このまま帰れぬわ」

一人がそう言い捨て、太刀を振りかぶりながら突っこんできた。

道場でそれなりの腕前と認められているのであろう。だが、真剣で斬り合ったことがない者は戦場では役に立たない。真剣の重さもその威圧感も初めてでは、間合いを摑《つか》めようはずもなかった。小賢太より五寸（約一五センチメートル）も手前で太刀が空振りし、勢いあまった切っ先で己の左足の甲を斬り裂いた。

「ぎゃあ」

太刀を捨て、情けない声をあげて転げ回った。

「連れて帰られてはいかがか。命じられたこととはいえ、これでは無駄死にというものでござろう」

小賢太は一歩退いて太刀を下げた。

「おりゃあ」

それを隙と見たのか、右手にいた覆面の一人がとびこんできた。

無住心剣術は、その名のとおり心を一カ所にとどめておかない。つねに全体に目を配る。手慣れていない者が噴出する殺気を、見逃すことはなかった。

小賢太は、悲しそうな表情のままに太刀を振りあげた。小賢太の太刀は天を指し、首に石榴《ざくろ》の実のような傷口を開けた覆面の武士は崩れた。

「ひいい」

殺気が怯《おび》えに変わった。

「では、失礼する」

小賢太は油断なく太刀を脇に引きつけながら歩きだした。行く手にいた覆面二人が慌てて道をあけた。

追ってこないことを確認して、小賢太は懐から布を取りだして太刀についた血糊《ちのり》を拭いた。さらになめし革でこするようにして残った血脂《ちあぶら》まで取る。こうしておかないと錆《さび》を呼ぶため、鞘に戻せないのだ。襲われることの多くなった小賢太は、小田切一雲にすすめられてこれらのものを懐に入れていた。

まもなく自邸というところで、提灯が小賢太を照らした。

「人気者はつらいな」

路地から出てきたのは藤堂であった。

「ひさしぶりだな」

先ほどの剣気《けんき》が薄れていない小賢太は、すぐに雪駄を脱いだ。冷えきった大地の冷たさが足袋を突き抜けて突きささってくる。それが身を引き締めてくれた。

「おいおい。一人でおめえさんとやりあうほど酔狂《すいきょう》じゃねえ。今日は忠告にきただけだ」

「忠告とは何のことだ」

小賢太は太刀から手を離さずに問うた。命のやりとりでは何でもありである。刀だけが相手ではない。弓矢も吹き矢もある。ときには短筒《たんづつ》で撃たれることさえある。

藤堂が小賢太の気迫にあきれたようにため息をついた。

「いろんなところがおめえさんに目を付けたようだぜ。さっきの連中は尾張だったが、紀州からも館林からも刺客が出されたようだ。もっとも、そこらの腕自慢の藩士ごときにおめえさんがやられるわきゃねえわな。怖いのは、金で雇われたやつさ。あんまり夜はであるかねえほうがいいな」

「ずいぶんと親切なことだ。おまえも拙者の命を狙っているのではないのか」

「たしかにそうだがな。ちょいと今は動いてねえんだよ。おめえさんに根城《ねじろ》を見つけられちまったからな。新たな居場所を作るまでは、あんまり派手なことをしたくねえとの元締めのご命令さ。町方に目をつけられやすいからな。もっとも、この渡世の約束でな。一度受けた仕事は、なにがあっても果たさなきゃいけねえ。だから、おめえさんが他の奴の手で死なれたんじゃ困るんだよ。信用問題だからな。まっ、そういうことだ」

藤堂は、妙な笑いを浮かべ、あっさりと闇のなかへと消えていった。

小賢太はその背を見送った。


小賢太の扱いは、天守番のなかでも変わっていった。皆が、小賢太とのかかわりをなんとなく避け始めた。

春日半十郎が、出勤してきた小賢太を手元に呼んだ。

「皆の態度が気に食わぬだろうが、しばらくのあいだだ。気にしないでくれ」

「はい」

小賢太は首肯した。

「人というのは浅ましいものでな。他人の出世を素直に喜べないのだ。とくに、御天守番などというあってもなくてもよい役目をしておるとな、己が要らない者だと思いこんでしまう。そして、そこから抜けそうな者をねたむもの。我慢してやれ」

自嘲しながら、春日半十郎が頼みこんだ。なにかあれば組頭も責任を負わされる。

「はあ」

小賢太は気のない返事をするしかなかった。

よそよそしい同僚のなかで、相役となった桐山示五郎だけは変わらなかった。

「お手柄でございましたなあ。お上のご側室をお守りしたのでござるからなあ、まもなくご出世のお達しがまいりましょう。このご時世にうらやましいかぎりでござる」

「いや、そううまくはまいりませぬ。では、参りましょう」

二人は決められた順路に従い、巡回に出た。

天守番詰め所を出て、左手に天守台を見続けるように回り、柚木門前を見て、そのまま天守台を一周して多聞櫓《たもんやぐら》に突き当たったところで右に折れ、まっすぐ進んで詰め所に戻る。これを半刻（約一時間）ほどですませる。

冬の日差しを受けながら天守台正面に来たところで、桐山示五郎が足を止めた。

小賢太は怪訝《けげん》な顔をして問うた。

「どうかなされたのか」

「ここでござったと伺いましたが」

小賢太の問いに、桐山示五郎は質問で返した。

「ああ、そうでござる」

これまで何度も一緒に回りながら、桐山示五郎が磯田虎之助の倒された場所を尋ねたのは初めてであった。

「お辛かろうと思い遠慮しておったのでござるが、どうしても気になり申して」

桐山示五郎が遠慮がちに小賢太の顔色を窺った。

小賢太は、苦笑いを見せて首を振った。

「気にしておらぬとは申しませぬ。ですが、もう大丈夫でござる」

「では、遠慮なくお聞かせ願いたいのだが、あのとき曲者を発見されたのはここら辺りでござるか」

「さよう。今と同じように、拙者ががん灯をもって前を歩き、磯田どのが一間（約一・八メートル）ほど後をついてこられていた。そして、ここに来たとき、がん灯の明かりのなかに影が走った」

小賢太はあの夜のことを思い出していた。

「曲者はどちらからどちらへ」

「正面から来て右へ、そう、柚木門のほうから天守台へ向かってであった」

小賢太は指で曲者の動きを再現して見せた。

「しかし、石垣だけの天守台にいったい何をするつもりでござったのでしょうな」

桐山示五郎が首をかしげた。

「たしかに」

小賢太もそれがわからない。

天守台に天守閣があるかのように見あげながら、桐山示五郎が言った。

「三代家光さまがお造りになった天守閣は、かの明暦の大火で灰燼《かいじん》に帰したとのことでございまするが、あれもおかしな話でございますよなあ」

「はて、どのように……」

小賢太が首をかしげた。

明暦の大火のとき、小賢太はようやく三歳になったばかりであった。知っているのは、火事が大きかったことと十万人という被災者が出たことくらいであった。

桐山示五郎が驚いたように目を見開いた。天守番でありながら天守閣にかかわりのあることを知らないことが奇異《きい》に映ったようだ。

「ご存じない。明暦の大火のおり、何者かが天守閣の閉じられていた銅窓を開いたらしいのでござる」

城にとって恐ろしいのは火である。木と土と紙でできているだけに、一度火が入れば終わりだ。とくに天守閣は、構造上城中でもっとも目立つだけに、これが焼けることは落城を意味する。それだけに、防火にはできるかぎりの対策が練られていた。

家光の造った江戸城の天守閣は、他に類を見ないほど徹底した防火策をとっていた。瓦は銅を叩いて作った銅瓦であり、壁は多くの天守閣が採用した漆喰《しっくい》の塗籠《ぬりごめ》ではなく、黒塗りにした銅板で覆い、すべての窓に銅板の雨戸をつけた。

「工藤どのは、明暦の大火をご存じないか。拙者は七歳であったゆえ、よく覚えてござる」

桐山示五郎が明暦の大火の話を始めた。

明暦三年（一六五七）一月十八日の昼すぎ、本郷丸山本妙寺《ほんごうまるやまほんみょうじ》で、若死にした商家の娘の供養がおこなわれていた。回向《えこう》にと娘の気に入りの振り袖を焼いているところへ強風が吹き、火のついた振り袖が本堂の屋根に舞いあがって出火した。

乾燥していた空気と赤城山《あかぎやま》から下りてくる風に乗って、火はまたたく間に江戸市中へと広がっていった。江戸城はもちろん、市街の東から北のほとんどが焼け落ちたが、このとき天守閣は火を受けず健在であった。

ようやく鎮火したかに見えた災厄は、翌朝、小石川伝通院《でんずういん》前からふたたび始まり、焼け残っていた建物をなめつくした。さらに、番町《ばんちよう》からも出火、愛宕下《あたごした》から増上寺海手まで江戸の西から南を襲った。

事件はこのときに起こった。

火の勢いもかなり衰えた夜四つ（午後十時ごろ）、しっかりと閉じられていたはずの江戸城天守閣二層目北西の窓が突然開いて、舞い飛ぶ火の粉を受け入れたのだ。いかに外装に力を入れた天守閣でも、なかは木でできている。またたく間に火は天守閣を呑みこみ、大きな松明《たいまつ》のように燃えて崩れ落ちた。

「しっかりと閂《かんぬき》のかけられていた窓がなぜ開いたのかは、いまだにわかっておりませぬ」

桐山示五郎の話はやっと終わった。

小賢太は、天守閣焼失のいきさつに驚いていた。

「そうでござったか」

「そして、大火事の後、焼け残った天守台の石垣は取り払われ、新しい天守台が造られ申した。ですが、天守閣は建てられることはございませなんだ」

桐山示五郎がふたたび空中を見あげた。

「それまでは天守番といえば、番方のなかでも大番に次ぐ名誉なお役目でござったのが、守るべきものがなくなってしまえば、閑職の最たるもの。とはいえ、無役の小普請組におることを思えば、はるかにましでござる」

桐山示五郎の述懐に小賢太はうなずいた。

その日、役目を終えて江戸城を出た小賢太は、北野薩摩守の屋敷を訪れた。

気まま勤めの北野薩摩守は、すぐに小賢太を居室に招き、いつものように酒を出した。

「まずは一献」

北野薩摩守は嬉しそうに杯を空けた。

「最近、息子がうるさくなっての。年寄りがあまり酒をたしなむのは、中風《ちゅうぶう》がもとじゃと言いおってな。晩酌を二合しか飲ませてくれぬ。こうやって客が来たときは、さすがにうるさく言わぬでな。助かったわ」

続けざまに杯を空けながら、北野薩摩守が小賢太に問うた。

「何か話でもあるのであろう」

小賢太は首肯した。そうでなければ、百五十石取りの天守番が七千石の大留守居の屋敷を前もっての報せもなしに訪れることはまずできない。

「御天守台のことについてお聞かせ願いたいのでござる」

小賢太は、桐山示五郎に聞いたことを北野薩摩守に話した。

「なぜ、御天守台は再建されたのでございましょうや。天守閣がなければ、御天守台も要らぬのではございませぬか」

北野薩摩守が応えた。

「明暦の大火のとき、儂は三十九歳であった。大目付であった。あのすさまじいまでの火事は、江戸城を完全に灰にしたわけではない。なぜか、西の丸はまったく無傷で残ったのだ。風のいたずらであったのかもしれぬがな」

北野薩摩守は己の杯に酒を注いだ。

「本丸は大奥を含め、完全になくなった。無事な西の丸もどうなるかわからない。

そして、天守閣が燃え、地下に蓄えてあった煙硝《えんしよう》に引火し大爆発を起こした」

天守閣は城の最後の砦《とりで》である。二の丸を失い、本丸を奪われた城主がここに立てこもり最後の抵抗をするために煙硝が蓄えられている。

「前年、大老を辞したばかりの酒井讃岐守忠勝《さぬきのかみただかつ》どのが、急登城し、上様に牛込《うしごめ》の酒井家下屋敷へご動座《どうざ》願った。たしかに、江戸城はいつ燃え落ちてもおかしくない状態であったからな」

北野薩摩守の話を、小賢太は身を乗りだすようにして聞いた。

「しかし、上様はご承知なされなんだ。そして、しばらくして天守閣が焼け、大爆発になった。そこで、もう一度酒井讃岐守どのが、上様にお移りくださいますようにと願った。だが、それも上様はお許しにならなんだ。天下城の主たる将軍が、城を捨てることはできぬと仰せられてな」

明暦の大火のとき、家綱はまだ十七歳であった。それでこの気概《きがい》である。側近たちが感涙《かんるい》を流したことは想像に難くない。同時にそれは、酒井讃岐守の面子を潰したことにもなる。

「あの直後に、酒井讃岐守どのは家督を嫡男忠直《ただなお》どのに譲られて隠居された。たしか、その数年のちに亡くなられたはずじゃ」

北野薩摩守が肴代わりの漬け物を指でつまんで口に放りこんだ。

「話が少し天守閣からそれたの。まあ、そうして天守閣が焼けた。もちろん、すぐに天守閣の再建は始められた。なんといっても天下城の顔じゃ。工事を命じられたのは、加賀百万石の前田家じゃった。前田家は、銀四千貫の金と五千人の人夫を集めて石垣を造り始めたが、金が足りなくなり、困った前田家は保科正之《ほしなまさゆき》どのに泣きつき、幅を一間（約一・八メートル）減らしてもらった」

幕初ならともかく、江戸定府《じようふ》、参勤交代、お手伝い工事と続けざまに金を吐き出させる幕府の政策によって、外様《とざま》大名の財政は破綻《はたん》していた。外様大名最高の石高を誇る前田家も例外ではなかった。

「当然、工事は天守閣だけではない。焼け落ちた御殿、櫓《やぐら》、塀、門と数えきれぬ。まずは御殿を造らねば上様の御座所さえない。こうやって要りようなものから造っていくと、どうしても天守閣は後回しになる。大名はもとより、幕府の金蔵《きんぞう》も底を突いた。で、幕閣による協議の結果、天守閣の再建は見送られることになったのだ」

北野薩摩守が、話し終えたと言わんばかりに酒を呷《あお》った。

小賢太もつられて数杯の杯を空けた。名酒が喉にしみた。小賢太は、核心の質問をぶつけた。

「では、なぜあの曲者どもは石垣だけの天守台に……」

「家康様から三回にわたって造りなおされた天守閣じゃ、なにもないとは言えまい」

北野薩摩守の返事は、より一層小賢太を困惑させた。

宿直《とのい》は五つ（午前八時ごろ）に翌日勤めの者へ引き継ぐ。

「異常ござらぬ」

あれ以来変わったことはなかった。いつものように淡々とおなじことをくりかえす日々が戻ってきていた。

宿直明けとはいえ、五つすぐに下城できるわけではない。持ちこんだ夜具《やぐ》の片づけ、宿直控えへの記載、日勤の者たちとの挨拶と雑談などがあり、御門を出るのは四つ（午前十時ごろ）近くになる。

桐山示五郎が、小賢太を誘った。

「朝餉の代わりと申してはなんですが、そこいらで少し」

「そうでござるな」

前に一度断っている。続けて断るのは気まずいと小賢太も同意した。

明暦の火事で江戸の城下が大きく変わったころから、外で食事を供する店が出だした。もともと外食は、日雇いたちが仕事帰りに屋台で食べていくていどでしかなかったが、最近はいろいろな店ができている。なかには酒を出す店もあった。

桐山示五郎に誘われて小賢太は一軒の煮売り屋に入った。

「ここは、飯と酒と漬け物しか出しませんが、安いのが取り柄でござる」

桐山示五郎の言うとおりであった。土間に膳代わりに酒樽の空いたのを置いただけという粗末な造りで、客のほとんどが職人か浪人である。

二人は酒を一合ずつと漬け物を注文した。

「お互いに自前払いということで」

桐山示五郎の言葉に、小賢太は首肯した。

多少の差はあるが、共に薄禄である。台所事情など聞くまでもなかった。

二人は漬け物をつまみながら酒を飲んだ。

しばらくして桐山示五郎が言った。

「工藤どのは、何流を修行なされた。拙者は直心影流《じきしんかげりゅう》を少々」

「修行したというほどではござらぬ。無住心剣術をかじったていどで」

小田切一雲や真里谷円四郎の剣技を目の当たりにすれば、とても修行しましたとは言えない。

「ご謙遜《けんそん》を」

桐山示五郎が笑った。

二人は小半刻ほど酒を酌み交わしながら雑談をし、別れた。

宿直の寝不足と心地よい酔いに身を任せていた小賢太の足を止めさせた者がいた。

「工藤小賢太さまでございますな」

声をかけてきたのは五十歳をこえたばかりかと思わせる町人であった。商人にしては崩れすぎ、博徒《ばくと》にしては硬すぎる雰囲気を持っていた。

「さようだが、そなたは」

「常陸《ひたち》屋嘉右衛門《かえもん》と申しまする。お手間は取らせませぬゆえ、ちょっとおつきあい願えませぬか」

「常陸屋、なるほど水戸さまか。お断りしよう。話を聞いても無駄だからな」

小賢太は疲れた顔で、常陸屋の横を通りすぎようとした。

「お待ちくださいませ。わたくしも子供の使いではございませぬ。お話を聞いていただくまではお帰しすることはできませぬ」

常陸屋の合図で、四人の浪人が姿を見せた。近づいてはこず、威圧だけを示すような形をとった。

「あなたさまのことは十分に存じあげておりまする。なかなか剣術もお出来になる。ですが、あの者たちは名の知れた道場のいくつかを潰した腕、それにこういうものも用意しておりますれば」

懐から短筒《たんづつ》を見せて常陸屋が下卑《げび》た笑いを見せた。

小賢太は、せっかくのよい気分を壊されて怒った。抜く手も見せず脇差をひらめかせた。

「きゃあ」

歩いていた町娘が刃のきらめきを見て悲鳴をあげた。

「脅かしてすまぬな」

小賢太は、娘に優しげな微笑みを向けると脇差を拭って鞘に戻し、何もなかったかのように歩きだした。

五間（約九・一メートル）ほど進んだところで、浪人が小賢太の前に立ちはだかった。

「ぎゃああ」

そのとき、動かなかった常陸屋が、魂《たま》ぎるような声を出した。

「なんだ」

小賢太を囲んでいた浪人たちの注意がそれた。

「ぬん」

目を離した正面の浪人に、小賢太は太刀の柄を突きだして当て身を喰らわせた。

「雇い主の面倒を見てやれ」

小賢太に言われた浪人たちが、慌てて常陸屋に走り寄っていった。

「右手が、右手があ」

常陸屋が懐から手を出した。重い音をたてて手首ごと短筒が落ち、轟音《ごうおん》を発した。

「鉄砲だあ」

「自身番に報せろ」

驚いた人々の声がした。

「ご城下での発砲は厳禁だ。もう会うことはないだろうな、常陸屋」

騒がしい常陸屋を振り返りもせずに小賢太は歩き続けた。

第三章　城内の攻防

一

延宝八年（一六八〇）二月、江戸城は緊迫した雰囲気に包まれていた。

城内の事情に精通している御殿坊主たちは、さきほどからあちこちの物陰へ呼ばれ、顔見知りの大名たちから事情を尋ねられている。だが、どの御殿坊主の返事も一貫していた。

「すべてはご大老さまのご指示で」

ここまで城中を騒がしているのは、病中の将軍家綱に無理をさせての拝謁《はいえつ》がおこなわれるからであった。さらに相手が、越後《えちご》高田《たかだ》藩松平《まつだいら》家二十六万石の家老小栗《おぐり》美作守《みまさかのかみ》正矩《まさのり》の嫡男掃部《かもん》大六《だいろく》であるというのが問題であった。

越後高田藩は名門である。家康の孫松平忠直《ただなお》を父に、二代将軍秀忠の娘お勝《かつ》を母にもつ光長《みつなが》を当主に抱く。だが、いかに名門とはいえ、その家老の息子に将軍が目通りを許すなど前代未聞のことであった。

しかし、これが酒井雅楽頭の推薦であると聞いた瞬間、誰もが納得した。この名門を揺るがしたお家騒動、世に言う越後騒動を裁定したのが酒井雅楽頭であったからだ。あからさまに小栗美作贔屓《びいき》と言える判断は、越後松平家に傷をつけなかった。

御三家に次ぐ名門、越後松平家も存亡の危機を助けられたことで、酒井雅楽頭の軍門に下った。

大名や役人が酒井雅楽頭に頭《こうべ》を垂れて久しい。最後の砦ともいうべき、親藩が落ちたことで、幕府の権のほとんどは大老酒井雅楽頭忠清のものになった。

春も弥生《やよい》にはいると、さすがに小賢太を襲う輩は減った。あれ以来、藤堂も出てこない。小向の探索もさしたる進展を見せなくなっている。穏やかな日々に、小賢太はほっとしながらも、なにか物足りないものを感じていた。

小賢太が鬱々《うつうつ》としているのを子平が見抜いた。

「若さま、おやりになることがないのでしたら道場へ行かれませ。いい若い者がお休みの日にすることなく寝転がっているようではいけませぬ」

襁褓《むつき》をしているころから面倒を見てきた子平には、小賢太も勝てない。

「そうしよう」

苦笑を浮かべて自邸を出た。

昼近い江戸の町は、少し暖かくなったこともあって人の出も多かった。小賢太はゆっくりと足を進めながら深川へと向かった。

小賢太とすれ違った職人ふうの男が、小さな声を口のなかであげた。

「やろうだ。こんなところにいやがるのは、探しに来やがったか」

職人ふうの男はすっときびすを返すと、小賢太のあとをつけ始めた。

横町から出てきた薪《まき》売りに、職人ふうの男が目配せをした。薪売りが小さく顎を引いて去っていった。

殺気を出さずにつけてくる相手を感じることは難しい。ましてや、百万人ちかい人口を誇る江戸の町では人気《ひとけ》にまぎれてしまう。

小賢太は背中に張りついている目に気づかず、小田切一雲の道場へと向かった。

一雲は道場の縁側で午睡《ごすい》していたが、小賢太の姿が見えるとすぐに起きあがった。

「ひさしいな。お役が忙しいようで、けっこうなことだ」

一雲が笑いかけた。

「ようこそ、おいでで」

真里谷円四郎が、盆の上に白湯の入った茶碗をのせて現れた。

「お気づきでしたか」

茶碗が三つのっているのを見た小賢太は恐れ入った。

「なに、なんとなく、おぬしが来るような気がしただけよ。白湯なら一つあまったところで飲んでしまえば無駄にはならぬであろう」

一雲が茶碗を一つ手に取ると、掌で味わうかのように包みこんだ。

少しのあいだ、三人は歓談した。白湯がすっかりなくなるころ、円四郎が口を開いた。

「ところで、工藤さま。あれはお知り合いでございますか」

円四郎が指さす先を見て、小賢太は首をかしげた。商人姿、職人ふう、浪人体と雑多な連中が、槍、刀、手斧《ちょうな》とあらゆる武器を手にして走り寄ってきていた。

「どうやら拙者に関係のある輩のようでございまする。しばしお庭先をお騒がせいたしますことをお許し願いまする」

小賢太が腰掛けていた縁側から立ちあがった。すでに無法者たちは一雲の陋屋《ろうおく》を囲んでいた。

「まあ、待て」

未練がましく最後の一滴の白湯をすすっていた一雲が、小賢太を制した。

「襤褸《ぼろ》家とはいえ、ここは儂が一城。攻めたてられて知らぬ顔はできぬ。どれ、ひさしぶりに稽古をつけてやるとするか。見ておけ、円四郎」

一雲は、小袖に革羽織という隠居した小旗本のような格好で手に何も持たず出て行った。

円四郎が背筋を伸ばして坐りなおした。

「師が出られるなど何年ぶりでしょうか」

わずかでも見逃すまいと円四郎は瞬きさえしない。小賢太にしても、一雲の戦いを見るのはひさしぶりであった。

庭先にいる一雲は、十人からの無法者に取り囲まれているやせた老人としか見えない。

「半分ぐらいで逃げてくれればいいのですが、師のことですからねえ。お許しにはならないでしょうねえ」

円四郎がため息をついた。

「逃げる……逃がすようなまねはなさるまい」

「後かたづけをするのは、私なんですよ」

嫌そうな表情の円四郎に、小賢太はなんとも言えない顔をした。

にらみ合っていた無法者と一雲の均衡が破れた。

「爺、くたばれ」

まず、槍を持っていた浪人が突っかけた。まっすぐに繰り出す穂先は、それ相応の腕前であることを感じさせる鋭さがあった。一雲は少し身体を傾けただけでこれをかわし、伸ばされた槍の柄が引き戻されるのと同時に間合いを詰めた。

「な、なんだ」

一雲の疾さに驚いた浪人者は、いつの間にか己の腹に自分の脇差が刺さっていることに気づき、さらに目を見開いた。

「成仏せいよ」

一雲が脇差を引き抜いた。返り血を避けるために右に動きながら、脇差で隣にいた職人ふうの男の胸を突く。最初に斬られた浪人が崩れ落ち、続いて職人が倒れた。

「疾い」

円四郎が感嘆の声をあげた。

「とても還暦にお近いとは思えませぬな」

小賢太も同意した。

一雲の動きにはまったく無駄がなかった。身体のどこにも不要な緊張がないので無理がないのだ。気合い一つ吐くわけでもなく、いや、息をためることさえせず、一雲は、息をするのとおなじぐらい自然に人を斬っていた。

「ぎゃあ」

三人目は背後に迫ったところを振り向きもせずに剣先だけで喉を斬りとばし、四人目は逃げだそうとして背中を向けたところを峰で叩く。水たまりに足を踏み込んだような音とともに男が吹きとび、薪を割ったような鈍い音を立てて男が落ちた。

円四郎の目がちらと脇に流れた。小賢太はそれに気づいた。

「いかがなされた」

「弓矢を探しておるのでございまする。これだけの人数と得物を集めて参ったなら、まちがいなく飛び道具を用意しておるはず。まあ、師が弓矢などにやられるとは思っておりませぬが」

小賢太も周囲に気を走らせた。

「真里谷どの、あの舟」

一雲の陋屋は水路に面している。そこに一艘の舟が流れてきた。

小賢太の指さすところを見た円四郎が立ちあがった。

ともに立とうとした小賢太を、円四郎は抑えた。

「あれだけとは思えませぬ。後を頼みまする」

「承知」

小賢太は、円四郎の判断に従うことにした。

名のある剣客が恨みをかうのは日常茶飯事であり、復讐だと寝込みを襲われることも再々である。生死をかけた戦いを重ねてきた一雲と円四郎の二人の間に、小賢太は入る隙もない。

「師弟とは、ここまで息の合うものか」

小賢太は目を瞠っていた。一雲は自ら動くことで弟子に太刀筋と軍学を伝え、弟子は師の教えを受けながらその身を案じる。

舟と一雲を結ぶ線上に出た円四郎が、飛んでくる矢を次々に落としていく。短弓だった。威力は劣るが連射がきく。円四郎は続けざまに飛んでくる矢を一本たりとて後ろに通さなかった。

「ほう」

小賢太は円四郎の腕に声を漏らした。

円四郎は、脇差で矢の柄を叩いているのではなく、矢の先に刃を当てて二つにしていた。叩き折ると、折れた矢が刃に引っかかって動きを遅くする。これなら、脇差の動きが鈍くなることはない。

感心して二人の動きを見ていた小賢太に、なにかの気配が届いた。

あたりを見回す。と、一雲を包囲しているその向こうの草むらから男が立ちあがり、大きな弓を構えた。矢の先には火のついた布が巻かれていた。

「火矢か」

一雲の陋屋は藁葺《わらぶ》きである。火矢を打ちこまれたらあっという間に燃えてしまう。いかにみすぼらしいとはいえ、家を焼かれて平静でいられる者は少ない。一雲と円四郎への牽制であるのは明らかであった。

小さく舌打ちして小賢太は走った。小賢太を行かすまいとして一人が立ちふさがったが、抜く手も見せず斬って落とした。

「こら、要らぬことをするでない」

背中を向けたままで一雲が小賢太をしかった。

「しかし、火矢が……」

「仕方ない、あれだけは許す。あとは手出しするな」

一雲の許しをえて、小賢太は火矢の男に近づいた。しかし、すでに弓は引き絞るだけ絞られていた。間に合わぬと見た小賢太は、脇差を投げつけた。

「くっ」

かわされて脇差は男に刺さらなかった。が、体勢を崩させるには十分であった。

「おのれっ」

放つ寸前に邪魔をされ、男の顔が憤怒《ふんぬ》にゆがんだ。矢の的を小賢太にしようとしたが、すでに剣の間合いである。男が弓矢を捨てて刀に手をかけた。

「遅いわ」

小賢太は抜く間を与えなかった。駆けた勢いに任せて太刀を振り抜いた。

「ひゃくっ」

肩から腹まで割られ、男はしゃっくりのような音を口から漏らして絶命した。

小賢太は草むらに突き刺さっていた脇差を拾い、戦いを横目に縁側へと帰った。

青眼から上段に構えを変えようとしていた浪人が、一雲の一刀に両手を斬り落とされ、膝を地についた。

「退けっ」

小賢太をつけてきていた男の命令で、生き残った連中が逃げ始めた。あとには、両手を失った浪人を除いて六つの死体が残された。

茫然自失している浪人のところへ近づいた一雲が、片手拝みをした。

「どうせ幾人も殺《あや》めておるのじゃろ。引導を渡してやるから地獄へ堕ちていくがいい。いずれ、儂も行くゆえな」

奪いとっていた脇差を首に突き立てた。そのまま抜かずに、一雲は陋屋で待っている小賢太のところへ戻ってきた。

「拝見させていただきました」

小賢太が頭を低くした。

「ちとは得るものはあったようじゃな」

一雲が小賢太の目を見て言った。

「無住心剣術は、なにものにも心をとらわれないこと。勝負にこだわらないという意味ではない。勝たなければならないと心を縛るものから離れることを言う」

火矢に焦った小賢太を、一雲が戒めた。

「はい」

小賢太は頭を垂れた。

「どうやら、今日訪ねてきたときに持っていた憂《うれ》いは消えたようじゃな」

一雲が笑った。

「円四郎、白湯をもう一度持ってこい。あと、茶請けになにかあったであろう」

黙々と死体を引きずって川に投げこんでいる円四郎に一雲が声をかけた。

「ちょっとお待ちください。役人が来るまえにこれだけはすませておきませんと」

町奉行ではなく、本所深川奉行の支配を受けるこのあたりは、人死にがあってもそのまま見過ごされることが多い。死体がなければ調べの手が入ることはまずなかった。

一雲が満足そうに円四郎を見て、小賢太にささやいた。

「円四郎め、できるようになったであろう」

「まさに剣の申し子、剣術を極めるために生まれてきたにちがいありませぬ」

「あやつがよくぞ無住心剣術に来てくれたものよ。他流にいかなかったのは、我が流にとって瑞兆《ずいちょう》としかいいようがない」

一雲の顔は誇らしげであった。

「さて、工藤の話を聞かねばならぬな」

「降りかかる火の粉は払わねばならぬと悟りました」

小賢太が一雲に応えた。

「わかったようじゃな。刀は抜くな。だが、抜かねばならぬときはためらうな。そして、刀を抜いた以上迷うな」

「はい」

師の教えを小賢太は受けた。


その夜、北野薩摩守は、紀州家の付け家老で新宮《しんぐう》城主でもある水野土佐守《みずのとさのかみ》の訪問を受けていた。

身分からいえば北野薩摩守が格上であるが、相手は万石をこえる御三家の家老である。北野薩摩守は礼を失わない態度で迎えた。

「夜分、密かにご来訪とは何事でござるかな」

水野土佐守が、北野薩摩守が席に着くのを待ちかねていたように言った。

「お味方願いたい」

北野薩摩守は、長く役についていたこともあって旗本のあいだでの信用が厚い。北野薩摩守を押さえることは、旗本の半数を味方とするに等しいとまで言われていた。

水野土佐守の脈絡のない一言に、北野薩摩守が首をかしげた。

「そう唐突に言われてもなんのことやらわかりかねますな」

北野薩摩守の態度に、水野土佐守がいらつきを見せた。

「最初からこちらは腹を割った話をいたしております る。おとぼけなさるのはやめていただきたい」

「しかし、いきなり味方せよでは、なんのことやら」

「お世継ぎのことだとおわかりでござろう」

「なるほど、お世継ぎを紀州家から出すことに同意しろと仰せられるか」

「いかにも」

「しかし、お血筋から言えば、館林宰相さまがいちばんお近いし、お満流の方さまのお腹に若君さまがおられるやもしれませぬ。紀州どのの出られる番ではござらぬと愚考つかまつるが」

北野薩摩守の理《ことわり》を聞いた水野土佐守が得意げな笑いを浮かべた。

「光貞公ではござらぬ。我が紀州が推すは、秀忠さまが正統駿河大納言忠長《だいなごんただなが》さまの一子長七郎《ちょうしちろう》どのが忘れ形見であられる新之介《しんのすけ》どのでござる」

「なんと、忠長さまがお血筋を抱くと」

さすがの北野薩摩守も驚愕の声をあげた。

駿河大納言こと徳川忠長は、慶長《けいちょう》十一年（一六〇六）に二代将軍秀忠と浅井長政《あざいながまさ》が娘お江与《えよ》の方のあいだに生まれた。三代将軍家光の二歳年下の弟である。

幼少から快活で、おとなしい兄以上に期待された。実際、秀忠は忠長を三代将軍に据えようとしていた。

嫡男である家光の処遇に不満を抱いた春日局が、家康に直訴し、その裁定をもって忠長は将軍となることはできなかった。が、家康の手になる駿府城と駿河、遠江《とおとうみ》、三河と徳川家にゆかりの深い三国五十五万石を与えられ、御三家以上の格式を誇った。

どちらかといえば愚昧《ぐまい》であった家光に比して幕臣や大名の人気も高く、一時は家光を廃して忠長を将軍にとの動きが見られたほどであった。

それが災いとなった。簒奪《さんだつ》をおそれた家光股肱《ここう》の臣松平伊豆守《いずのかみ》らによって、忠長は謀反の罪をきせられ、高崎に流罪となり自刃《じじん》させられた。

その忠長の一子が松平長七郎である。長七郎は生涯無官と引き替えに助命され、全国を放浪した後、和歌山《わかやま》に腰を落ち着け、亡くなったとされていた。

「たしかに紀州は長七郎どのが長くおられた土地、そこにお血筋が残っていても不思議ではござらぬが……」

北野薩摩守が疑いの眼差しを水野土佐守に向けた。

「お疑いはもっともでござるが、紀州家初代頼宣さまが書付、また長七郎どのが形見も揃っておりますれば、まちがいございませぬ」

水野土佐守が自信ありげに胸を張った。

「…………」

北野薩摩守は沈黙した。

男の尻を追いかけるしか能のない家光の人気は旗本の間でも低かった。さらに功績を盾に、乳母の春日局が政《まつりごと》へ口出しをしてきたことが輪をかけて家光嫌いを増やした。さすがに、そのころのことを実際に知っている者たちは少なくなったが、いまだに幕府のなかに忠長を懐かしむ者がいることはたしかであった。

「いかがでござろうか」

水野土佐守が身を乗り出してきた。

紀州家としては、同格である尾張、水戸を出し抜き、それでいて五代将軍への影響力を持つ最高の手だてであった。それこそ長七郎の子に紀州家の姫でもあてがって、子ができてくれれば紀州の血を引く男子が生まれる。家康が晩年もっとも愛したと言われる紀州家初代頼宣の悲願を達することができるのだ。

北野薩摩守は、絞るような声で沈黙を破った。

「しばし、ご猶予《ゆうよ》をいただけますかな」

「承知いたしましてござる。しかし、あまり余裕はございませぬぞ」

水野土佐守はそう言い残して帰っていった。

「まずいことになったの。忠長さまのお血筋まで出てくるとは……」

北野薩摩守は刻を稼ぐのが精一杯であった。

翌日、会いたいとの使いを受けた小賢太は使者とともに北野薩摩守の屋敷へと向かった。

いつもの居室で小賢太を迎えた北野薩摩守の顔色はよくなかった。

「呼びだしてすまぬな」

声に張りもない。小賢太は差し出がましいとは思ったが、問わずにはいられなかった。

「お身体の具合でも悪いのではございませんか」

「気遣いに感謝するが、儂がやるしかないのでな」

「やるとおっしゃられるのは、大留守居としての……」

小賢太は息を呑んだ。

普段は置かれることはない大留守居は特別な役職である。五人の留守居が交代で江戸城の守りを担当するのだが、とくに世情に不安があるときや、功績厚い者が留守居として任じられるときにのみ大留守居が設けられる。当然、その権力は留守居をはるかにこえ、将軍不在のおりは江戸城すべてを掌握するのみならず、江戸の町に残った旗本御家人をも支配できた。

「うむ」

北野薩摩守が重々しくうなずいた。

「上様の御寿命は畏《おそ》れ多いことながら、そう長くは……」

北野薩摩守はそこで一瞬瞑目した。

「お世継ぎさま決定のことでございますか」

巻きこまれている小賢太は、裏を察した。

「そうじゃ。先代上様のお血筋もおられ、さらに御三家の方々もご健勝《けんしょう》であるというに、鎌倉幕府の故事に倣って京より宮将軍を迎えようなどと、簒奪に等しいことをおこなおうとしている者がおる」

北野薩摩守の顔が歪んだ。

「大老、あるいは譜代大名などと大きな顔をしていたところで、もとをただせば大権現家康さまの家臣でしかない。先祖の功績で万石をこえる禄高を与えられているだけだ。本来なすべきことは、将軍家の矛《ほこ》となって敵を破り、盾となってお守りすること。それを忘れ、己が牙狼《がろう》となって、幕府を食い破ろうなどと言語道断である」

「……………」

北野薩摩守のあまりの憤怒に、小賢太は口をはさむことができなかった。

「将軍がおられなくなったおり、大留守居は城を守るために動く。将軍家の継承、穏便に運ぶはずであったが、ことはそれではすまなくなっておる。工藤、このたびの越後松平家家老小栗美作が一子のことを聞いておるか」

「はい」

城中の出来事はいろいろなところから耳に入る。小賢太は当番の日に詰め所で相役から聞いた。

「家を継ぐ旗本どものお目見えさえ、将軍家ご不例《ふれい》につきと延ばし延ばしになっているのだぞ。それを陪臣の無冠の息子にお目通りを強《し》いて願うなど、あまりに傲慢《ごうまん》。

越後松平家のお家騒動に関しての裁決も腑《ふ》に落ちぬ。小栗美作方に傾きすぎておる。喧嘩両成敗こそ幕府の祖法《そほう》。それをあのように身びいきするとは、まるであの者がこの城の主のようではないか」

北野薩摩守が、杯をぐっと干した。続けて三杯、水を飲むようにあおった。それでやっと落ち着いたのか、表情が穏やかになった。

「すまなかったな。年甲斐《としがい》もなく興奮してしまったようだ」

「いえ、それだけお役目大事になされておられるのでございまする。で、拙者をお呼びになられた理由をお訊きしても」

「御広敷へ行ってほしいのだ」

北野薩摩守が、小賢太を天守番から御広敷添番《そえばん》へ役替えさせたいと言った。御広敷添番は、御広敷番頭の配下でお目見え以下、役高百俵を受け、大奥の警固と雑用をおこなう。

「お満流の方さまのお命をまたぞろ狙う者が出てくると……」

小賢太は悟った。

「うむ。簒奪を狙う者にとって一番の邪魔は、甲府宰相さまでも尾張大納言さまでもない。上様の唯一のお血筋であるお満流の方さまのお腹におられるお血筋じゃ。

お満流の方さまがお子を水に流せば、宰相家、御三家ともにあの者の敵ではない。それぞれに弱みがあるからの」

難しい顔を北野薩摩守がした。

「承知つかまつりましたが、御広敷添番といえども大奥には立ち入れませぬ。お満流の方さまをお守りできるとは思えませぬ」

「それは心配するでない。小向が娘の智美をお末《すえ》として大奥に入れる手はずはできておる」

小賢太の懸念を、北野薩摩守が払拭した。

お末は、別名お半下《はした》とも呼ばれ、大奥女中のなかでもっとも下に位置し、掃除洗濯炊事をおこなう雑用係である。御家人や裕福な商人の娘が花嫁修業のためになることが多かった。

「それにな、貴公も知っておる退き口衆も、御広敷に六名が配されておる。その者たちも力を貸す」

「それは心強い」

「もっとも、六十余名を数える御広敷伊賀者どもは、酒井雅楽頭についているようだが」

北野薩摩守が嘆息した。

もともと伊賀者に忠義の心は薄かった。戦国時代以降、身につけた技術を切り売りにしてきた伊賀の生き方である。そうそう性根《しようね》は変わらない。今日雇われた主の敵側に明日雇われるなど日常茶飯事であった。

「金や身分という取引となれば、我はあやつと戦う力はもたぬ。五名おる留守居も一枚岩ではないからの」

戦のなくなった留守居役は、大目付とおなじく旗本の名誉職となっている。名はあっても実がない。長年功績のあった高禄の旗本たちの引退への花道として用意されただけに、任じられる者はあちこちの役職をそつなく勤め上げた実力者というより、世渡りに長けた者ばかりだった。数年で隠居を申し渡される留守居役だが、うまく身を処せば大名へあがれるかもしれないとなれば、どちらにつくかは自明の理であった。

「大留守居は、登城勝手を上様より許されておる。その代わりに番をつとめなくてよい。だけに子飼いを持たぬ。退き口衆だけが大留守居がもの、苦しい手勢ではあるが、なんとかやってくれぬか」

「できるかぎり」

北野薩摩守の頼みに小賢太は強くうなずいた。

二

夕餉まで馳走になった小賢太が北野薩摩守の屋敷を出たのは、日暮れをすぎていた。辻角にある常夜燈と月明かりだけが江戸の町を照らしている。

何度も襲われた小賢太は、慎重に足を進めていた。

向こうから一人の侍が歩いてきた。月代《さかやき》をそり、無地の紋付きに両刀をさした姿は、どこかの藩士のようであった。

「よう、また会ったじゃねえか」

相も変わらぬしまりのない笑い顔を見せたのは藤堂であった。

「随分と身形《みなり》が変わったな。それで、待ち伏せか」

小賢太は、苦笑をうかべた。

「そう嫌がるんじゃねえよ。今宵は命のやりとりをしようというわけじゃねえ」

「じゃ、なんだ、仕官した挨拶にでも出てきたのか」

「なあに、ちょっと教えてもらいたいことがあっただけよ」

「……」

小賢太は無言で藤堂の出方を探った。

「おめえさんが今度何役になるかということを、ちょっと耳打ちしてもらいたいだけなんだがな」

「なにっ」

小賢太は驚きの声をあげた。北野薩摩守の屋敷でその話をしたばかりである。それがもう漏れている。小賢太は、背筋に寒いものを覚えた。

「そう驚くこともあるめえ。こっちにはこっちの耳があるってことよ。世の中、清く正しいだけじゃ渡っていけねえだろ。頑固なじいさまの味方ばかりしていたんじゃ、浮かび上がるどころか沈められちまうぜ」

藤堂があざ笑った。

「ならば、その耳とかに訊け」

「なあ、いつかは知れちまうんだ。ちょっと早めに教えてくれよ。深川でかなりの手勢を失って、こちとら生き死にがかかっているんだ。ここでちょっとできるというところを見せておかないと、雇い主に見捨てられかねねえんでな」

藤堂の声には真剣なものが含まれていた。だからといって教えられるものではない。北野薩摩守からの内示は受けたが、正式に辞令としてでたものではない。それを無頼の浪人に漏らすことなどできるはずはなかった。小賢太は表情を消した。

「喋れるわけなどないとわかっているはずだ」

「つれないねえ。でも、こちとら、そうかいと帰るわけにはいかねえんだ。餓鬼《がき》の使いじゃねえからな。訊きましたが断られました、では仕方ないなで許してはもらえねえ」

藤堂の気配が剣呑なものに変わった。

小賢太は間合いを取った。剣の間合いは三間（約五・四メートル）という。彼我の間合いは二間（約三・六メートル）ほどしかない。二尺五寸（約七六センチメートル）の太刀を構え、駆ければ一瞬でなくなる。

「逃がさねえ。くらえっ」

開いただけの間合いを藤堂が詰めてきていた。二間の隔たりをものともせず、藤堂が大きく飛びこみ、腰をひねった。

細かい火花が散り、藤堂の太刀と小賢太の太刀が嚙みあった。均衡は一瞬で消え去り、藤堂の太刀がふたたび鞘へと納められていた。

藤堂が目を瞠った。

「やるじゃねえか。止められたのは初めてだぜ」

小賢太は太刀を青眼に戻した。

「居合い抜き。なるほど、能ある鷹は爪を隠すということか」

「なあに、隠し芸さ」

藤堂が小さく笑った。じりじりと腰を落としていく。

居合い術は戦国時代の終わり、林崎甚助重信《はやしざきじんすけしげのぶ》によって創始された。刀を抜きあわすことなく、鞘内《さやうち》にて勝負するという居合い術は、疾さと間合いのはかりにくさを強みとしている。居合いを得意とする者は、剣術と肉のつきかたが違うのか、えてして撃ち合いに弱い。今まで藤堂が小賢太に勝てなかったのは、居合いを隠していたからであった。

「二度目はねえ」

藤堂の雪駄が、地面をえぐって前に出た。腰を大きくひねっていく。小賢太の胸より下に藤堂の頭が沈む。足腰をたわめ、一気に解放することで疾さと斬撃の強さを生みだすのが居合いであった。

「ふうう」

小賢太は蚕《かいこ》が糸を吐くように細く長く息を出した。吸う、吐く。この動作をかぎりなく緩慢にしていく。こうすることで心気を周囲に溶かし、おのれの間合いのなかで起こるすべての変化を関知するのだ。

心が鋭く研がれていく。やがて、小賢太は藤堂の息づかいを読み、その目の動きを完全に把握した。水平に薙ぎにくるのか、垂直に断ち割りにくるのか。藤堂の動き始めを小賢太はじっと待った。

「しゃっ」

藤堂の左手がきらめいた。大きく後ろへとひねられた鞘を離れ、太刀が水平に小賢太を襲った。

「かっ」

小賢太の口から気合い声が出た。それほどの一撃だった。が、小賢太は峰で藤堂の太刀を止めていた。

藤堂がふたたび太刀を鞘へ返そうとした。しかし、太刀同士がくっついているかのように、小賢太が追った。

「なにっ」

藤堂が驚愕の声をあげた。

「こいつ……」

居合いに入る隙はないと読んだのか、藤堂が小賢太の太刀を食い止めるように足を踏ん張って太刀を上に押した。小賢太は押し上げられる太刀をほんの少し肩を前に落とすことで支え、一瞬の釣り合いを生み出した。そして、抜くように息を吐きながら柄を両手でひねりあげ、藤堂の太刀を巻きあげた。

甲高い音がして藤堂の太刀が宙に浮いた。

小賢太は、迷わず太刀をそのまま落とし藤堂の肩を撃った。

「……えっ」

手応えの違いに、小賢太は一瞬戸惑った。人を斬った感触ではない。なにか堅いものに止められたのだ。

「ちっ」

小賢太の動きが鈍くなった瞬間を藤堂は逃《のが》さなかった。背中を向けると一気に逃げ出していった。

「逃げ足の疾さは、居合いよりも上だな」

あきれた小賢太は、落ちている藤堂の太刀を蹴飛ばして道の片隅に追いやり、常夜燈の明かりに手にした太刀を透かしてみた。刃こぼれしていた。

「鎖帷子《くさりかたびら》だな。なんと用心深い」

小賢太は感心した。

鎖帷子は、細い鉄の鎖で編まれた腰までの襦袢《じゆばん》のようなものだ。重く冷たいが、太刀や手裏剣《しゆりけん》を止めることができる。だが、万能ではない。槍に突かれれば破れるし、太刀でも腰を落とした据え物斬りには負ける。

「わけがわからぬ奴だ」

藤堂の消えた闇に目をやりながら、小賢太は嘆息した。


藤堂に問いかけられた十日後、小賢太は支配頭に呼び出された。

「四月一日をもって、天守番二番組工藤小賢太を御広敷添番に転じ、三番組鈴木左《すずきさ》門《もん》下に配する」

春日半十郎が、手にした奉書《ほうしよ》を読みあげた。

「謹みて承りまする」

小賢太は、それを受けて深く平伏した。

奉書を閉じて小賢太に手渡した春日半十郎が、声をかけた。

「まずはめでたいと言わせてもらおう。二度にわたる功績にもかかわらず、一度の褒賞のみであったからな。いつかはこうなるだろうとは思っておった」

春日半十郎がにこやかな顔で小賢太を祝した。

「はあ」

小賢太にはその意味がわからない。小賢太は大留守居北野薩摩守の命で役替えになるだけなのだ。

「わかっておらぬのか」

「申しわけありませぬが、なにがめでたいのやらわかりかねまする」

心底不思議そうな春日半十郎に、小賢太はすまなそうにうつむいた。

春日半十郎がため息をついた。

「鈍いにもほどがあるわ。うまくやっていけるかどうか心配じゃ。なんせこれからは物言わぬ天守台ではなく、あの大奥の女どもを相手にせねばならぬのだからな」

春日半十郎があきれた。

大奥は、伏魔殿《ふくまでん》と称されるほど権謀の渦巻くところである。また、大奥の女たちは、お末をのぞいたほとんどがなまじの旗本よりも格上だった。

「よいか、今度工藤が配される御広敷添番は、お目見え以下で百俵高だということはわかっておるな」

春日半十郎の問いに小賢太はうなずいた。

「百俵高の任に百五十石のおぬしを当てる。明らかに格が違う。お目見え以下とはいえ百五十石といえば支配役である御広敷番頭《ばんがしら》であるべき役高なのだ。これが意味することは、一度御広敷添番にしたあと時期を見ておぬしを御広敷番頭に引き上げ、お目見えの格に復するということだ」

春日半十郎は、世の中の仕組みを小賢太に教えるように言った。

「そういうものでございまするか」

「そうだ。だからこそ、万一の失策も許されぬぞ。御広敷は、なにかと口うるさい女どもの噂にのぼる。出る杭《くい》は打たれやすい。うかつな一言が家の破滅にもつながりかねぬ。口は災いのもとじゃ。それをしっかりと覚えておけよ」

春日半十郎の諭しに、小賢太は黙ってうなずいた。

小賢太が天守番から御広敷添番になることは、数日を待たずして知れわたったようであった。父正之助が咎めを受けて以来つきあいがなくなっていた親戚から祝いの品が届いた。

「今さら……」

腹だたしげに品物を突き返そうとした小賢太を、子平が止めた。

「祝い事のときは、お怒りになられてはいけませぬ。素直に祝いを受け取り、半額相当のものを返すのが通例。あるいは、宴を催してお招きしなければなりませぬ。それがつきあいと申すものでございまする」

すでに六十歳ちかい子平は、小賢太の親代わりに近い。

「会いたくもないわ、こんなやつら」

四百石から百石に減じられ、生活がいきなり苦しくなったときに、どれだけ頼んでも援助の手をさしのべてくれなかった親戚が、掌を返すようになったのは小賢太に出世の芽が出てきたからであった。

お満流の方を助けた一件は知れわたっている。その小賢太が、いまや大奥の支配者と言っていいお満流の方に近い御広敷添番に転じた。お満流の方が手をまわしたにちがいない。世間がそう見るのは当然であり、もしもお満流の方の産んだ子が西の丸にでも入ることになれば、小賢太の出世はそれこそ天井知らずになりかねない。

そのおこぼれに与《あず》かろうとする者が、慌てて小賢太との仲の修復をはかりだしたのだった。

「では、お祝い返しの品を出すということでよろしいでしょうが、菅原さまだけにはお出向きになってお礼を申し上げてくださいますように」

子平に言われるまでもなかった。菅原越前守は御使番という役職に就いているためかいち早く小賢太の組替えを知り、祝い代わりにと十両の金を贈ってくれていた。役替えには金がかかる。支配となる御広敷番頭に挨拶の金を包むのは当然のこと、同組となる御広敷添番を招いての宴会もしなければならない。

「昔は屋敷にお招きしておもてなしするだけでよろしかったのでございますがねえ」

子平が嘆くように、いまは屋敷ではなく吉原《よしわら》などの遊廓で接待しなければならない。これを怠《おこた》ると、仲間内に入れてもらえず、しきたりや慣習を教えてくれないだけではなく、足を引っ張られたりするのだった。

「先日の御天守番への御番入りには二十両ちょっとかかりました。此度は三十両は見ておかねばなりますまい」

子平がぼやいた。

御天守番も御広敷添番もともに百俵高であるにはちがいないが、役としての格は御広敷添番が上であった。なによりも、お満流の方の身びいきによる役替えではないかと勘ぐられる小賢太への嫉妬《しっと》を考えると、御天守番のときと同じていどというわけにはいかなかった。

「札差《ふださし》にまた金を借りねばなりますまい」

咎めを受けて減石されただけに世間の百石より慎《つつ》ましくしてきた。おかげで、工藤の家に借財はなかった。かといって、貯蓄などできる余裕もなく、先だっての番入りの祝いの金は蔵前の札差から今年の米を形《かた》に借りていた。

百五十石といってもまるまる手に入るわけではない。一石一両が相場であるが、おおむね五公五民に換算されるので手取りは七十五石。これは玄米であるから、白米にすると一割減となる。さらに札差に換金を頼む手数料として五分取られる。したがって、手元には六十四両ほどしか残らない。ここから子平と女中の佐喜《さき》の給金を支払い、生活費を出すのだ。貯蓄など夢のまた夢であった。

小賢太は宴会と挨拶金のために、札差から二十両借りていた。それを返すまもなくの組替えである、めでたいことではあるが、ありがたいことではなかった。

その日、暮六つにやってきたのは、小向本人であった。すでに大奥へ入ったのか、ここ二カ月ほど智美は姿を見せていなかった。

いつものように居間に通された小向が、袱紗包みをさしだした。

「これを」

「…………」

小賢太は小向に目で問うた。

「大留守居さまからのお祝いでございまする」

小賢太は袱紗包みをあけた。切り餅が一個だった。二十五両である。

「こ、こんなに」

小賢太は驚きの声を上げた。一両あれば庶民が苦労なく一カ月生きていける。

「このたびはこちらの都合で組替えをさせ、いろいろと入り用であろうとのお言葉でございまする」

呆然としている小賢太から、小向が袱紗だけを取り戻した。

「ありがたく頂戴いたす。感謝しておりましたとお伝え願いたい」

小賢太は世慣れた北野薩摩守の好意を素直に受け取った。

「では、今宵はこれで」

立ち上がりかけた小向が、小賢太に顔を向けた。

「紀州がちと気になる動きを見せておりまする。智美が使えなくなり、手が足りませんので詳しくはわかっておりませぬが、玉込《たまこ》め役が数名江戸へ配されたようでござる」

「玉込め役、江戸市中での鉄砲は禁じられているはず」

小賢太は聞き慣れない役名に首をかしげた。

「これは言葉が足りませなんだ。紀州の玉込め役とは、幕府で言う伊賀組のことでござる。つねに藩主の側に仕え、身の回りの警固から探索までをおこなうとか。根来衆の流れをくむと言われておりますが、はっきりとはわかりませぬ。出自さえわからぬ。強敵でござる。ご注意を」

警告を残して、小向が帰った。


役替え前の暇を利用し、小賢太は新宿へ向かっていた。念流新宿道場の主である樋口与四郎に会いたいと思ったのである。

朝食を摂ってすぐ橘町を出ても、新宿に着くのは昼餉のころとなる。小賢太は気をつかわせないようにと新宿で早めの中食《ちゆうじき》を摂り、宿場の酒屋で濁り酒を一升手みやげに買った。

その小賢太のあとを見え隠れにつけている男がいた。行商人ふうに荷物を背負い、あちこちで立ち止まりながら間合いをあけたり縮めたりと、その動きはどう見ても江戸から新宿村へものを売りにいく商人であった。

八つ（午後二時ごろ）前に道場に着いた小賢太を出迎えたのは、先日とおなじく内弟子の佐之介であった。

「これは、工藤さま、ご無沙汰でございまする」

佐之介の顔にも親しみが浮かんでいた。

「おられるか」

「はい。どうぞ、お通りください」

小賢太は道場奥にある与四郎の部屋へ案内された。

「師匠、工藤さまがお見えでございまする」

「それは珍しい。お入りくだされ」

与四郎の声にも喜びが含まれていた。小賢太は温かいものを胸に感じながら襖を開けた。

「ご無沙汰でござる。先日はご無礼をいたした」

「いやいや」

心の交流を持った剣術遣い同士である。それで通じる。

「これは土産ともいえませぬが……」

小賢太が手にしたとっくりをちょっとあげて見せた。

「何よりのものを。おい、佐之介」

白湯の用意をしてきた佐之介が、首肯して戻った。帰ってきたときには、茶碗を二つと味噌を皿に塗ってあぶった物を膳にのせていた。

「なにもなしで悪いが、これで勘弁してくだされ。貧乏道場でな」

「変わりませぬよ。味噌があるだけましでござる」

大名や、高禄の旗本、裕福な商人ならば、酒の肴に魚の酒浸しや干し魚、煮貝などを食するが、御家人や町道場の主ぐらいなら、焼いた味噌か、塩、よくて漬け物ていどであった。

二人はなにを話すわけでもなく酒を酌み交わした。

とっくりがかなり軽くなったころ、与四郎が口を開いた。

「いまだにわかりませぬか、あのときの曲者は」

「残念ながら、町奉行所や目付衆と違って、拙者はなれておりませぬゆえ」

「お報せいたそうかどうしようかと悩んでおりましたが……」

与四郎が語尾を濁した。

「無理はなさらずとも」

小賢太は、静かに与四郎を制した。念流の同門にかかわることだと察したからだ。

剣の同門は格別なものである。師弟の関係は親子に擬《ぎ》せられるほどであるし、おなじ道場で技を競った同門となると、じつの兄弟より深い絆をもつこともある。兄弟弟子の葬儀のために片道十日はかかる東海道を往復して参列したというような話はいくつもある。

「いや、やはり話しておくべきでしょう。あなたとの友誼《ゆうぎ》を断ちたいとは思いませぬからな」

与四郎がそう言って茶碗の酒を一気にあおった。

「人づての話でござる。上州伊勢崎藩酒井さまの剣術指南役に当流の山口多聞《やまぐちたもん》と申す者がおりまする」

「ご大老家の分家でござるな」

小賢太は身を乗り出した。伊勢崎藩酒井家の名前を聞くとは思っていなかった。

「さよう。聞いた噂では、その門下の者が数名、一度に亡くなったとか」

「言い難いことを……かたじけのうございまする」

小賢太は深く感謝した。

「お役に立てれば幸いでござる」

与四郎が肩の荷を下ろしたようなほっとした顔を見せた。

「どれ、酔いが回らぬうちに一手お願いしようか」

「願ってもないこと」

小賢太は喜んで立ちあがった。

二人は道場で対峙した。二尺五寸（約七六センチメートル）の木刀を青眼に構えて、小賢太は与四郎を見た。与四郎は念流独特のがに股で腰を落として天を突かんばかりに木刀を立てた。

「いきますぞ」

蟹歩きといわれる、少しずつ身体を動かす念流独特の足運びで与四郎が間合いを縮めてきた。

「……………」

小賢太は、青眼の構えを下段に変えた。与四郎の一撃は上段からのものである。念流の太刀は重い。まともに受けたのでは木刀ごしに脳天を砕かれる。打たれる前に打つ。小賢太は下段からの斬り上げの疾さにかけた。

「りゃあああ」

与四郎が大きな気合い声とともに木刀を振り下ろした。小賢太は一歩踏みこみ、膝を大きく屈して下段からの片手撃ちを放った。

「あっ」

道場の隅で見ていた佐之介が、小さな悲鳴をあげた。

鈍い音がして小賢太の木刀が折れ飛んだ。

「参りました」

小賢太は後ろに跳んで間合いを開けて、降参した。

「いや、参ったのはわたくしでござる」

与四郎が木刀を背中に回すと、深々と頭を下げた。

それを見た佐之介が問うた。

「お師匠、どういうことでございますか」

間近で見ていた佐之介には、与四郎が小賢太の太刀を撃ち折ったとしか見えなかったのだろう。

「佐之介ではまだわからぬか」

そう言うと、与四郎は稽古着の上をはだけて見せた。腹部から胸にかけて赤い筋が一つついていた。

佐之介が驚きの声をあげた。

「それは……」

「木刀を折る前につけられた傷だ。真剣ならば、負けている」

与四郎が傷口をなぞった。

「浅いのではございませぬか」

佐之介の言葉に与四郎は苦笑した。

「浅いのではない、浅くしてくれたのだ。本来なら、股間から一刀両断にされていた。それを工藤どのは、跡だけにしてくださったのだ」

実際、股間から逆袈裟に斬りあげるのは、手首が逆になるだけでなく重力に反することになり、おのれの体重を使うこともできない。腕の力と腰の伸びあがる勢いだけで硬い骨のある腰を両断することは難しい。だが、柔らかい下腹部から腹部へと肉を裂くだけなら簡単にできる。そして腹を裂かれた者は、まず助からない。それを与四郎はわかり、佐之介は理解できなかった。

「よろしければ、もう一手」

与四郎に促されて小賢太は新しい木刀を手にした。ふたたび三間の間合いで対峙する。今度はともに上段の構えであった。

二人の身体が止まった。小賢太は微動だにできなかった。動けば間違いなく両断される。だが、小賢太の木刀も与四郎の首の血脈をとばす。

与四郎もまったく動かない。小半刻（約三十分）があっという間にすぎた。道場の片隅で見ている佐之介の顔色が、緊張のあまり真っ白になっていく。

「ごめん」

「勝負預けでよろしいか」

二人が同時に木刀を退いた。小賢太と与四郎は一礼をかわしたあと互いの顔を見ながらにこやかに笑った。

「相抜けとはこれのことでござる」

小賢太は、生涯二度目の相抜けに、興奮していた。

「なるほど、これが針ヶ谷夕雲先生の言われた相抜けでござるか。いや、まさに剣を学ぶ者の夢でございますな」

与四郎もしきりに頷いていた。

「本日はまことにありがとうございました」

佐之介が道場の片隅で平伏した。佐之介なりに得るものがあったのだろう。

「よい勉強をしたな」

与四郎が温かい笑みを佐之介に向けた。

「わたくしもよき思いをさせていただきました。一つ先へ進めた気がいたしまする」

「こちらこそ、師に言われておりながら踏みこえることのできなかった壁を破れた心持ちでございまする」

与四郎と小賢太は、ふたたびにこやかに笑いをかわした。

「さて、では残りの酒を片づけてしまおうではございませぬか」

木刀を道場の壁に掛けようとした小賢太は、手を止めた。与四郎も耳を澄ましている。

「招かれざる客のようでござる」

小声で与四郎がささやいた。

与四郎が木刀を道場の明かり窓から投げた。小賢太は木刀を捨て、脇差を摑み、裸足で外へ出た。

投げた木刀が道場の外にのびている松の木に突き刺さる寸前、枝から影が跳んだ。

「何奴《なにやつ》」

小賢太が脇差を抜きながら迫った。

落ちてきた影が一瞬、小賢太に顔を向けたが、すぐに背を向けて駆けだした。その疾さはとても人のものとは思えない。あっという間に姿が消えた。

「拙者が連れて参ったのでござろう。心得のないことをいたしました」

道場へ戻ってきた小賢太が詫びた。

「行商人のような形でござったが、なにか思い当たる節でも」

小賢太は、お満流の方の名前を隠して説明した。与四郎は一雲を襲った者たちに興味を見せた。

「聞いたことがありまする。この内藤新宿にもそういう闇の仕事を請け負う者がいるとか。金さえ出せば、人殺しでも拐《かどわ》かしでもやってのけると」

「そうでございますか」

「しかし、小田切先生の剣術をぜひ見たかった」

世間では有名でないが、剣術を学ぶ者にとって小田切一雲の名前は重い。老中や高禄旗本がおこなう剣術試合にも出ないため、その剣技を目の当たりにすることはまずできない。与四郎が残念がった。

「これ以上ご迷惑をかけるわけにはまいりませぬ。では、失礼いたす」

小賢太は別れを告げた。

「お引き留めはいたしませぬ。なにとぞ、お気をつけて。またお目にかかれる日を心待ちにいたしております。佐之介、宿場を出るまでお供をいたせ」

与四郎も心得ている。佐之介に命じて、小賢太を新宿のはずれまで送ってくれた。

三

新宿には、数万坪をこえる屋敷が多い。内藤新宿の名前ともなった内藤家下屋敷を筆頭に、阿部《あべ》家下屋敷、青山《あおやま》家下屋敷など大きな屋敷が並んでいた。

なかでもとりわけ大きいのが、御三家の紀州家のものであった。大きな池を二つ取りこんだ十三万坪余の下屋敷は、日暮れの茜《あかね》のなかにその白塀を浮き立たせ、周囲を威圧していた。

牛啼坂《うしなきざか》を下り、赤坂表伝馬町《あかさかおもててんまちよう》へ出たところで、小賢太は背筋の毛が逆立つのを感じ、左に大きく跳んだ。わずかな残照を反射して何かが目の前を走った。転がるようにして物陰に隠れる。

そのうちの一本が小賢太の左肩をかすった。勢いを失って落ちたそれは六寸（約一八センチメートル）ほどの鉄針であった。

「ちっ」

油断していたわけではない。酒の酔いはすでに抜けていた。与四郎との試合での気張りはまだ残っていた。それでも傷を受けた。小賢太は針を拾った。

町角に置かれた天水桶の陰から、鉄針は飛んできた。そのあたりを小賢太は窺った。氷川明神旅所《ひかわみようじんたびしよ》の松の枝に黒いものがうずくまっていた。

「気配はまったくなかった」

小賢太はその前を通りすぎたとき、なにも感じなかったことに恐れを抱いた。

互いに身を潜めたままときがすぎていった。すでに太陽は姿を隠し、かわりに月が上がってきた。

敵は、小賢太よりも高い位置にいる。月明かりを仰ぎ見ることになる小賢太は、暗闇を見通すことができない。逆に敵から明かりに照らされた小賢太はよく見える。敵に地の利を握られている。無理押しは命にかかわる。小賢太は退くことにした。

雪駄を脱いで懐に入れ、着ていた羽織の紐をほどいた。

ゆっくりと右足に重心を移す。間合いは五間（約九・一メートル）、鉄針が届き効果を発揮する範囲は、その軽さからして手裏剣より短い八間（約一四・五メートル）ほどとみていい。機をうまく見抜けば、なんとかなる。

小賢太は気配を探りながら膝をためた。呼吸をはかって走った。

「………」

すぐに鉄針が飛んで来た。が、間合いが大きくなったおかげで威力が減じ、風をはらんで膨らんだ羽織に弾かれた。

最初の角を右に曲がる。ほとんどまっすぐな小路を八町（約八七三メートル）ほど走ると、九州福岡《ふくおか》藩黒田《くろだ》家の下屋敷に当たる。そのまま道なりに進み、突き当りを左に曲がれば武家地に入る。町屋と違って武家地は辻ごとに番所が設けられ、辻番《つじばん》が常駐していた。そこまで行けば、曲者の動きも制限される。

だが、敵は用意周到であった。どう走ろうとも通らなければならない黒田家と松平日向守《ひゅうがのかみ》上屋敷の三叉路で、ふたたび待ち伏せにあった。

今度は前から鉄針が襲った。

「くっ……」

小賢太にとって幸いにも、鉄針に常夜燈の光が反射した。その小さなきらめきが小賢太を救った。動くことでかわせるものはかわし、無理なものは左手で突きだした太刀の鍔で止める。

続けて来る鉄針を防ぎながら、小賢太は敵の姿を探した。

「そこか」

松平日向守上屋敷外塀の上に見つけた。

鉄針はなかなか尽きなかった。身を隠すものがない小賢太は動きまわらねばならず、疲労していった。

ほとんど間を空けずに四本が飛来してきた。小賢太は、左手で突きだした鍔で急所に来るものを受けながら、右手に拾った鉄針を握った。

「この拍子か」

小賢太は鉄針の投擲《とうてき》間隔に一定の拍子があることを見抜いた。

「一、二、三、四……今」

四本と四本の合間を小賢太は狙った。

小賢太に手裏剣の経験はない。だが、太刀とおなじく撃つものであるかぎり、手《て》練《だれ》の技は受け継がれる。小賢太の投げた鉄針が六間の間合いをこえて突き刺さった。

「ぐっ」

片手の鉄針を撃ち終わり、補充のため両手に鉄針を握っていたことが影にとっての不幸であった。防ぐものを手にすることができなかった。鉄針は影の右肩を縫った。

細い塀の上で重心を崩された影が下に落ちた。かろうじて足から降りたが、体勢を整える間はなかった。

「やあ」

一気に間合いを詰めた小賢太の一刀をまともに受け、首が斜めにずれるように斬られて絶命した。

道場を覗いていた行商人ふうの男であった。

懐を探ってみたが身分を表すようなものはなに一つなかった。

「他人に見られては面倒だ」

小賢太は、そのままに立ち去った。


天守番から御広敷添番への組替えは波風立つことなく終わった。

幕府が武断《ぶだん》から文治《ぶんじ》に変わって七十年ちかくになり、先例や慣例という名の悪癖が染みついている。

天守番に初めて出たときには、先達《せんだつ》と称する輩から教育という名の嫌がらせがあった。それが御広敷ではまったくないどころか、誰も小賢太にかかわろうとさえしないのだ。挨拶すればちゃんと返ってくるし、役目の質問にはしっかりと応えてくれる。

だが、役目以外で近づいて来る者はいなかった。相役となった御広敷添番岩屋《いわや》三《さん》四郎《しろう》でさえそうなのだ。

　就任祝いのお礼に挨拶に訪ねた菅原越前守にそのことを伝えると、あっさりと一笑された。

「それはそうだ。皆自分の身がかわいいからの。とくに大奥というところの権力者はすぐに代わる。知っているか。大奥の一番が誰か」

　小賢太は応えた。

「それは御台所さまでございましょう」

　将軍の正室のことである。そのほとんどが、五摂家か宮家から来る。

「違うな。御台所さまはお飾りでしかない。実際の力をもつのは、お腹《はら》さまと呼ばれるお世継ぎを産まれたお方よ。そして、その方がおられない今のようなときは、上様のご寵愛がもっとも深いご側室となる。そう、今はお満流の方さまが大奥一よ」

　菅原越前守は教えるように言った。

「だがな、寵愛というのはいつ失われるかわからぬものだ。お満流の方さまも、上様のご寵愛をお保良《ほら》の方さまから奪われた。奪ったものは奪いかえされるのが世の常。もっとも、いま上様は御病中にあるゆえ、新しいご側室さまを求められることはないが、万一、上様にご不例が起こった場合はどうなる」

「お満流の方さまは、ご落髪のうえ桜田《さくらだ》の御用屋敷へお移りになられまする」

「そうじゃ。このままお満流の方さまが、若君さまをお産みになればよし、そうなれば、ご不例があってもお満流の方さまは大奥に残られ、次代まで君臨《くんりん》なさる。だが、そうでないときや、お生まれになったのが姫君であったときなどは、やはり大奥一の座からはお降りになられることになる。幕府でもっとも危ういのが、大奥というところなのじゃ」

そう言われて、小賢太は納得した。

「まあ、まちがいなくそなたは御広敷番頭へ上がる。それまでは我慢していることだ。格さえ戻っておれば、小普請へ戻されたとしても復帰することはそう難しいことではない」

菅原越前守に妙な慰めを受けて、小賢太は帰路についた。

御広敷添番も天守番とおなじで三日に一度の勤務であった。御広敷の職務は大奥全般の警備と出入り商人の監督、大奥女中の外出の警固、そして大奥に泊まられた将軍の朝食の準備である。小賢太の職務は、大奥全般の警備とお満流の方の外出時の警固であった。

臨月まではまだあるとはいえ、懐妊したお満流の方の外出はもうない。御広敷添番として小賢太は大奥の見まわりを任としていた。

お満流の方襲撃時に知りあった御広敷侍広川太助が近づいてきた。格上になる小賢太に頭を下げながら小さな声でささやいた。

「大留守居さまの配下、小向と同役でございまする」

広川太助も退き口衆の一人であった。

「工藤さま、よろしいか」

広川太助の誘いに、小賢太はうなずいた。

台所や対面所をもつ御広敷はかなり大きな建物である。そのなかで、御広敷添番と御広敷侍の詰め所は近い。

二人は御広敷を出て、大奥との境になる銅屋根の塀にもたれた。

「ここでお待ちくだされ」

広川太助はそう言うと、すっと小賢太から離れ、辺りを警戒した。たばこを一服つけるほどの間があって、塀の向こうから智美の声がした。

「工藤さま」

「智美どのか」

小賢太は驚いた。

塀越しとはいえ、大奥女中と声をかわしているのを見られたら、不義密通者として小賢太は切腹、智美は放逐《ほうちく》である。

「ご番の日、この刻限にここで。お話はあまりできませぬゆえ、紙に用件を書いておきまする。そちらから何かありましたら、やはり紙に書いてそこから見えまする楓《かえで》の木めがけてお投げください。そのとき、けっしてお名前などはお書きにならぬように」

智美が小声で伝えた。

「あいわかった」

小賢太も小声で応じた。

「では、本日はこれにて」

智美の気配が消えた。

「急いでお戻りくださいますように」

広川太助が戻って来て告げた。

「ああ」

小賢太は詰め所に帰った。

四

体調をくずした去年の冬から、将軍家綱は大奥へ一度も渡っていない。ずっと中《なか》奥御座《おくござ》の間《ま》で起居《ききょ》し、そこで政務も見ている。

もっとも、政務のほとんどは大老酒井雅楽頭の独断で進み、家綱の仕事は求めに応じて花押《かおう》を入れるだけである。

家綱が来ない大奥の仕事は、なにもないと言ってよかった。

当然、御広敷も暇である。毎朝、お満流の方のようすを見るために大奥へと入っていく奥医師をお鈴廊下入り口まで出迎え、送るだけだ。あとは、大奥に来る商人たちを監督し、所用で外出する女中の警固をする。御広敷添番の仕事はないに等しかった。

小賢太が御広敷添番になって三度目の番が回ってきた。いつものように朝五つ(午前八時ごろ)前に登城した小賢太は、泊まり番であった御広敷番一組の頭大谷《おおたに》広之進《ひろのしん》に呼ばれた。

「御用でございましょうか」

小賢太は、添番詰め所の奥にある御広敷番頭控に入って訊いた。すでに小賢太の上役である鈴木左門も出て来ていた。

「うむ、参ったか。昨日、大奥ご中臈光山どのより、とくにそなたを名指しでお呼び出しがあった。本日四つ、元橋御門脇座敷まで参るように」

大谷広之進はそれだけ言うと、小賢太に去るようにと手で命じた。

元橋御門は、大奥が御広敷に向けて開けた正式な門である。ここの警衛は御広敷番の任であり、門の脇に御広敷添番が控えるための小部屋があった。

「儂がともに行くゆえ、小半刻前にここへな」

組頭である鈴木左門が声をかけた。小賢太は、黙って頭を下げると控を出た。

光山は、かつて小賢太にお満流の方ご愛用の懐刀を渡した中臈である。お清の中臈と呼ばれることからわかるように器量はあまりよくないが、出は名門旗本の娘であった。

小賢太は言われた刻限に控に顔をだし、鈴木左門とともに元橋御門脇へと向かった。

大奥の中臈は、表の若年寄や側用人《そばようにん》にあたる。お目見え以上で、二百俵高の御広敷番頭よりもはるかに格上である。約束よりかなり前、小賢太たちは、元橋御門脇座敷の下座で光山を待った。

刻限を少し過ぎたころ、ようやく光山が二人の女中を引き連れて元橋御門脇座敷に入ってきた。

「三番組組頭鈴木左門でござる。あれに控えておりますのが、工藤小賢太でございまする」

鈴木左門が頭を下げたまま言った。

「見知っておる」

鈴木左門の声を、光山の甲高い声が遮った。

「工藤小賢太、面《おもて》を上げよ」

光山に命じられて小賢太が背筋を伸ばした。こういう場合、一度目は顔だけを上げて腰は曲げたままにしておくのが礼儀である。小賢太は、光山の男を男とも思わない態度への反抗をこうして表した。

「きさま……」

「こ、これっ」

顔色を変えた光山を見て、何があったか悟った鈴木左門が小賢太を叱った。

「な、生意気な」

光山が怒りを露《あら》わにした。

「御用中にございまする。お呼び出しのご用件をお伺いしとうぞんじまする」

小賢太は二人を無視するように問うた。

「工藤。よさぬか、工藤」

鈴木左門は、あまりのことに慌てて小賢太を制しようと両手をばたばた動かした。

「増長《ぞうちょう》しおって……」

光山が女中二人に目配せした。大奥女中二人が小賢太のもとへやってくると両手を押さえようとした。それを小賢太が睨んだ。

「ひっ」

まともに小賢太の殺気をくらった二人が後ずさった。

「お戯《たわむ》れでございましたら、ご遠慮願いたく」

「く、工藤」

鈴木左門は、もうまともに声も出せない。

大奥中臈を怒らせれば、老中といえども首が飛びかねない。ましてお目見え以下の御広敷添番など家を潰される。もちろん、そうなったら組頭である鈴木左門も御役御免はまぬがれない。大奥出入り商人からの余得《よとく》の多い御広敷番頭の地位を失うのは痛手だった。

「……」

女だけの世界で中臈という役職にのぼったほどだ。光山の気の強さは並大抵ではない。じっと小賢太を睨んでいたが、お満流の方に命じられた役目だと悟ったのか、あきらめたように肩の力を抜いた。

「お満流の方さまからのご諚《じょう》である」

光山が大きな声を出した。

小賢太は素早く平伏した。鈴木左門も倣う。

「工藤小賢太に連日の勤めを命じる」

光山が伝えたのは、工藤小賢太を三交代勤務からはずし、一人毎日御広敷に詰めるようにとの命令であった。

「工藤小賢太は、連日朝五つに元橋御門脇に入り、夕七つ（午後四時ごろ）まで詰めるべし。それ以外は広敷添番同様の見まわりと宿直を命ず。また、そなたの支配は妾《わらわ》がいたす」

光山は、そう言い残すとさっさと大奥へと帰っていった。

「よかった、よかった」

控に戻った鈴木左門が、喜色満面で小賢太に笑いかけた。連日勤務となると、今属している組の枠をこえることになる。小賢太は組をはずれるのである。そうなれば、小賢太がどのようなもめごとを起こしても鈴木左門に累は及ばない。

「今日は、もう帰ってよいぞ。いや、儂がもう言ってはいかぬな。なんせ、そなたはお満流の方さまじきじきの御広敷添番じゃ」

鈴木左門は、にこやかに小賢太を控から追い出した。

連日勤務となると宿直もしなければならない。宿直をする者は、夜食の弁当はもとより、仮眠をとる布団も自前で持ってこなければならなかった。小賢太は、広敷侍詰め所にいた広川太助を呼び出して事情を話し、智美との会合を頼んだ。

「承知しておりまする」

広川太助は、すでに小賢太が連日勤めになることを知っていた。

「我らは、忍でございますれば」

怪訝な顔をしている小賢太に、広川太助はそれだけ言うと詰め所に戻った。

下城した小賢太は、自邸ではなく北野薩摩守の屋敷へと足を向けた。

「本日、お満流の方さまより連日勤めを命じられましてございまする」

小賢太は北野薩摩守に告げた。

「うむ、昨夜のうちに小向から聞いておる。より一層の苦労をかけることになるが、よろしく頼むぞ」

いつものように笑いながらも、どこか北野薩摩守の顔色はよくない。

小賢太は問うた。

「お伺いしてよろしいのかどうかわかりませぬが、なにかございましたか」

北野薩摩守はしばらく考えていたが、思いきったように口を開いた。

「あらたなお血筋さまが見つかったのだ」

「まさか」

小賢太は耳を疑った。

領内であれば出歩くこともあるそこらの大名と違い、将軍家が江戸城から出ることはまずない。あったとしても、十重二十重《とえはたえ》に囲まれ、そこらの女と情をかわすことなどできなかった。

追い打ちをかけるように北野薩摩守が続けた。

「それも駿河大納言忠長さまが末だという」

小賢太は何も言えなかった。将軍家に反旗を翻《ひるがえ》したと言われている人物の子孫などあってよいはずはなかった。これを認めるより、豊臣秀吉《ひでよし》の子孫が出てきたというほうが、まだ現実味があった。

「紀州家にかくまわれていたそうだ」

紀州家と駿河には深い縁がある。隠居した家康が造った駿河府中城とその領国は、紀州家初代頼宣に譲られたものであった。徳川の出自である三河を含めた東海道の要地、石高こそ五十五万石と多くはなかったが、外洋に開いた港を持っている。

その駿河を継いだ頼宣であったが、猜疑《さいぎ》心に満ちた兄秀忠の策謀によって紀州へ転封《てんぽう》され、駿河は幕領《ばくりよう》を経て、秀忠の三男忠長の所領となった。だが、その忠長も兄家光によって、駿河を追われた。

頼宣と忠長、ともに実父にもっとも愛されながら、兄によって排除された。濡《ぬ》れ衣《ぎぬ》を着せられて自刃させられた忠長を、頼宣が哀れと思ったとしても不思議ではなかった。

もともと幕府に反抗的な頼宣である。家光に睨まれるのを承知で忠長の息子長七郎を領国へ受け入れたのも、当然であった。

「そのお方をお世継ぎとして紀州家が表に出すゆえ、儂にも推してくれるようにと話があった」

北野薩摩守の顔が苦しげに歪んだ。

「大留守居さま」

小賢太は気遣った。

「お血筋でありながら、正式な扱いを受けることなく他家に寄寓《きぐう》して肩身の狭い思いをなされたであろうお方のことを思うと辛い。おそらく、これが世に出る最後の機会であろうと思うと、それを奪うのは断腸《だんちょう》の思いぞ」

北野薩摩守は血を吐くような声をだした。

「お血筋さまをお認めにならないと」

「うむ。考えてみよ。長七郎どののお子ということは、大権現家康さまから見て五世にあたられるが、館林宰相さまは四世。嫡流《ちゃくりゅう》が途絶え、傍流から血脈を選ぶならば、始祖さまに近いお方を選ぶが筋」

「最後の機会とはどういうことでしょうや。お血筋としてそれ相応の待遇をお受けいただけば……たとえば十万石ていどの領地を」

冷徹な役人の顔を浮かべる北野薩摩守に、小賢太は疑問をなげた。

「あらかじめ将軍継承に加わるとわかっていたお血筋はよいがな。このお方は、いわば紀州家の詭弁《きべん》にちかい。勝てばよいが、負けたときはそれ相応の憎しみを五代将軍となられたお方より受けることになろう。そうなれば、紀州も見捨てるであろうしな」

政は勝者を輝かせるが、敗者を地獄へ突き落とす。

北野薩摩守を見て、小賢太はお満流の方も同じ運命《さだめ》をたどることになると気づいた。うまく若君を産んだとしても、その前に家綱が死んでいれば、新将軍にとっては邪魔者以外の何者でもない。

黙した小賢太を見て、北野薩摩守が悟ったらしい。厳しい目つきを和《やわ》らげて言った。

「上様のお血筋はどうあれ、我ら留守居衆が守り抜く。貴公は、お方さまの身を案じてくれればよい」

「……………」

小賢太は無言で力強くうなずいた。

第四章　大奥の刺客

一

　毎朝、小賢太は元橋御門脇座敷にて光山からお満流の方の予定を聞き、外出がなければ、そのまま元橋御門付近を警衛し、七つを過ぎれば一刻（約二時間）ごとに御広敷と大奥の境を見回る。

　食事は御広敷の台所の片隅で持参した弁当をとり、仮眠は御広敷添番詰め所でとる。下城は三日に一度、宿直明けの朝から夕方までだった。その間に、小賢太は自邸に戻り、風呂に入り、着替えをする。

　そんな日々が七日ほどすぎた夜、小賢太は御広敷の中庭を巡回していた。

　風にのって詰め所から談笑が聞こえてきた。

小賢太とはべつに宿直している御広敷番組の一つであろう。やはり二人一組になって一刻ごとに見回るのは同じである。小賢太はその合間を縫って御広敷と大奥を隔てる銅屋根塀に沿って歩いていた。

塀側に庭木は生えていない。これは庭木を伝って入りこむ不届き者を防ぐためであった。銅屋根塀とは逆、御広敷中庭の泉水《せんすい》際に生えている松の木から声がかけられた。

「工藤さま、お気をつけられませ」

ふわっと耳に入ってきたのは広川太助のものであった。

小賢太は、すばやく雪駄を脱ぐと脇差を抜いた。番士といえども将軍のいる御座の間、あるいは大奥に近い者は太刀を帯びない。

敵はやはりお的弓場脇の土手を這《は》いのぼって中奥の庭に侵入してきた。月明かりに映った数は十人をこえている。先日よりも多い。

「くはっ」

小さな声をだして侵入者の先頭を走っていた二人が崩れた。御広敷侍、いや退き口衆の投げた手裏剣に喉を貫かれたようだ。

続けざまに手裏剣が撃たれるが、気づいた曲者はうまくかわし、致命傷を受けた者はいなかった。

「……番士か」

小賢太の前に侵入者が三人現れた。

「何者か」

小賢太は大声で誰何した。御広敷番に報せるためと、大奥への警告のためである。

当然、応えるはずもなく、侵入者たちは小賢太に向かっていっせいに斬りかかってきた。

銅屋根塀を背中にしているだけに、小賢太を倒さないと大奥へ入りこむことはできない。将軍が大奥へ渡るときのお鈴廊下は、侵入者たちがやってきた土手すぐにあるが、当然番士が詰めているうえに、廊下の戸は楠木《くすのき》の一枚板で裏に鉄板が打たれている。そこを破ることは至難である。

侵入者たちは、人の背丈よりわずかに高いだけの銅屋根塀を乗りこえようとしていた。

三方から斬りかかられても、小賢太は冷静であった。一人一人の太刀の疾さは違う。それを見極めて、対処すれば一対一の図式に持ちこめる。

脇差と太刀では間合いが違う。一尺（約三〇センチメートル）ほどとはいえ太刀が長い。脇差は一歩余分に踏みこまないと届かない。

小賢太の思いきりは早かった。正面から真っ向に来る太刀を、脇差の峰ではじきとばし、右からの袈裟懸けを身体をひねることでかわした。そして、その勢いのまま左の侵入者に向けて脇差を薙《な》ぐ。

振りおろすより薙ぐほうが剣先が伸びる。小賢太の脇差が左の男の腹を存分に裂いた。灰色の内臓を垂らして男が死んだ。

「おのれ」

小賢太に一撃を払われた中央の侵入者が、太刀をふたたび落としてきた。斬るというより打つにちかい。重さで脇差をたたき落とそうというのだ。

「ふん」

小賢太は、今度は受けなかった。ぐっと膝を落として身体を沈めると前へ伸びあがるようにして太刀を潜り、身体をくっつけんばかりにして、間合いを詰めた。

間合いが半間（約九〇センチメートル）を切ってしまえば長い太刀は不利になる。

小賢太の脇差は抵抗もなく侵入者のみぞおちに吸いこまれた。

動きを止めた残り一人に、小賢太は問いかけた。

「無駄死にするか、それとも正体を明かして生き残るか。選べ」

「黙れ」

それを契機に残った一人が太刀を突きだした。

斬り損じはあっても突き損じはないという。二間ほどの間合いで太刀の突きを撃たれては防げない。脇差を合わせても重さが違いすぎ、脇差を弾いてなお肉を破るだけの勢いが残る。

小賢太は自ら後ろに倒れた。太刀の剣先が真上を向いた自分の顔の上を通っていくのを見ながら、脇差を投げた。

「ぎゃっ」

最後の侵入者が苦鳴を残して崩れた。その胸に小賢太の投げた脇差が鍔まで埋まっていた。

半回転して立ちあがった小賢太は、倒した侵入者の脇差を奪った。自分の脇差を抜くには深く刺さりすぎていた。

油断なく辺りを見回す小賢太の目に、走り寄ってくる人影が見えた。

「大丈夫でございましょうや」

広川太助であった。

「ああ、そちらはどうか」

問いかける小賢太に、広川太助の顔が曇った。

「五人倒しましたが、二人逃しましてござる。あと、古葉伝助《こばでんすけ》がやられ申した」

古葉伝助は、広川太助とおなじ御広敷侍であり、北野薩摩守に与する六名の一人であった。

「そうか、惜しいことを」

小賢太がそう言ったとき、御広敷玄関から宿直番の御広敷添番が、ようやく提灯を手にやってきた。

御座所近くに死体を置くわけにはいかないとの意見で、御広敷を襲った連中の遺骸は不浄門前にそのまま並べられた。

蠟燭を惜しげもなく立てて目付衆による検死がおこなわれた。身につけていたものは小袖の襟から下帯の結び目まで徹底的に調べられた。だが、めぼしいものは何一つでなかった。

「太刀も業物《わざもの》ながら無銘じゃな」

目付の榊主水がつぶやいた。

徒目付二人を従えて、榊主水が御広敷にやってきたのは、二刻（約四時間）ほどたった明け七つ（午前四時ごろ）であった。

「またおぬしか」

御広敷添番詰め所に現れた榊主水が、小賢太の顔を見てあきれた。

「はあ」

小賢太もそう応えるしかなかった。

「最初は、御天守番のときだったな。つぎは、お満流の方さまお代参、そして今度は御広敷でか。騒動に引き寄せられているとしか思えぬな」

榊主水にうながされ、小賢太は今宵あったことを順をおって話した。

「ふむ。土手から上がってきたか。おい」

榊主水は左前に控えている徒目付に天守番詰め所に行き、なにかなかったかを訊いてくるように命じた。

「で、どうであった、今宵の曲者どもは過日の者どもと重なるところはなかったか」

小賢太は今日の侵入者たちを思い出したが、念流ではないことぐらいしかわからなかった。

「いえ、なにも思い当たりませぬ」

「そうか、なにか思い出したことがあれば、目付部屋まで来るように」

いかに目付といえども、理由なくお満流の方じきじきに連日勤めを命じた御広敷添番を揚屋《あがりや》に入れるわけにも謹慎にするわけにもいかない。

「承知つかまつりましてございまする」

相手は旗本のなかの旗本と言われる目付である。小賢太はうなずいた。

その足で、小賢太は御広敷の玄関を出た反対側にある御広敷侍控に向かった。御広敷添番詰め所の隣にある御広敷侍詰め所と違い、控は休憩所といった意味合いが強かった。

幕臣の身分では、同心に毛の生えたていどでしかない御広敷侍の扱いは悪い。控は、十畳少しの板張りで、窓枠に桟《さん》はあっても障子などは入れられていない。冬であっても明かりを取り入れようと思えば、吹きさらしを覚悟しなければならなかった。明かりは一つだけしか与えられず、月のない夜などは、手探りでないと動けないほど暗い。

小賢太は控の戸を軽く叩いた。

「どなたか」

なかから聞き慣れた声が誰何してきた。

「工藤小賢太でござる」

すっと戸が開いた。

「これは、工藤さま。どうなされました」

広川太助が姿を現した。

「古葉伝助どのに香華《こうげ》を手向《たむ》けさせてはもらえぬか。連日勤めゆえ、通夜《つや》にも葬儀にも出られぬゆえ」

「しばし、お待ちくだされ」

広川太助が背を向け、戸が音もなく閉まった。小賢太は待った。

茶を一服するぐらいの間があった。ふたたび控の戸が開いた。

「二階へ」

行燈を持つ広川太助に案内され、小賢太は二階へ上がった。

御広敷御門と続きで造られている御広敷侍控は、二階建てになっている。もっとも、二階は大人が立って歩けるほどの高さはない。少し腰を屈めないと梁《はり》で頭を打つ。階段を上がりきったところに板の間があり、その中央に数枚の畳が敷かれていた。

その上に、古葉伝助の遺体が薄い布団をかけられて安置されていた。

「どうぞ」

広川太助にうながされ、小賢太は古葉伝助の枕元に坐った。両手を合わせて深く頭を下げる。

「二人倒したところで、後ろから袈裟に……」

広川太助が消え入るような口調で経過を話した。

「まだ、二十六歳でござった。ようやく嫁ももらい、子供もできようかというときに、哀れなことでござる」

小賢太は尋ねた。

「跡目《あとめ》は無事にすむのでござろうや」

御広敷を守る退き口衆としてふさわしい最期をとげたのだ。家は残された者が継げるはずであった。

「十八歳になる弟がおりまする。おそらく、伝助の妻を娶《めと》りなおすことで家を継ぐことになりましょう」

「さようか」

小賢太の声は重かった。

残された嫁の気持ちは無視される。武家の結婚は家と家とのものであり、個人の想いが入ることはほとんどなかった。

「無念でございまする」

広川太助が絞るような声音を出した。

「三歳より血を吐くほどの修行を積んでまいったはずでございますのに、たかが曲者三人に囲まれただけで命を落とすとは……」

広川太助が古葉伝助を叱るように言ったその裏に、隠しきれない悲哀が含まれていた。

「我ら徳川の家人は、上様の御身を守ることが任、古葉伝助どのは見事にそれをなされた。命を落とされたは残念至極なことなれど、堂々と胸張ってよろしかろう。誰も古葉どのの功績を知らずとも、けっして拙者は忘れませぬ」

小賢太は、力強い口調で広川太助に語りかけた。

「かたじけのうござる」

小賢太が来たときにすでに古葉伝助の枕元に座していた侍が会釈してきた。

「貴殿は……」

「古葉伝助が義兄、弓削《ゆげ》兵悟《ひょうご》でござる。おなじ御広敷侍を相務めておりまする。お見知りおきくだされ」

弓削兵悟と名乗った男は、三十歳を少しこえたぐらいで、精悍《せいかん》な顔つきと衣服の上からでもわかる鍛え抜かれた身体をもっていた。

「御広敷添番、工藤小賢太でござる」

小賢太も挨拶を返した。

「存じあげておりまする。工藤さまは有名でござる」

弓削兵悟が頬を歪めた。笑ったのだろうが、よく見ないとわからないほど表情は変わらなかった。

「伝助がことをお褒めいただき感謝しております。ここで詫びなど申されたら、われら退き口衆、血の涙を流すところでございました」

弓削兵悟の言いたいことを、小賢太は察した。

小賢太が仏の前で「守れなかったことを申しわけなく思う」などと口にしたら、それは古葉伝助を一人前として見ていないということになる。日頃から武士扱いされていない御広敷侍に、それは死ぬより辛い言葉であった。お満流の方の駕籠脇で広川太助の腕を見ていた小賢太だからこそ、言わずにすんだ。

「圧倒する数の敵に臆《おく》さず立ち向かわれたのでござる。侍として、男としてお見事」

小賢太はそう言うと、あらかじめ用意してきていた紙包みを懐から取りだした。日頃から何かあったときに恥をかかぬようにと持っている用心金である。一分金一枚しか入っていないが、小賢太ていどの禄高では精一杯の金額であった。

「これを」

差しだした紙包みを、弓削兵悟は黙って受け取った。

「では、ごめん」

小賢太はもう一度仏に手を合わせると、御広敷侍控を出た。

その足で御広敷に戻り、添番詰め所から御膳所を通り抜け、三の間の前廊下を進んで庭に出た。騒動が収まった後ほど油断が生じる。もう一度見回っておくつもりになったのだ。

さきほどの襲撃が二段構えの一段であったとしたら、目付の調べがすみ、陽が昇るまでのわずか半刻（約一時間）ほどこそ狙い目になる。

退き口衆も古葉伝助の枕元に集まり、ここにはいない。

考え過ぎであればいいがと、泉水の周囲を巡った小賢太の目に人影が映った。二人なら御広敷添番の見まわりであるが、一人というのはおかしい。

小賢太は泉水脇の松の木に背中をもたれさせるようにして隠れた。

走るでもなくゆっくりと近づいてきた人影は、庭を二つに仕切っている枝折り戸のところで立ち止まった。枝折り戸を足がかりに銅屋根塀を越えるつもりなのだろう。

五間（約九・一メートル）の間合いを小賢太は一気に奔《はし》った。

小賢太の足音に気づいたのか、人影の動きが止まった。素早く腰に差した太刀を抜く。小賢太も走りながら脇差を鞘走らせた。

「いたか。大留守居の犬」

人影が落ち着いた口調で小賢太を迎えた。小賢太はその声で気づいた。

「桐山示五郎か」

小賢太は驚いた。桐山は襲撃の刃に倒れた天守番磯田虎之助の後任としてお役についた男である。しばらくの間とはいえ、小賢太の相役を務めていた。

「なるほどな、天守番に仲間がいれば、楽々と御広敷まで入ってこられる」

「それだけではないのだがな。まあいい、そろそろおぬしが目障《めざわ》りになってきているからの」

桐山は太刀を青眼から下段に移した。流れるような動きは、桐山が相当な遣い手であることを示していた。

「直心影流、猿の太刀か」

小賢太は脇差の柄をへその上あたりにおき、まっすぐ突きだした。

直心影流は、愛洲移香斎《あいすいこうさい》の陰流《かげりゅう》に流れを発するもので、陰流は柳生新陰流や直心影流など多数の名だたる流派の総称である。疾さに重きをおき、一刀両断のような大技ではなく、的確な小さな動きで急所を狙う。

「無住心剣術を見せてもらおうか」

桐山の腰が少し沈んだ。

下段の太刀を相手にするに脇差は不利である。下から掬《すく》うように襲い来る太刀を受けようにも届かないのだ。股間から上は守れても、臑《すね》を狙われればどうしようもない。かといって、臑を守るために足を引いてしまえば、脇差は相手に届かなくなる。

「欲に落ちた剣に負けることはない」

右手に脇差を持つと、小賢太はゆっくり右足を前に出し、半身になった。

小賢太の動きを見た桐山が嘲笑を浮かべた。

「急所を隠したつもりか。無駄なことだ」

腰をたわめていた桐山が大きく左足を踏みだして、地に擦《す》るほど低く置いていた切っ先をまっすぐに振りあげた。

まだ剣の間合いではなかった。小賢太は三寸（約九センチメートル）見切れると思った。心持ち左足に重心をかけ、かわすつもりでいた小賢太の背中を冷たいものが這った。

小賢太はあわてて一歩後ろに下がった。その前を、ぐっと伸びた剣先が通りすぎていった。

「よくかわしたな」

桐山が天を指したままの構えで言った。見事な残心である。かわした勢いで小賢太が突っこんでいれば、返す刀で間違いなく首の血脈をとばされていただろう。

小賢太は青眼の構えに戻りながら間合いを目で測った。一間半（約二・七メートル）の間合いは脇差でもなんとかなる。

「片手撃ちか」

小賢太は桐山の右手に目をやった。撃つ瞬間に左手を離し右手だけの片手薙ぎに来たのだ。右肩を入れるように回せば、一尺（約三〇センチメートル）近く剣先は伸びる。

「邪剣《じゃけん》だな」

小賢太は、嫌悪を露わにした。

袋竹刀や木刀を使う剣術の鍛錬にこの技は使えない。得物《えもの》が軽すぎて剣先が伸びないだけではなく、当たりが弱すぎて決まったととられないからだ。

だが、これが真剣となると、その重さで伸びも食いこみも格段に違う。

「ふん、剣はしょせん斬ってこそ値打ちがある。道場での叩き合いなど踊りにもならぬわ」

小賢太の言いようが気に入らなかった桐山が憎々しげに反論した。

「それに異論はないがな、邪剣は、邪剣。一度見切られれば次は使えぬ」

小賢太は、ゆっくりと間合いを詰めた。一寸刻みに右足を地に擦るように出していく。

邪道は正道に勝てない。これは剣が術としてなりたっていった歴史のうえで証明されている。実際に真剣で立ち合ったときに効果があるからこそ、何百年という歴史を生き残ってきたのだ。思いつきで生み出した技は消えるしかない。

「ふん、甘いな。坊主の寝言は死んでから聞かせてもらえ」

かつての人のよさはどこへ行ったか、桐山の顔に浮かぶのは鬼気に等しい険しい表情であった。

桐山が右足を引いた。小賢太ほどではないが、軽く半身になっている。天を指した剣先は微動だにしない。腰がよく据わっている。

小賢太は間合いを詰めるのをやめ、脇差の峰を返すと刃を上に向けた。

人は動きだすときに力が入る。それは目に映り、丹田《たんでん》にでる。

桐山の一刀は雷撃《らいげき》といってもいい勢いで小賢太の首筋を襲い、小賢太の脇差は矢が放たれたように上へと跳ねた。

重さの違いが明暗を分けた。軽い小賢太の脇差が疾かった。小賢太の脇差は、振りおろしてくる桐山の両手を肘から斬りとばした。手首をつけたままの太刀が小賢太の肩をかすって音を立てて落ちた。

「あうう」

両腕から血を噴き出しながら桐山が、泣きそうな顔をしてうめいた。

「お調べがすむまで死ねぬな」

さすがにこの間合いで返り血を避けることは出来なかった。顔から胸まで血を浴びながら、小賢太は事態を報せに背中を向けた。

報せを受けた榊主水はすぐにやってきた。

「曲者を生かしたまま捕らえたとか」

御広敷庭に出てきた榊主水は、興奮気味にしゃべった。

「はい、あそこに」

小賢太が指さした先には、とりあえず刀の下緒《さげお》と鞘をつかって血止めをされた桐山が横たわっていた。

「でかしたぞ、工藤」

榊主水は、出てきた御広敷伊賀者同心に命じて戸板を用意させると、桐山を中《なか》の間拭板《まぬぐいいた》へ連れていかせた。

中の間拭板とは、御広敷添番詰め所の隣にある広い板の間である。二階への階段もあり、御広敷のほぼ中央に当たる。

あちこちから集めた灯火に照らされた桐山の顔色は、誰が見てもわかるほどに白い。あまりに多くの血が流れだしすぎたのだ。桐山の命はそう長くはない。

榊主水は桐山の息が荒いことなど気にもかけずに問うた。

「誰に命じられた」

桐山はなにも答えない。じっと天井を見つめて迫りくる死を待っているのであろう。

「答えれば、お上にも慈悲というものがある。このままでは桐山の家は絶え、妻も子も放逐されることになるぞ」

脅しではない。鯉口《こいぐち》一寸（約三センチメートル）きっただけで、切腹お家断絶《だんぜつ》の城中である。太刀を抜いて大奥へ侵入しようとしたのだ、無事ですむわけがなかった。将軍が大奥にいたわけではないので九族皆殺しにはならないが、親子兄弟が連座で罪に問われることは避けられなかった。

「おぬしの命は助けられぬが、妻と子が可哀想だと思わぬか」

榊主水が続けて言った。

「……………」

しかし、桐山は沈黙を守っている。

小賢太が口出しをした。

「お目付さま、おそらく、この者の家族はすでに保護されているのではないかと」

「なるほど。万一のときの備えも終わっているということか。それだけの大物が後ろにいるわけだな」

榊主水がうなずいた。

「いちおう、こやつの屋敷を調べておけ。人数が足りねば、町方をつかってもよい」

指示された徒目付が榊主水に伺いをたてた。

「こやつは、どのようにいたしましょうや」

医者に診せても無駄であり、いまさら小伝馬町《こてんまちょう》牢屋敷の揚屋に入れることもできない。

「そうよな、城内で太刀を抜いて、御広敷という上様御座所に近いところへ入ったのだ、切腹は避けられまい。かといって、この状態で自害はできまいからの」

榊主水がちらと桐山に目を走らせた。

「不浄門から出し、小伝馬町へ運んでおけ」

小伝馬町の牢屋敷には、罪人の死体や回向《えこう》を専門にする人間がいる。

「さて、これからこやつを天守番に推した者を探り出して、取り調べといかねばならぬ」

立ちあがった榊主水に、小賢太が訊いた。

「組頭どのも罪に問われましょうや」

かつては直属の上司であったが、いまは違う。敬称を変えるのも侍としての心得だった。

「うむ。さすがに不問というわけにはまいるまい。おそらく御役御免のうえ小普請であろうな。組頭だけではない。同役も皆そうなろう」

榊主水の言葉に、小賢太はかつての同役たちの悲哀を思った。

出世の見込みのない天守番とはいえ、役にありつくだけでありがたいこの延宝の世、一度失策をおかせば浮かびあがることはまずない。

「己が身に比してみたか」

榊主水が小賢太に声をかけた。

「気にすることはない。その者が優秀なれば、いずれ世に出てくる。おぬしとおなじようにな」

榊主水は小賢太に話しかけると、周囲を見回した。

「御広敷の番は工藤一人ではなかろうに、日に二度の争いごとに気づかぬとは、怠慢もはなはだしい。後日、あらためてお調べがあると思え」

榊主水は、そう言うと御広敷から去っていった。

一瞬ざわついた中の間拭板であったが、すぐに静まりかえると、そのまま皆立ち去っていった。

「工藤」

宿直番であった御広敷番頭の原田《はらだ》久左《きゆうざ》が近づいてきた。

「よくやってくれたとしか言えぬ。たしかに、われらは泰平に馴れすぎていた。万一大奥へ入りこまれていたらと思うと、肌が粟《あわ》だつ思いじゃ。いつまでそなたと御広敷におられるかはわからぬが、これからはなんなりと言うてくれい」

目付の言葉にがっくりと肩を落とした原田は、御広敷玄関の右奥にある御広敷番頭部屋へと行った。

二

血まみれで元橋御門脇に戻るわけにはいかない。小賢太は光山への使いを原田に頼むと、目付の榊主水の書付けをもらって下城した。書付をもらったのは、明け六つ（午前六時ごろ）にならないと開かない江戸城内郭《うちぐるわ》門を通るためである。北桔橋御門から竹橋御門を通って辰の口を渡り、常盤橋《ときわばし》御門を出れば金座《きんざ》である。そこから町屋のなかをひたすら朝日に向かえば橋町二丁目までそう時間はかからない。小賢太が自邸につくまで江戸城を出て小半刻（約三十分）ほどであった。

明け六つの鐘が聞こえると同時ぐらいに表門を叩いて帰邸した小賢太を、子平が驚いた顔で迎えた。

「どうなされました、その血は」

顔についた血は控で洗ってきたとはいえ、衣服にべっとりしみこんだ血は黒く目立っていた。

「まさか、お怪我などを」

子平の顔色が変わった。

「大丈夫だ。傷はない。返り血だ」

小賢太は安心させるように笑ってみせた。事実、右肩に桐山の太刀がかすった傷があるが、すでに血も止まっているし、肩を動かしても痛みはなかった。

子平の顔色はますます蒼くなった。

「返り血とおおせられますと、それは……」

子平の心配も無理なことではなかった。この半年ほどのあいだにあまりにいろいろありすぎた。子平に報せずにすんだことは隠しているが、それでも数回の襲撃は知っている。

「ああ、御広敷を襲った者がいてな、争いになった。勝ちはしたが、返り血を避けることができなかったのだ」

小賢太は玄関を避けて庭に回り、台所脇の井戸に向かった。

橘町二丁目は徳川家康が江戸に入府してから造られた埋め立て地である。もとは海であったために塩気はあるが水に困ることはない。小賢太は褌《ふんどし》一つになると、頭から水を何度もかぶり、返り血を洗い流した。

女中の佐喜が台所から出てきて、小賢太の脱ぎ散らした衣服をあらためた。

「小袖も長襦袢も両方とも駄目でございますねえ」

血を浴びてかなりの時間がたった。血は完全に固まり、なかまで染みこんでしまったようだった。

「古着屋で買うしかあるまい」

小賢太は、あきらめたような口調で言った。

戦乱が収まり生活も落ち着いたとはいえ、着物を新調するのはかなりの贅沢である。呉服屋で生地を買い仕立ててもらうのは、祝いごとか裕福な家でもないかぎりまずしない。庶民はもとより御家人のほとんどは、あちこちにある古着屋で気に入ったものを買って身につけた。

「裃《かみしも》を脱いでいてよかったな」

御広敷添番は、登城に裃を着用しなければならない。番方として見回るときは裃を脱ぎ、小袖にたすきがけになる。それが幸いした。工藤家の紋、下がり藤のはいった裃は古着屋でそう簡単に手にはいるわけではない。今使っている裃は、父が御番入りの祝いに作ったものである。それを手直しして小賢太が着用していた。

「そうでございますねえ。なにぶん、若さまが連日勤めとなられましたゆえに、お洗濯が間に合いませぬ。小袖と長襦袢を早急にお買い求めいただきませぬと、いきなり困るということになりまするが」

「わかった。着替えを出してくれ。いまから登城して、本日一日お休みを頂戴してまいる」

小賢太は、身体を拭くと佐喜が差し出した衣服を身にまとい、飯と漬け物だけの朝餉をすませ、もう一度江戸城へ戻った。

御広敷に入った小賢太は、いつもの刻限に元橋御門脇座敷で光山を待っていた。

「またぞろ曲者を防いだと聞きました」

光山は、いつになく小賢太に優しい口調で言った。

「ははっ。御広敷一同のご協力をいただき、ようやく撃退いたすことができましてございまする。大奥の方々には騒がしくご迷惑をおかけいたしました」

「いや、今朝ほど目付榊主水どのよりお話を伺いました。お満流の方さまもことのほかお歓《よろこ》びでございまする」

「恐悦至極でございまする」

小賢太は、いっそう強く額を畳に擦りつけた。

光山が供に連れてきた大奥女中に目配せをした。

「あれを」

女中が手にしていた三方《さんぼう》をしずしずと小賢太の前に置いた。

「お満流の方さまより御慰労の金子じゃ」

光山が厳《おごそ》かに告げた。

「ありがたく頂戴つかまつりまする」

小賢太は、うやうやしく三方を押しいただいた。紫の袱紗の上に小判が三枚置かれていた。

主君筋にあたる方からの拝領ものを断ることは反逆に等しい。小賢太は遠慮することなくもらった。

「光山さま」

小賢太は正面に坐る光山に声をかけた。

「なんじゃ」

「厚かましきお願いながら、本日一日お暇を頂戴いたしとうぞんじまする」

「ふむ、聞けばかなりの活躍であったそうな。疲れもあろう。よかろう、妾《わらわ》からお満流の方さまに申しあげておきまする。ですが、明夜の宿直にはかならず戻りますように」

翌日の夕七つまでの暇を、光山は小賢太に許した。

「かたじけのうございまする」

小賢太は、光山が衣擦《きぬず》れの音を残して去っていくのを頭を下げたまま見送った。

三両の金を懐に入れて小賢太は御広敷侍控を覗いた。古葉伝助の通夜があるためか、見知った顔はいない。そのまま御広敷玄関を出て北桔橋御門を渡り、お濠を回るようにして広川太助の屋敷がある四谷御箪笥町《よつやおたんすちよう》に向かった。

七十俵ほどの御家人の屋敷は小さい。敷地はそこそこあるが、そのほとんどを畑にして野菜を作らないとやっていけないほどに貧しい。

「ごめん、広川太助どのはおられるか」

古葉伝助の通夜に行っているのだろう、出てきたのは広川太助ではなく、その妻女のようであった。

「御広敷添番工藤小賢太でござる。ご主人とは御広敷で……」

小賢太の挨拶を妻女がとどめた。

「存じ上げておりまする」

小賢太は懐から小判を取り出すと、二枚を広川太助の妻女にわたした。

「お満流の方さまよりのご褒美でござる。三両いただいた。一両は拙者がちょうだいする。あとは皆で分けてくれるように」

妻女は黙って頭を下げた。

「では、古葉氏のご遺族によしなにな」

小賢太は背中を向けて歩きだした。

市ヶ谷にある留守居同心組屋敷に小向新左衛門を訪ねるつもりであった。

「ようこそのお見えで」

小向が小賢太の来るのを知っていたかのように待っていた。

「またぞろご活躍だったそうで」

「…………」

小賢太は、どう返事をしてよいかわからなかった。

「桐山示五郎のことでございまするが、明暦の大火のとき、あの者の父が天守番だったようで」

「まことか」

小賢太は目を瞠った。

「天守閣炎上の責任は負わされなかったようでござるが、窓の門のかけ忘れを問われて、半知《はんち》に減禄のうえ、小普請組へ」

さすがに幕府といえども、あれだけの天災を個人に押しつけることはできなかった。

「それに比して、天守番頭はなんのお咎めもなく、そのまま書院番へとのぼっていったのでございまする」

「それは面妖《めんよう》な。組頭というのは、番士の監督をし、その責を負うのが仕事ではないか」

小賢太は、小向の言葉に不満を露わにした。父正之助のときでさえ、書院番頭は登城遠慮を命じられていた。

「組頭は松平伊豆守さまがご一門であったのでござる。どうやら、そのことを根にもったようで、権力さえあれば何でも許されるのかと申していたのを聞いた者がおるとのことでござる」

「そうか。見捨てられるなら見捨てる側に回ればと思ったのか」

城中のことで知らないことはない。小賢太は留守居同心の実力を思い知らされた気がした。

小賢太はしばらく沈黙した。

「ちょっと相談がある」

小賢太は小向の顔を見た。小向は変わることもなく飄々《ひょうひょう》としたままであった。

「なんでございましょう」

「そろそろこちらから仕掛けたい。で、伊豆屋に揺さぶりをかけたいのだが」

伊豆屋は藤堂が出入りしていた古着屋であり、伊豆屋の主は酒井雅楽頭の分家である伊勢崎藩酒井家の下屋敷と繫がりがあった。

「どうやって揺さぶりをおかけになるおつもりでございましょうや」

「小袖と長襦袢を買いに入ろうと思う。そこで……」

小向の問いに小賢太が応えた。

「おもしろいやも知れませぬな。おい、達哉」

小向が隣の間へ声をかけた。すっと襖が開いて達哉が顔をだした。

「中間姿になれ、で、工藤さまのお供をな」

「承知つかまつりました」

達哉が襖の向こうに消えた。

「では、わたくしは伊勢崎藩の下屋敷にあらかじめ忍んでおきまする」

小賢太と小向は組屋敷の前で別れた。

小賢太と達哉は、伊豆屋のある南茅場町を目指した。市ヶ谷から南茅場町まではお城をぐるりと回らねばならないので、二人の足でも一刻（約二時間）近くかかる。

その間ずっと二人は無言であった。

「中食にしよう」

小賢太が一軒の煮売り屋の前で足を止め、達哉の返事を待たずなかに入った。

酒樽か醬油樽を椅子代わりに置いた煮売り屋は、大皿に盛った菜を適当に注文して食事をする店である。蕎麦《そば》屋もちらほら姿を見せてきているが、値段が高く庶民の日常に溶けこんではいなかった。

「菜っぱと豆腐の煮染《にし》め、あとしじみ汁に飯を」

小賢太は店の奥に坐っている主に言った。

「おなじでよいか」

いちおう中間として控えていた達哉に、小賢太は訊いた。達哉が黙って頷いた。

「おなじものをもう一つだ」

できあがった菜を盛るだけである。食事はすぐに供された。

「どうされるおつもりで」

豆腐をつつきながら、達哉が小賢太に伊豆屋での対応を尋ねた。

「手の内を思いきりさらそうかと思っておる」

小賢太は、しじみ汁をすすりながら応えた。

「手の内とは」

「主を引っ張り出せれば、伊勢崎藩のことを問うてみようと思う」

「わざと波風を起こしてみようということでございますか」

「このまま待ちを続けているだけでは、いつかこちらが持たなくなる」

小賢太に襲い来る連中は少なくとも五勢力はある。お満流の方を狙う勢力、尾張、紀州、水戸、そして藤堂である。

「たしかに」

小賢太の言いぶんに達哉も首肯した。

「そろそろ行こうか」

煮売り屋から伊豆屋までは二筋と離れていない。達哉が藍色《あい》に「いづや」と白く染め抜かれた暖簾を持ち上げた。小賢太はそれを潜った。

「邪魔をする」

「いらせられませ」

古着屋は虫干しをかねて商品である衣服を梁から吊した棒にぶら下げている。そのわずかな隙間を泳ぐように番頭らしき中年の男が現れた。

「なにをお探しでございましょうや」

客が武家である。番頭の応対は丁寧であった。

「小袖と長襦袢を探しておる」

小賢太は吊されている衣服に目を走らせた。

「お武家さまは、わたくしどもは初めてでいらっしゃいますな」

番頭が尋ねた。

買い物はほとんどおなじ町内の店ですますのが習慣となっていた。客と店は顔なじみなのだ。このおかげで、種類が多く、相場で貨幣間の価値が変動する現金での支払いではなく、節季ごとのまとめ払いというやりかたが定着していた。

「うむ。ここは安くてよいものを置いていると聞いたのでな」

「それはありがたいことでございまする。よろしければ当店をご紹介くださいましたお方さまのお名前をお教え願えませんでしょうか。いいえ、わたくしどもからもお礼を申しあげたく存じますので」

　番頭がさらにつっこんできた。

「伊勢崎藩の下屋敷におる者なら誰でも知っておることだと聞いたが」

　小賢太はとぼけるような語り口で応えた。後ろに控えている達哉の気配が変わる。

「さ、さようでございますか。しばらくお待ちくださいませ」

　番頭が慌てて奥へと消えていった。達哉がすっと寄ってきた。

「出てきますぞ」

「ああ、店を閉められないように頼むぞ」

　戸を閉められ、包みこまれては、いかに二人といえども危ない。

「承知」

　達哉が店の出入り口付近に腰を下ろす。中間は木刀しか差していないが、樫《かし》の木刀である。一撃で刀も骨も叩き折ることができる。

　そこへ伊豆屋の主がやってきた。

「いらせられませ。当店の主、伊豆屋儀兵衛にございまする」

　両手をついて挨拶する姿は世慣れた商人そのものであった。

「御広敷添番工藤小賢太である。見知りおいてくれ」

小賢太の名乗りを聞いた伊豆屋の眉が、ほんの少しだけ動いた。注意して見ていないと気づかないほどかすかなものであったが、注視していた小賢太は気づいた。

「御広敷添番でいらっしゃいますか、それはそれは」

伊豆屋の笑みが一気に大きくなった。

商人にとって、大奥出入りは喉から手が出るほど欲しい看板である。どのような機会を捉えてでも御広敷と関係をもちたいと願うのが普通であった。

「主は、伊勢崎藩のお出入りだそうだな」

「いえいえ、そのようなことはございませぬ。わたくしどもごとき小店を出入りにしてくださるようなところはございませぬ」

伊豆屋が手を振って否定した。

「さようか。先夜、主どのが伊勢崎藩の下屋敷に入って行かれるのを見受けたような気がしたが」

「人違いでございましょう」

小賢太の言葉を伊豆屋は笑って流した。

「さようか。ここからずっと一緒だったのだがなあ」

のんびりと言う小賢太に、達哉が小さく噴きだした。

「世の中には、似た者が三人はいると申しますから。で、工藤さま、小袖と長襦袢をお探しとか。これなどはいかがで」

伊豆屋がすぐ横に吊下げられていた小袖をおろした。これ以上話をするつもりはないということだ。

小賢太もつきまとうつもりはない。あとは、伊豆屋が動いてくれるのを待つだけである。

「そうだの、もう少し目の細かいのはないか」

江戸では縞目《しまめ》の広いものがはやってきていた。上下の縞の幅を変えるのも多くなっているが、小賢太は、古くからある遠くから見れば縞目がつぶれるような細かいものが好みであった。

「そうでございますねえ。では、あれなどいかがで」

伊豆屋が差し出したものは、生地の傷みも少なく綺麗に洗い張りされていた。

小賢太は、その小袖に長襦袢を二枚購入し、商品を自邸まで届けてくれるようにと頼んだ。

「ありがとうございました。またごひいきにお願いいたしまする」

伊豆屋儀兵衛に見送られて、小賢太と達哉は店をでた。

一町（約一一〇メートル）ほど離れてから、達哉が声をかけてきた。

「つけてきているようで」

「ああ、どこまで引きずっていくかな。日暮れまではあと一刻もないだろう」

小賢太は、後ろを向くような心得のない真似はしない。

「一人、それもどう見ても商家の手代。あれでは、我らを襲うというわけにはまいりますまい」

達哉は、後ろに目がついているかのように的確であった。

「これから我らがどこへ行くのかを知りたいのであろうな」

「どこにいたしましょうや」

「そなた、藤堂が新しい根城を知っているか」

達哉の問いに、小賢太も問いで返した。

「存じおります」

「そこへ行ってみようではないか」

「承知」

達哉が小賢太の前に出た。

三

八丁堀から深川へは、霊岸島を通れば小半刻ほどでつく。ちょうど日が暮れにさしかかる。

達哉が立ち止まった。

裏を水路に面し、舟だまりを持っている一軒の古びた家屋を指さした。

「ここでござる」

小賢太は玄関を引き開け、大声で呼んだ。

「藤堂、おるか」

「誰でえ」

顔を出した博徒が、小賢太の顔を見て大声をあげた。

「てめえ、なにしにきやがった」

小賢太の顔は完全に知られていた。たちまち、数人が手に手に得物をもって集まってきた。

「藤堂はいないようだな」

「先生はちょいと野暮用でね」

博徒たちの後ろから恰幅《かっぷく》のよい白髪の老人が現れた。

「きさまは誰か」

「おっと、初対面でやすな。お初にお目にかかりやす。上州屋伊吉《いきち》と申しやす。こいら一帯の顔役というか、世話役をさせていただいております。以後お見知りおかれてよろしくお引き回しのほどを」

上州屋がいやらしい笑いを張りつけながらしゃべった。

「おまえが上州屋か」

「工藤さまにはたいへんお世話になっております。いままでのお礼を申し上げなければなりませぬで」

上州屋が首を動かした。

たちまち博徒たちが斬りかかってきた。

「ここは、わたくしが」

達哉が前に出た。大きな身体には似合わない身軽さで、あっという間に二人を地に這わせた。

玄関先での戦いを達哉に任せて、小賢太は上州屋に迫った。

「おっと」

上州屋が背中を向けて逃げだした。

小賢太は後に続こうとして足を止めた。殺気が奥へつづく廊下から漏れてきた。微弱ではあるが、明らかに殺気は小賢太を包んでいた。

「……」

小賢太は、太刀を抜き放つと頭上に横たえるように構えた。狭く視界の悪いときの構えである。小腰を屈めることで上から斬り落とされる太刀を防ぎ、太刀を左右に滑らすだけで左右からの一撃も防げる。

「おどれがあ」

背後から博徒の一人が長脇差で斬りかかってきたが、振り向きもせず小賢太は、頭上の太刀を肘から回すようにして首の血脈を刎《は》ねた。

太刀を頭上に戻し、明かりもない暗い廊下へと一歩踏みだした。

小賢太が廊下に踏み込むのを待っていたかのように、左から真っ向唐竹割《からたけわり》の斬撃が襲った。腰を伸ばすようにして前に出ながら落ちてきた太刀を弾きかえす。三歩進んで後ろを振り返った。

廊下の隅に作られた人一人が立っていられるほどの隙間に、総髪姿の浪人が太刀を構えて潜んでいた。

「心得ぐらいはあるようだな」

浪人が一歩廊下へと身を乗り出した。

「上州屋に雇われたか」

小賢太は、浪人から目を離さずに辺りの気配を探った。殺気をわずかながらに漏らすような男が、小賢太の相手になるはずがないことぐらいは上州屋は知っている。

「一太刀《ひとたち》止《ど》めの助《すけ》という。儂の名前を聞いて生きていた者はおらぬ」

浪人が、にやりと下卑《げび》た笑いを浮かべながら太刀を上段に振りかぶった。

歳のころなら四十ぐらい。子供じみた明らかな偽名を誇らしげに使う浪人に、工藤はなんとも言えない情けなさを感じていた。

「何人殺した」

「覚えておらぬわ。数えることなど無駄だからな。おまえも、その無駄になるのだ」

一太刀が廊下をするすると迫ってきた。腰がしっかりと落ち着き、上半身はまったく揺れていない。自慢するだけのことはある。

だが、このていどの腕なら無住心剣術で初歩の許しをもらえるかどうかだ。あまりに衒《てら》いが出すぎていた。

小賢太は一歩足を出し、そのまま青眼に構えていた太刀を突きだした。斬りにいかなかったのは、小さな動きで敵を倒し、すぐに青眼の構えに戻れるからだ。

「くえっ」

小賢太の一撃は一太刀が振り下ろすよりも疾く、胸を貫いていた。

残心の構えもとらず、小賢太は青眼の構えに戻った。

立ったまま絶命している一太刀の身体を蹴り倒す。一太刀が出てきた小部屋に隠れている刺客がいたとしても、一太刀の死体が邪魔になって一気に飛びだすことはできなくなった。

ほんの一瞬、小賢太の気が小部屋へと逸《そ》れた。

天井板を破って脇差が降ってきた。そのまま小賢太の背中を脇差の切っ先が裂いたかに見えた。

逃げようとせずに太刀を振り上げたのが功を奏した。小賢太の太刀が脇差を擦りあげた。

「ちっ」

廊下に落ちた男は、くるりと後ろに回ると立ちあがった。

ずいぶん小柄な体格の男は、刃先を背中に隠すようにした妙な構えで小賢太を睨みつけた。

小賢太は、身体を素早く回して太刀の切っ先を小柄な男に向けた。

「二本差しにしては、よくぞ防げたな。命冥加《いのちみようが》な奴だ」

小柄な男が憎々しげに吐いたのに、小賢太は言い返した。

「奇襲は一度だけだ。なにより、この廊下で太刀を使えぬていどの腕なら、口ほどのこともあるまい」

心を一所に止《とど》めない無住心剣術は、おのれの間合いすべてに注意を絶えず払っている。梁や柱もすべて目に入っているのだ。見えていればぶつかることはない。そうなれば、狭いところでも長い太刀が有利になる。

「ほざけ」

ぐっと膝を曲げた小柄な男に、合わせるように小賢太は太刀を突きだした。

「くっ……」

小柄な男の動きが止まった。脇差と太刀では間合いが違いすぎる。脇差が小賢太の身体に触れるころには、小柄な男の身体を小賢太の太刀が貫いている。

「ゆっくりしていられないのでな」

小賢太は、無造作に前に足を運んだ。小賢太が進むだけ小柄な男が下がる。

廊下が尽きた。後ろは壁、左右が障子で閉じられた部屋である。小柄な男の背中が壁に当たった。

「ちゅえい」

その壁に足をつけて思いきりよく小柄な男が駆けだした。腕をまっすぐ頭上に伸ばし、脇差から足まで一本の矢のように小賢太めがけてきた。

小賢太は、突きだしていた太刀の切っ先を一寸ほどあげると脇差に絡ませ、巻き上げた。一尺ほど長い太刀の切っ先が脇差をこえて鍔を削りながら小柄な男の腕を傷つける。痛みに脇差が落ちた。

小賢太は、そのまま腰を落とし、太刀を真下に斬りおろした。

小柄な男の後頭部が二つに割れてうす桃色の脳漿《のうしよう》がこぼれた。

「三悪吉《みおきち》」

廊下右の障子が開いて上州屋が、驚きの声を出した。

「てめえ」

さきほどまでの商人らしい言葉遣いは失われ、闇の親分が顔をだした。

「天下のご政道の裏をいくなら、表に出てくるな」

小賢太は血塗られた太刀をぬぐいもせずそのまま突きつけた。

「このままですむと思うなよ。仲間はいくらでもいる。いつかはおまえを殺してやる」

「どっちにしろ、おまえはそれを見ることはない」

ぐっと切っ先を突きつける。上州屋が懐から短刀を出し、小賢太に突きかかってきた。

小賢太は、上州屋の喉をまっすぐに突きとおした。盆の窪《ぼんくぼ》から太刀先が五寸（約一五センチメートル）とびだした。

「生かしておくわけにはいかぬ」

小賢太は、太刀を上州屋から抜くと懐から反古紙《ほごし》を取り出し、まず血糊を紙にゆっくりと移した。そのあと、なめし革で丁寧にぬぐっていく。

「工藤さま、ご無事で」

達哉が奥の部屋に入ってきた。手には、木刀ではなく長脇差を摑んでいた。

「三人やったところで木刀が折れてしまいましたゆえ、敵の得物を借りたので」

その長脇差にも血がついていた。

小賢太は、太刀を鞘に戻すと達哉を誘って奥の部屋の探索をおこなった。上州屋の後ろについている者の手掛りでもないかと思ったのだが、見事なまでに何もなかった。

「こういう輩は、証しとなる書き物はまず残しませぬ。その代わり、一度かわした約束はなにがあっても果たす。約定《やくじょう》を守らなかったときは命を代償にすると申しまする」

達哉が小賢太に闇の掟《おきて》を教えた。

二人は、あきらめて玄関へと戻った。途中、達哉が一太刀止めの助の太刀を奪い取る。さすがに博徒が使っていた長脇差とは、出来が違った。

「さて、伊豆屋の紐はどういうふうに動いてくれるか」

小賢太は閉じられていた戸障子に手をかけた。

達哉が小賢太の開けた隙間から外を警戒しながら応えた。

「おそらく人を呼びにやったでしょうな。もっとも、伊豆屋にそれほどの手勢があるとは思えませぬゆえ、そう遠くない蠣殻町の伊勢崎藩下屋敷に向かったと考えるのがよろしいのでは」

たしかに、深川から蠣殻町までは永代橋《えいたいばし》を渡り、北新堀町《きたしんぼりちょう》から永久橋を渡ればすぐである。走れば小半刻もかからない。

「そろそろ来るのではございませぬか」

二人が上州屋に入って一刻ちかくなる。

「ここまで来るか。帰り道で待ち伏せしているのではないか」

「いえ、深川は、人の生き死にに鈍いところでございまする。毎日のように水死体が上がりまするが、お上に届けられることなく始末されまする。深川はお上のご威光の及ばぬ所でございますれば」

朱引《しゅび》きと呼ばれる江戸城下での騒動は、執拗《しつよう》に町奉行や目付方の探索を受けるが、深川となると目付が入ることはない。また、深川奉行はさして重要ではなく、町奉行とはくらべものにならない。多少のことなら見て見ぬふりをするのだった。

「こちらから迎えに行くか」

家のなかにいるのは不利だ。火をかけられれば、地の利を失うだけではなく、時の利さえなくしてしまう。

「承知」

達哉も承諾した。

江戸を灰燼に帰した明暦の大火によって、町造りが変えられ、深川にも武家屋敷は造られ始めた。なかには二万坪ちかい周防《すおう》国毛利《もうり》家三十六万九千石の町屋敷もあるが、そのほとんどは二万石以下の譜代大名の下屋敷、数百石までの小旗本御家人の屋敷だった。それも数えるほどしかない。あとは町屋と寺ばかりだ。

小賢太と達哉は、上州屋を出て二町ほど進んだ本誓寺の門前で待った。

やがて、八人の侍と、それを先導する伊豆屋の手代が小走りにやってきた。

通りから少し入った山門でこれを見送った二人がうなずいた。

「おい、伊豆屋の者」

飛びだした小賢太がよく通る声で叫んだ。

九人の足が止まり、いっせいに振り向いた。

「あいつで。あいつが工藤で」

手代が小賢太をさして声をあげた。八人の侍が走り寄ってきた。

扇のようにひろがると、小賢太と達哉を囲み、太刀を抜いた。

じろりとそれを見た小賢太は口を開いた。

「御広敷添番の工藤小賢太だ。それを知っての狼藉《ろうぜき》だろうな」

幕府の役人と名乗ったうえで刃を向けてくるなら、遠慮なく斬り伏せられる。無駄な殺生《せっしょう》を避けたいという気持ちもあった。

ずらりと並んだ太刀先は微動だにせず、小賢太と達哉の喉を狙っている。

「……」

無言の殺意に、小賢太は心が冷えていくのを感じていた。

無住心剣術は窮地に陥っても心を乱さないことを奥義《おうぎ》としている。小賢太は、呼吸の数を減らし、周囲の気配に溶けこんでいった。

左端の侍が、青眼から太刀先を額ぐらいに持ちあげてすり足で間合いを詰めてきた。念流の動きであった。

小賢太は太刀を抜くと青眼に構えた。刀に残る血曇《ちぐも》りが、月明かりを鈍く反射した。小賢太は、八人全部の気配を手にしていた。

「来るぞ、右から二人目」

小賢太は、最初に襲い来るのが達哉から見て二人目であることを察知した。

達哉は、下段に構えていた太刀を少し脇に振ると、そのまま待った。

左端の侍と右から二人目の侍が、合わせたように太刀を振りかぶって斬りかかってきた。

小賢太は青眼から峰で撃ってくる太刀を弾きあげ、がら空きになった胴を裂いた。侍は肝臓をやられて即死した。

達哉は、青眼からわずかに切っ先をあげてそのまま斬り落とす。振りが小さいぶんだけ達哉の太刀が疾い。侍は首筋から血を噴きだしながら崩れ落ちた。

「ひっ」

遠巻きに見ていた伊豆屋の手代が悲鳴をあげた。

残った六人の気配が変わった。腕自慢で選ばれたのだろう。さきほどより殺気が濃くなった。

小賢太は吹きつけてくる風のような殺気に微動だにしなかった。真に恐ろしい遣い手は、殺気をその瞬間まで漏らさない。師である夕雲や兄弟子の一雲、あるいは真里谷円四郎などは、刃が食いこむ寸前まで普段と何一つ変わらないのだ。

小賢太は、相手の動揺を誘うために口を開いた。

「幕府家人と名乗ったにもかかわらず斬りつけてきた。これはお上に対する反逆と見られてもいたしかたないことぞ」

中央にいた少し年嵩《としかさ》の侍が小賢太に応えた。

「お上に対するものではない。工藤小賢太、きさまに対する意趣遺恨《いしゅいこん》よ。同門の相弟子の敵はともに天を戴《いただ》かず」

「なるほど、ならば遠慮なく参るぞ」

いかに腕の差があっても、仲間の追加のできる包囲側と、外との連絡を絶たれている中心側では、勝負にならない。いつか囲まれているほうの体力が尽き、滅多斬りにされて殺されることになる。

小賢太は、達哉に目配せすると、三間（約五・四メートル）の間合いを一気に詰めた。

咄嗟《とっさ》に退こうとした正面の敵を捨てて、右脇に向かって片手薙ぎを送る。

右手一本で支持された太刀は、ぐっとその切っ先を伸ばし、侍の太股を割った。

「ひえええ」

重心を失った侍が情けない悲鳴を上げて前のめりに倒れた。それに達哉がとどめを刺した。

倒れている敵をそのままにしておくと足を払われる。剣を抜いたかぎり、慈悲は消し去らなければおのれが死ぬ。

「おのれっ」

中央にいた年嵩の侍が、小賢太めがけて袈裟懸けにきた。

小賢太は、ぐっと腰と膝を曲げて地に這うように低くなった。

念流の太刀は重い。大きく振りおろした太刀は、途中で止めないと勢いのままおのれの足を傷つけることになる。したがって、念流の剣は臍《へそ》のあたりで止まる癖をつける。

年嵩の侍は、無意識に止めた太刀をそのまま小賢太の頭めがけて押しつけようとした。が、伸びあがるように前に出た小賢太の太刀に右腕ごと脇の下の血脈を破られて動きを失った。

「須藤《すどう》どの」

残った四人が慌てて集まろうとしたが、達哉と小賢太ははるかに疾い。

達哉が右にいた二人を上段からの袈裟懸け、下段からの切り返しで屠《ほふ》り、小賢太は左に残った二人のまんなかに割って入ると、右足を軸に回るようにして太刀を突きだし、腹と脇腹をえぐった。

「あああああ」

「ううう」

臓物《ぞうもつ》を切り口から溢れさせながら、小賢太に斬られた二人が互いの顔を見つめ合って、哀しそうな表情で絶命した。

上州屋の手代が腰を抜かした。

「ひ、ひ、ひ、人殺し」

手代の口からこぼれた一言に、小賢太も達哉も苦笑するしかなかった。

言葉にならない音を口から吹きだしながら腰の抜けた姿勢で必死に後ずさって逃げようとしている手代を尻目に、小賢太は達哉を誘った。

「さて、行くか」

「承知」

四

二人は、永代橋を渡って深川を出ると、そのまま蠣殻町の伊勢崎藩酒井家二万石の下屋敷を訪れた。すでに陽は落ち、月明かりと常夜燈だけの江戸はかなり暗い。

小賢太が達哉に無言で合図した。

首肯した達哉が、伊勢崎藩酒井家下屋敷の潜り門を小さく叩いた。

「どなたか」

誰何の声がした。

武家奉公の門限は暮六つ（午後六時ごろ）と定められているが、太平の世になれば遊びにうつつを抜かす者が出てくる。夜遊びに出ていく者は、前もって門番に小遣いを握らせ、扉を開けてもらう。

達哉がさきほどの年嵩の侍の声音に似せて名乗った。

「須藤だ」

「これは、物頭《ものがしら》さま。しばらくお待ちを」

門番が慌てて潜りの門を外す音がした。物頭は戦のときに一手をあずかる者のことだ。平時は家老や用人《ようにん》のように政務にも携わり、藩でも上級の部類に入る。

「……」

小賢太は、達哉を制して開かれた潜りを素早く転がるようにしてくぐった。

ふいに足元に転がりこんできた人物に、門番が驚きの声をあげた。

「あっ、何者……」

続いて入ってきた達哉が、門番に当て身を喰らわせ、それ以上の声を止めた。

小賢太は屋敷のようすをうかがい、達哉は顔をだして外を探った。

顔を見合わせてうなずいた二人は逃げだすときのことを考え、表門の閂を外し、少しだけ開けておいた。

小賢太は達哉に問うた。

「どのくらいの藩士がいると思うか」

「四十人ほどでしょうか」

達哉が素早く答えた。

「さきほど八人削ったから、三十人そこそこか。剣術ができる輩は半分ほどだな」

「それほどはおりますまい。目録《もくろく》以上が八人もおればよいほうでござろう」

目録は剣術道場でいう免許の一つ下の段階である。そこそこ遣えるといったあたりだ。

「下屋敷用人が一番の上役であろうな。では、そやつと話をするとしよう」

小賢太の言葉に、達哉も同意した。

下屋敷は、大名にとっての公邸である上屋敷と違い、家臣の長屋、藩主の病気療養、藩主一族の住居である。母屋は政務を執るか、藩主あるいはその一族の住居であるため、夜間は宿直の者しかいない。家臣たちは下屋敷の塀際に建てられたお長屋と呼ばれる住居に住んでいる。もちろん、役柄石高の上の者ほどお長屋は大きい。

下屋敷用人の長屋はすぐにわかった。塀沿いに進んで右、一番奥に垣根で囲まれた平屋建ての建物があった。

「押し込むわけにもいくまいな」

「どっちにしろ、招かれざる客でございますが」

達哉が、笑いながらお長屋の門を叩いた。

下屋敷の責任者である用人ともなると、侍身分の家臣、中間、女中と十人ちかい奉公人を抱えている。

しばらく門を叩いていると、やがてなかから眠そうな声が返ってきた。

「夜分にどなたさまで」

「主どのにお目にかかりたい。拙者、工藤小賢太と申す。お取り次ぎ願おう」

小賢太は、中間の耳に届くていどの小声で求めた。

「へっ、工藤さま。おそれいりまするが、どちらの」

酒井家に工藤という名字の者はいないようだ。

「物頭の須藤どののことで話があるとお伝え願えればわかる」

「しばらくお待ちを」

中間の気配が奥へと消えていった。

「工藤さま」

達哉が目で左を示した。垣根の向こう、勝手門から一人の中間が出ていくのが見えた。

「加勢を求めに行ったか」

用人は下屋敷にいる他の藩士たちを集めさせるつもりのようであった。

門を外す音がして門が開いた。中間が手燭《てしょく》を持ちながら頭を下げていた。

「お待たせいたしました。主がお目にかかりまする。お供の方はこちらの供待ちで」

玄関脇の小部屋を示された達哉は、中間を無視して小賢太についていく。

「もし」

達哉を止めようとした中間は、達哉から殺気のこもった目で睨まれてすくみ上がった。

「ひっ」

震え上がった中間の案内で、二人は玄関から入って二つ目の客間らしい部屋に通された。

「さすがにいまをときめく大老酒井雅楽頭どのが一門、下屋敷用人とは思えぬ調度品でございますな」

達哉が苦笑いをしながら部屋のなかを見回している。もちろん、調度品を愛でているわけではない。床下や天井裏に刺客が潜んでいないか、隠し部屋でもあって武者が隠れていないかを探っているのだ。

ふたりともまだ坐っていない。坐ったところを下から槍で突かれれば終わりである。

「大丈夫のようでございますな」

襖が開いて、初老の武士が入ってきた。立っている二人に怪訝な目を向け、座に腰を下ろした。

「坐られてはいかがかな」

初老の武士は座敷に中間姿の達哉がいることに眉をひそめたが、咎めることなく二人に勧めた。

小賢太が下座の中央に、達哉はその一間ほど後ろの襖際に落ち着いた。

「当下屋敷用人、伊尾木三郎兵衛《いおきさぶろうひょうえ》でござる。須藤のことでお話があるとか」

用人が名乗り、小賢太に話を向けた。

「こちらは名乗らなくてもよくご存じであろう。今夜も、ご丁重なお出迎えを頂戴したことでもある」

「はて、なんのことやら」

伊尾木三郎兵衛がとぼけた。

「いいのか。物頭といえばこの辺りでも顔ぐらいは知られているだろう。それが深川の通りで、同藩士七人と斬り殺されたとあっては、いかに大老さまのご一門とはいえ、なにもなしというわけにはいくまい」

　小賢太は、揺さぶりをかけた。

「まさか全滅……」

　伊尾木三郎兵衛が絶句した。

「降りかかる火の粉は遠慮なく払うことにしておる」

「くっ」

　小賢太に殺気を浴びせられた伊尾木三郎兵衛が腰を浮かせて逃げだそうとしたが、そのすさまじさに動けなくなった。

「凄い」

　背後で達哉が呟くのが聞こえた。

「拙者は、昨年天守番であったときに、お城の天守台を狙った曲者と戦い、今日までその曲者とおなじ流派をつかう貴藩の藩士たちに襲われた。これは、一つにつながったとみるのが当然ではないか」

「し、知らぬ。思い違いでござろう。当藩の者がお城の天守台を侵すなどということはありえませぬ」

伊尾木三郎兵衛が必死で否定した。

「ではなぜ、今宵、拙者を物頭須藤以下八人が襲い来た。わけを聞かせていただこう」

小賢太は追及の手をゆるめない。

「わかりませぬ。須藤と貴公のあいだになにか意趣でもあったのではございませぬか。剣のうえでの遺恨など藩は存じませぬ」

伊尾木三郎兵衛が老練な言い回しで逃れようとした。

小賢太はちらと達哉に目を送った。達哉がかるく腰を浮かせながら首肯した。

「では、なぜ襖の向こうに人を集めたのか」

小賢太が言い終わるのを合図に、達哉が素早く立ちあがり、隣室との境を兼ねている襖を蹴りとばした。

「うわった」

まともに襖とぶつかった藩士が転がった。ばらばらと客間に入ってきた藩士は袴の股立を取り、たすきをかけている。手には白刃を握っていた。

「ものものしいな。こちらの家では、客を迎えるに真剣をもってもてなすというのか」

小賢太は、笑いが浮かぶのを抑えられなかった。これでは、白状したも同然であった。

顔を蒼白にした伊尾木三郎兵衛が叫んだ。

「い、生かして帰すな」

廊下に面した襖がざっと開けられて、三人の藩士が部屋に入ってきた。あわせて六人が、小賢太たちと対峙した。さらに四人が襖際の廊下に立っている。

「藩邸のなかじゃ、殺してもどうとでもなる」

上屋敷下屋敷を問わず、藩邸のなかに目付などが入るには手続きがいる。将軍家から与えられた土地の上に建てられているとはいえ、屋敷内は大名の領国内と同じ扱いになるためだが、数日でも余裕があれば死体の一つや二つ隠すことができた。

小賢太は、不敵な笑みを浮かべて言い返した。

「逆もとおるということだ。ここにいる全員を斬ったところで、表に出すことはできまい。お咎めなしということだ」

音もなく太刀を鞘走らせ、ちらと小賢太は天井に目をやった。高さを測ったのだ。太刀はおろか脇差でさえ振りかぶれば、天井板に突き刺さるほど低い。さすがに心得のある造りであった。

若い藩士が、太刀を青眼から右袈裟に小賢太めがけて斬りつけてきた。真剣での斬り合いは初めてなのか、足がまったくといっていいほど前に出ていない。はるかに遠い間合いで太刀を空振りした。

「あああ」

焦ってふたたび太刀を振り上げた若い藩士が、切っ先を天井板に食いこませてしまった。

「未熟な腕で太刀を抜いたことを愚かと思うがよい」

小賢太は太刀の峰を返して若い藩士の右肩を強く打った。鈍い音がして、鎖骨と肋骨数本がへし折れ、若い藩士はそのまま気絶した。

「次からは斬る」

小賢太の宣言に、数人の藩士があきらかな逃げ腰になった。それに気づいた伊尾木三郎兵衛が、悲鳴のような声で命じた。

「重代《じゅうだい》の恩を返すときはいまぞ。こやつらを斬ったあかつきには加増を願い出てやる。戦のなくなったいま、手柄を立てるはこのときぞ」

逃げ腰になった藩士たちが、その言葉に顔を見合わせて太刀を構えなおした。

つらそうな表情を浮かべた小賢太は、太刀を下段に構えて切っ先を一尺（約三〇センチメートル）ほど前にだし、刃を上に向けた。背後に敵がいるときには使えない形だが、前方からの攻撃なら天井を気にすることなくどのようにでも対応できた。

小賢太の前の二人の藩士が目配せした。左右袈裟に構え、同時に間合いを詰めてくると、小賢太めがけて斬撃を放った。

息を合わせたつもりだろうが、腕も体格も違う。切っ先の勢いの差は目に見えるほど大きく、右の藩士が速かった。

小賢太は、落ちてくる太刀を下段から弾き、それを盾にして残った一人の太刀を止めさせた。

「うっ」

同士討ちを懸念して動けなくなった左の藩士に向かって、右の藩士を突きとばす。二尺八寸（約八五センチメートル）にも及ぶ刃物を手にしたままぶつかったのだ。致命傷にはならなかったが、二人とも手に大きな傷を負った。

「頼んだ」

戦意をなくした二人は達哉に任せ、小賢太は残った連中に向かう。一人が下段の構えのまますするすると出てきた。小賢太とほとんど変わらない年格好の藩士であった。

その構えを見た小賢太がつぶやいた。

「ほう、柳生新陰流か」

柳生新陰流にある浮舟《うきふね》だと小賢太は見抜いた。小賢太は、構えを変えなかった。

伊尾木三郎兵衛が、勢いをえて声をかけた。

「ゆけっ、松下《まつした》」

松下と呼ばれた藩士は、伊尾木三郎兵衛に顔を向けることもなく、そのまま間合いを詰めてきた。

小賢太の太刀先に目を固定するのではなく、漫然と全体を見ている。相当遣える証拠である。

二人の間合いは二間（約三・六メートル）、普段ならどちらが踏みこんでも勝負が決まる間合いであるが、室内では太刀を大きく動かすことができないため、半間（約九〇センチメートル）足りない。

小賢太は、じっくりと足を滑らせた。

そのとき、足袋が畳の目に沿って滑った。二寸（約六センチメートル）ほどであったが、その体勢の崩れを敵は見逃してはくれなかった。

「くらえっ」

松下が、無言で小賢太の裏小手《うらこて》めがけて太刀を突きだした。

小賢太は、とっさに鍔で松下の太刀を引っぱたいた。

手首のすぐ裏に血脈がある。ここを斬られても即死はしないが、流れ出た血が指につき、刀を持てなくなってしまう。もちろん、手当てをしなければ失血で死ぬ。

なんとか一撃は防いだが、敵にくいこまれてしまった。小賢太と松下は、珍しい下段の鍔迫り合いになった。

小賢太は前方下へ体重をかけるようにして、伸びあがろうとする松下の太刀を押さえこんだ。少しでも力の向きがずれたら、敵の刃はまちがいなく小賢太の内股を裂く。

「松下、逃がすなよ」

二人の力が拮抗《きっこう》したのを見て、残っていた藩士たちが動きだした。身動き取れなくなった小賢太を包みこんで倒そうと考えたのだ。

小賢太から任された二人をあっさりと殺し、客間の外に控えている藩士たちを牽制していた達哉が跳んだ。

「させぬわ」

小賢太の背後に回って太刀を突き刺そうとした藩士の背骨を一撃で断つ。くの字になって倒れるのを蹴りとばして、小賢太の右に立っている藩士に横薙ぎを送った。

「わああ」

あわてて跳びすさってかわした藩士だったが、小賢太との間合いが開いた。滑るように達哉の足が進み、まっすぐ突きだした太刀が逃げた藩士を貫いた。

「おのれが」

「こいつめ」

外にいた藩士たちが達哉の背後へと迫ってきた。

「四人増えて、残り六人か」

達哉が目で数えた。

気配を背中に感じた小賢太は、勝負を急がざるをえなくなった。

「ぬおっ」

小賢太は気合いをかけて太刀を真下に押し、体重を前にかけた。

間合いはもうほとんどない。

左足で松下の右足を蹴る。かわされれば小賢太の体勢が崩れ、松下の刃が食いこむ。

戦国時代の剣術を色濃く残す無住心剣術には蹴り技もある。小賢太の足蹴りは、松下の右臑の骨を砕いた。

「ぎゃっ」

悲鳴を上げた松下の太刀から力が抜けた。

小賢太は松下の太刀を下に弾き落とし、返す刀で松下の腹から胸へと斬り上げた。

「くふっ」

胸の骨を断ち割られる痛みに気を失ったのか、松下は小さな息を吐いて真後ろに倒れた。

「やああ」

松下の死体をこえ、小賢太は太刀を振るった。太刀を構えたまま呆然としていた藩士二人が、小賢太の一振りで腹を裂かれて崩れた。

伊尾木三郎兵衛が顔色を失った。

「柳生新陰流免許の松下が……」

伊尾木三郎兵衛の怖《お》じ気《け》が伝染した。客間に充満していた殺気が嘘のように消えていた。だが、もう逃げだすことはできなかった。

小賢太が松下を倒したのを見た達哉が、客間の出入り口となる廊下際に立ちはだかっていた。

「いまさら逃げだすことは許されない」

達哉がすさまじい笑いを浮かべて言った。

「いやだああ」

一人が太刀を投げだして達哉の横を駆けぬけた。数歩行ったところで首が落ちた。

「ひっ」

伊尾木三郎兵衛が悲鳴をあげた。その声に押されたのか、残った一人が太刀を水平に構え、身体ごと小賢太に突っかかってきた。

少し身体をずらして太刀をかわし、小賢太は小さく太刀を振った。首から盛大に血を噴きあげ、藩士は絶命した。

「あわわわわ」

撒き散らされた血を浴びて錯乱したのか、伊尾木三郎兵衛が脇差を抜いて、己の首に擬《ぎ》すとそのまま刎ねた。虎落笛《もがりぶえ》と呼ばれる笛のような音を切り口から出しながら、伊尾木三郎兵衛がゆっくりと畳に伏した。

達哉が太刀を拭いながら近づいてきた。

「自害してしまいましたか」

「やむをえまい。さて、ここにいる理由もなくなった。さっさと逃げだすぞ」

小賢太は、拭い終えた太刀を鞘に戻し、足早に座敷を出た。

廊下に出たところで足袋を脱ぐ。客間中にしたたっていた血を吸った足袋は滑るからだ。

「静かだな」

「はい」

二人は、これだけの騒ぎに誰も出てこないのを不思議に思いながら、伊勢崎藩酒井家下屋敷を後にした。

下屋敷を出た二人を迎えたのは小向であった。

小向は、静かにと身振りで示して、ついてくるように手で合図した。

三人は無言で永久橋をわたり、袂にある稲荷神社に身を潜めた。

「なにがあったか」

稲荷神社の垣根の隙間から対岸を覗くようにして小向が問うた。

「伊豆屋の手代が下屋敷に入って、藩士たちが出て行きましたが、あれはどうなりましてござりまするか」

「二人で片づけた。もっとも伊豆屋の手代はそのままだが」

「さようでございましたか。で、いまは下屋敷でなにを」

小向が重ねて訊いてきた。

「下屋敷用人の伊尾木三郎兵衛にいろいろ話をしてもらおうと考えたのだがな」

小賢太は、さきほどあったことを簡潔に話した。

「思いきったことを」

小向があきれた。

「で、そちらはどうなのだ」

逆に小賢太が、小向に質問した。

「伊豆屋の手代が来た後、一人の藩士が藩邸を出ました」

「どこへ行った」

「二軒隣の酒井雅楽頭下屋敷でござる」

予想していたことではあったが、あらためて小賢太は衝撃を受けた。

「幕府大老ともあろうお方が、どうして天守台を狙われたのだ。やはり、天守台になにかあるということか」

小賢太は息を呑んだ。

自邸に戻った小賢太は、疲れで泥のように眠った。今日一日でどれだけの人を斬ったのか、胸にしこりのようなものが生まれ、なにも食べたいとは思わなかった。

翌朝、目覚めた小賢太は、薄い粥《かゆ》を少しだけ腹に入れると、佐喜が持たせてくれた握り飯を昼と晩の二回分にして御広敷へと向かった。

目覚めたのが遅かったため、御広敷についたのは、光山と予定について話し合う四つに近かった。

いつものように出てきた光山が、小賢太の姿を見て目を瞠った。

「来ているとは思いませなんだぞ。夕七つでよいと申したはず」

「任でございますれば」

「やつれたのではないか」

光山が、珍しく小賢太を気づかった。大奥を守りきった一件以来、光山が少し柔らかくなっていた。

小賢太は、光山に向かって微笑んで見せた。

「いえ、ご懸念にはおよびませぬ」

「ならばよいが、お方さまのお身の回りの警固はそなたにかかっておる。重々承知しておくようにな」

そう言って、光山は大奥へと戻っていった。

小賢太は、いつものように見回りに出た。その小賢太に、広川太助が寄ってきた。

「人を斬られましたな」

「わかるか」

小賢太は少し驚いた。

「気配が違いまする。相当な人数でございますな」

広川太助はそこまで見抜いていた。

「御広敷添番になるまでのかかわりというやつだ」

小賢太は、広川太助に真実を告げなかった。大老酒井雅楽頭が絡んでいる。へたに知れば、御広敷全部が消し飛んでしまいかねない。

甲州忍の末たる退き口衆が、小賢太の様子に気づかないはずもない。広川太助は、どことなくさみしそうな顔を見せたが、それ以上の追及はしてこなかった。

「いろいろとお気遣いかたじけのうございました」

広川太助が頭を下げた。

見ると、隣に弓削兵悟がいつの間にか来ていた。まったく気配を感じさせなかった。小賢太は、あらためて退き口衆の恐ろしさを知った。

「いや」

小賢太はそれ以上語る言葉をもたなかった。

幕府の扱いはあれだけの腕をもつにいたる修行の過酷さにとても見合うものではない。下手な慰めはかえって傷つけることになる。

「では、これで」

弓削兵悟は、そこで小賢太たちと別れた。

小賢太は広川太助に問うた。

「昨夜、大奥からはなんのつなぎもござらぬか」

刻を決めた智美との話も昨夜はしていない。広川太助がその代わりをしてくれたはずであった。

「新しいお部屋方《へやかた》の女中が三人入ったそうでござる」

広川太助が小さな声で告げた。

部屋方とは、上臈や中臈などの高級女中が自前で雇う小間使いのことである。用人的役割の局《つぼね》、身の回りのことをする相之間《あいのま》、炊事や雑用の多門《たもん》などに分かれる。わざわざ報せてきたということは、そのお末たちが紐付きの女中だと智美が考えている証しであった。

「大奥は難しいな」

男子禁制の大奥には、将軍の血筋が疑われてしまうため、いかに警固の御広敷添番といえども入ることは許されない。

「たしかにさようでございますが、智美どのお一人ではお満流の方さまを守りきれませぬ」

広川太助の言うとおりだった。三人の部屋方は、おそらく智美とおなじ女忍であろう。智美の腕は、普通の女が相手なら三対一が五対一でもどうということはない。だが、女忍を三人も相手にするとなると、話は変わる。

小賢太は広川太助に訊いた。

「ほかに女忍はおらぬか」

「おりまするが、これから大奥女中とすべく手続きしたのでは、一月ほど後になってしまいまする」

広川太助が首を振った。

「お末としてではない。忍びこませることはできぬか」

広川太助が手で遮った。

「大奥と御広敷全体に伊賀組の結界《けっかい》が張ってありまする。これを破ることはかないませぬ」

小賢太は、ふと顔をあげた。

「伊賀の結界があるなら、なぜ天守台から御広敷に曲者が入れたのだ」

結界があったなら、曲者は御広敷に入る前に倒されていなければならない。

「御広敷伊賀組のなかに、酒井雅楽頭に与する者がおるということでござる」

小賢太は、御広敷にいる北野薩摩守の配下である忍の退き口衆は六名だと聞かされたことを思い出した。古葉伝助が死んだいま、小賢太の助けになる退き口衆は五名しかいないことになる。

「御広敷伊賀組は何名おるのか」

「六十二名でござる」

広川太助が悔しそうに応えた。

「そうか」

小賢太は、肩の力を落とした。その全部が敵だとは思えないが、大老酒井雅楽頭に媚《こ》びを売っている者は、まちがいなく五名よりは多いはずだ。

「我らで何とかするしかないな」

小賢太はため息を吐《つ》いた。

伊勢崎藩酒井家は襲えても、大老酒井家の屋敷に入りこむことはできない。うかつな行動は、小賢太だけでなく、連日勤め御広敷添番に推したお満流の方にも波紋を広げかねない。智美のようすを見がてら御広敷までやってきた達哉に、小賢太は誘いをかけた。

「伊豆屋を……」

「それしかないでしょうな」

共闘して以来、達哉は小賢太の腕を認め、一層の敬意を払うようになっていた。

「では、明日、休みをいただくとする」

光山に申し出て丸一日の休みをもらった小賢太は、夕七つ（午後四時ごろ）に下城し、まっすぐに日本橋へと向かった。日本橋小網町の煮売り屋で達哉と待ちあわせていた。

「そろそろ行きましょうか」

軽めの夕餉をすませた二人は、日が暮れる前に伊豆屋に着くべく店を出た。達哉の今日の出で立ちは、小袖に袴と小藩の藩士のようであった。

「さて、いいようだな」

日暮れになると小袖の模様などは見にくくなり、品定めが難しくなるのだ。暮六つまで開けているとはいえ、古着屋に客はいない。

「邪魔をする」

「いらせられませ……」

小賢太を出迎えた番頭が目をむいた。

「だ、旦那」

番頭の大声に伊豆屋儀兵衛が出てきた。やはり小賢太を見て絶句した。

「そろそろ話を聞かせてもらう」

小賢太の言葉に、力なく伊豆屋はうなずき、二人を奥座敷へと誘った。

「もとは武士であろう、伊豆屋」

「いかにも曾祖父の時代まで旗本であった」

伊豆屋の口調が変わった。

「天方山城守通興《あまがたやましろのかみみちおき》という名前を聞いたことはないか」

「いや」

伊豆屋の問いに、小賢太は達哉を見たが、達哉も首を振った。

「やはりな」

伊豆屋が苦い顔を見せた。

「三河譜代で山城守にまでなった旗本でさえ、忘れられる。時の流れとはいえ、あまりの仕打ちよ。知らぬなら教えてやろう。我が曾祖父天方山城守のことをな」

「待て、それ以上は許されぬ」

天井裏から発せられた声が、伊豆屋をとどめた。

「何者か」

誰何の声をあげた小賢太の前に、漆黒の忍び装束に身を固めた男が落ちてきた。

「伊賀者」

忍び装束を見ただけで、達哉が叫んだ。

「ほう、退き口衆か」

伊賀者と甲州忍。今でこそともに徳川に仕えているが、かつては仇敵《きゅうてき》として命を削り合った。二人のあいだに殺気が立ち上った。

「なに用だ」

伊豆屋が伊賀者に声をかけた。

「それ以上、しゃべってはならぬ。天方がことはあのお方がご承知だ」

「うっ」

「伊豆屋。おぬしは、あのお方の言われるとおりに動いていればいい。されば、家を回復できる」

「わかった」

伊豆屋が、がっくりと腰を落とした。

「だが、おまえたちをこのまま帰すわけにはいかぬ。天方の名を知った以上はな」

伊賀者が手を振った。

たちまち天井板を破って五人の伊賀者がとびこんできた。伊豆屋が、部屋を転げるように出て行くのが小賢太の目の隅に見えた。

「殺《さつ》」

最初に現れた伊賀者が手を上げた。太刀よりも少し短い忍び刀が抜かれた。

奥の間が狭いことが幸いした。同士討ちを危惧《きぐ》して、手裏剣は使われなかった。

小賢太と達哉は、素早く背中をあわせ、刀を抜きはなった。達哉は脇差を手にしていた。

無言で襲いかかってくる伊賀者は、どれも遣い手であった。間合いを狂わせる跳躍力は、小賢太を迷わせ、一人として傷を負わせることができなかった。

下から掬うように差し出された忍び刀を、小賢太は太刀で押さえつけるように防ぎ、その隙を狙って上から来た一刀を柄頭ではじく。

左右から同時に薙いでくる一撃を達哉が足捌きでかわし、送るように脇差を出すが、間合いが足りず空を切る。

ずらりと二人を囲んだ六人が、交代で攻めてくる。このままではいつか、小賢太か達哉のどちらかが力尽き、やがて残ったほうも腹背に敵の刃を受けて倒れる。

小賢太が焦り始めた頃、奥の間廊下の雨戸が吹き飛んだ。獣のような身のこなしで室内に入ってきた男は、赤茶色の忍び装束をつけていた。

「ちっ、退き口衆の増援か」

伊賀者が苦い声を出した。

「工藤どの、ご加勢」

広川太助の声だった。

たった一人とはいえ、包囲の外からの援軍である。立場が逆転した。人数の差も、狭い室内では優位ではない。

「伏せられよ」

広川太助は、小賢太と達哉が伏せるのを見て、手にしていた手裏剣を投げた。甲州忍の使う手裏剣は小柄《こづか》に似ている。たちまち二人の忍が傷を負った。

包囲が崩れた。こうなれば、忍は剣士に勝てない。たちまち小賢太に一人、達哉に一人斬り伏せられた。

「邪魔をしおって」

呪詛《じゅそ》の言葉を吐いて、伊賀者の頭領が広川太助に向かった。二人の忍び刀がぶつかり、火花を散らす。武士と違い忍に道具への愛着はない。刀が折れようが敵を倒せばいいのだ。

「手伝うぞ」

三合ほど打ち合った広川と伊賀者に、小賢太が一人を斬り捨てながら声をかけた。

「無用でござる」

「まさか、全滅か」

声を掛けられた二人の反応は正反対であった。

焦りを生んだ段階で勝負は決まる。広川太助の放った一刀を受け流しきれずに右手を失った伊賀者は、黙って舌を嚙んだ。

「助かった」

小賢太は、広川太助に頭を下げた。

「御広敷から出ていく伊賀者をつけていてよかった」

広川太助は、酒井雅楽頭についたと思われる御広敷伊賀者を見張っていた。

自害した伊賀者の頭巾をはぐ。広川太助が息を呑んだ。

「服部平助《はっとりへいすけ》」

「誰だそれは」

「服部半蔵《はんぞう》の直系でござる。改易となった二代目服部半蔵の妾腹《しょうふく》の末で、今の伊賀組を陰で押さえていた男でござる」

「それが出てくるとは、伊豆屋の握っている秘密は相当大きいな」

「おそらく」

「伊豆屋を逃がしたのは痛いが、手掛りを一つ手に入れた。天方山城守か」

小賢太はその名前を北野薩摩守に報せた。


御広敷添番控で、持参した握り飯で一人遅い中食をとっている小賢太のもとへ、退き口衆ではない御広敷侍がやってきた。

「工藤小賢太どの。光山さまが、元橋御門脇へとのことでござる」

御広敷侍は七十俵格の御家人である。大奥女中たちの書状や進物を司《つかさど》る。名前は侍であるが、武芸より書やしきたりに詳しくないとつとまらない役目だった。

「承知」

小賢太は食べかけの握り飯を竹皮に置くと、茶で軽く口をすすぎ、控から一度廊下に出て元橋御門脇座敷に入った。

「しいっ」

大奥女中が静謐《せいひつ》の声を出した。光山が元橋御門脇座敷近くにまで来ているという合図であった。

「はっ……」

小賢太は畳に手をついた。

「開けよ」

光山が命じ、元橋御門脇座敷の襖が左右へと分かれた。

小賢太は、それに合わせて頭を垂れた。畳の目を数えるほど平たくなった小賢太の側を、衣擦れの音がすぎていった。

「……」

小賢太は、ふと嗅ぎなれない匂いを感じた。光山ともお付きの大奥女中とも違うその香りは、馥郁《ふくいく》として小賢太の鼻を惑乱させた。

畳を擦るような足音が止まった。光山の声が小賢太の頭の上にかけられた。

「工藤小賢太、面《おもて》をあげよ」

小賢太は背筋を伸ばした。初対面以来、光山に遠慮はいっさいしていない。

「これっ」

そんな小賢太を光山が叱った。

あれ以来、一度たりとても無礼を咎めたことのない光山の顔に焦りが浮かんでいた。

小賢太は、呆然として光山の声も聞こえていなかった。いつもなら光山がいる元橋御門脇座敷上段の式台《しきだい》に、あでやかな赤の打ち掛けに身を包んだ美女が坐っていた。

やや面長《おもなが》な顔に富士額《ふじびたい》、細い眉の下には意志の強さを思わせる黒い瞳、まっすぐとおった鼻筋に、小さく紅をのせた唇、なによりその色の白さは雪でさえ欺くのではないかと思えるほどであった。

「よい」

その美女が、いきり立っている光山をそっと手で制した。

「はい」

光山が従った。

小賢太に、女性がにこやかに笑って名乗った。

「お満流じゃ、いつも苦労をかけるの」

小賢太は、背筋をどやされたように平伏した。

第五章　継承者の乱

一

お満流の方がお忍びで小賢太に会いに来た。朝、小賢太を見た光山が、そのやつれぶりをお満流の方に告げたのだ。

「無理をかけます」

お満流の方が、憂いを含んだ声で小賢太に語りかけた。

四代将軍家綱が愛妾《あいしょう》お満流の方は、七百石取り大番組佐伯伝右衛門安雅《さえきでんえもんやすまさ》の三男安清《やすきよ》が娘である。万治元年（一六五八）生まれで、今年二十三歳になった。十五歳で大奥へあがり、十七歳でお手がついて中臈となった。

新規召し抱えもなく分家もできない旗本の三男の娘であるお満流の方が大奥へ女

中奉公に出たのは、行儀見習いではなく口減らしであった。美貌であったために、家綱の目にとまって側室となり、二十歳のときに懐妊したが、残念ながら流れていた。が、二度目の妊娠をもって、お満流の方は主なき大奥の頂点に立った。

小賢太は、光山に顔を向けた。

「お側の方まで申し上げます。お言葉、恐悦にぞんじまするが、なにとぞお捨ておきくださいますように」

お目見えの地位にないものは、直接将軍やその家族と口を利くことが許されていない。どうしても応えなければならないときは、側に付いている者を介す。舞いあがっていた小賢太は、やっとそのことを思い出した。

光山がお満流の方の顔を見た。お満流の方が小さく頷いた。

「お忍びゆえ、直答《じきとう》差し支えないとの仰せじゃ」

正式なお目見えではないので、直接話をしてもかまわないと光山が言った。

「工藤とか申しましたか、そなたに命を救われたは二度目になりますね。わたくしごときの命などものの数ではございませぬが、上様のお胤《たね》はなによりも大切。感謝しておりますよ」

お満流の方が、右手をそっと下腹部に当てた。

「過分なるお褒めの言葉、恐悦至極に存じあげまする」

小賢太は、お満流の方の醸しだす品位に圧倒され、硬くなっていた。

「無理を承知で頼みまする。これからもお子さまを守り抜いてください」

「この工藤、命に代えましてもお方さまをご守護つかまつりまする。なにとぞ、お心安らかにお子さまをお育《はぐく》みくださいますように伏してお願い申し上げまする」

「ありがとう」

お満流の方はそう言うと、すっと立ちあがって消えていった。

「工藤どの、いまのことは他言無用でございますぞ」

光山も、小賢太に念を押してお満流の方に続いた。

小賢太は、余人の気配が消えた後もしばらく元橋御門脇の座敷で平伏したままであった。

お満流の方との顔あわせがすんだ小賢太は、いつにもまして気合いをいれて巡回をしていた。やがて、銅屋根塀のところまで来ると、疲れたかのように塀にもたれかかった。

「智美、おるか」

「ここに」

小賢太の問いに、すぐに応答があった。

「どうだ、三人の様子は」

「三人ともべつべつの中臈付きのお部屋方になりました。三人の長局《ながつぼね》が離れているので、見張るのが難しゅうなりました」

智美の声が曇っている。

「見張り役が必要ということか」

「はい」

大奥も、江戸城の表とおなじく政務を執る御殿向《ごてんむ》きと、女中たちの住居である長局向きに分かれている。長局向きは、一の側、二の側、三の側、四の側の四棟からなり、一の側から順に位の高い者が住んだ。この側にある部屋のことを長局といい、上臈、お部屋さまなどの格の高い女中は一人一部屋、それ以外は三人から五人が同居した。

お末と呼ばれる小間使いたちは、御広敷の南にあるお半下部屋というところに雑《ざ》魚《こ》寝《ね》する。

智美は、いつでもどこでも動けるようにと台所付きお末となっていた。

「わかった。なんとか考える」

小賢太はそう言うと、銅屋根塀を離れた。

中臈は三人で一部屋与えられる。お清の中臈もお手つきの中臈も分け隔てはない。将軍の子を産んで初めて、お手つきの中臈はお部屋さまと称されて、長局に一室を与えられる。

お満流の方は延宝五年に流産したが、その二カ月前に着帯《ちゃくたい》の儀をすませ、守り役となるべき大名も決まったことで出産の扱いとなり、長局に一室を与えられていた。

小賢太は、広川太助の姿を探した。

御広敷庭園をうろうろしている小賢太に、広川太助が声をかけた。

「なにをなされておられる」

「探しておったのだ」

小賢太は、広川太助を立木のない泉水のところに誘った。

「耳はないか」

監視の伊賀者の姿はないかと、小賢太は訊いた。

「ここならば聞こえませぬ」

広川太助がうなずいた。

「さきほど、大奥から連絡があった。先日大奥入りしたお部屋方三人が、べつべつの長局に付けられたそうだ」

「やはり。じつは気になったので調べさせたのでございますが、どうやらあの三人、紀州家と関わりがございますようで。三人とも親元は市中の商家となっておりますが、その出入り先を追ってみましたところ、加ヶ爪《かがづめ》甲斐守《かいのかみ》どのが名前が出てまいりました」

「八千五百石の旗本寄合《よりあい》席のか」

加ヶ爪は、永禄《えいろく》年間から家康に仕えた名門中の名門旗本である。小姓組頭、大番組頭などを歴任し、昨年の六月に隠居して甥に家督を譲ったが、相変わらず実権は甲斐守が握っていた。

広川太助が静かに告げた。

「甲斐守どのが母が、紀州家付け家老安藤直次《あんどうなおつぐ》が娘なのでござる」

「まずいな」

小賢太は動じなかった。三人の部屋方が大奥に放たれた最後の刺客であり、その狙いがお満流の方であることを感じていたからであった。

「さようでござる」

広川太助も頷いた。

二人は顔を見合わせた。

すでに将軍家綱の命は旦夕《たんせき》に迫っている。五代将軍となるには、家綱に指名させるのが一番である。家綱がいまだに誰にも西の丸入りを許さないのは、愛妾お満流の方のお腹にいる我が子に譲りたいがために違いなかった。その子がいなくなれば、家綱はすぐにでも世継ぎを決めるだろうと考えるのは当然であった。

「お満流の方さまの長局はどのあたりに」

小賢太は尋ねた。

「お部屋さまの長局は、一の側の御殿向きより四つ目でござる」

一の側なら御広敷から近い。大奥と外界を結ぶ出入り口である七《なな》つ口《ぐち》からも指呼《しこ》の間《かん》である。

七つ口は、御広敷御門内に口を開いた大奥の出入り口である。元橋御門を玄関とするなら、七つ口は勝手口になる。明け六つ（午前六時ごろ）に開けられ、どのような事情があっても夕七つには閉じられる。

大奥出入りの商人もここまでは入れ、大奥女中たちの細かい買い物や実家への使いなどを担当する下男《しもおとこ》、五菜《ごさい》もここで待機する。

「七つ口から入りこむことはできぬか」

小賢太は、広川太助に問うた。

「無理でござる。七つ口が開いている間は、ご存じのとおり、御広敷添番方と御広敷伊賀者が外を、内は大奥御使番《おつかいばん》が警固しておりまする。閉まってからも同様でござる。また、あの樫の木戸を破るはかなり難しゅうござる」

広川太助が首を振って否定した。

二人はしばらく沈黙した。

「……御広敷侍控え所の二階から七つ口貫目秤所《かんめはかりどころ》を通り、大奥の土間廊下に出れば、お半下部屋の床下に入れ申す」

やれやれといった顔で広川太助が述べた。

貫目秤所には大きな秤があり、ここで大奥に納められる荷物の重さを量る。葛籠《つづら》や長持《ながも》ちに隠して人が入りこまないように調べるのだ。

小賢太は、なにも言わずに広川太助を見つめ続けた。

「いざというとき、将軍家をお守りする陰守《かげもり》のため、また、大奥から御台所さま、若君、お部屋さまをお連れして逃げだすために使われるところでござる。退き口衆以外は知ってはならぬ秘事」

広川太助があきらめて明かした。

「すまぬな」

小賢太はこれしか言葉をもたなかった。


控え所二階に上がった小賢太と広川太助は、忍び装束に身を包んでいた。小賢太のものは、広川太助がどこからか持ってきてくれた。

甲州忍の衣装は黒というより赤茶にちかい。屋内では黒よりも目立たないという。

広川太助が忍び姿で両刀を差している小賢太に注意した。

「床下や天井裏は狭《せも》うございまする。太刀は邪魔になりますれば、脇差だけで」

「そうか」

小賢太は太刀を腰からはずし、控え所に置いた。

広川太助が、小賢太に向かって声をかけた。

「では、参りましょう」

広川太助が、控え所二階北の端の壁に手を突き、何かを探るように指先でなぞった。やがて、壁の一部が二尺（約六一センチメートル）四方ほどの口を開けた。

ここから先は喋るなということなのだろう、広川太助が口の上に指を置いた。小賢太は、先に行く広川太助の後ろについて穴のなかへと入っていった。

穴は貫目秤所につながっていた。平屋の貫目秤所の天井裏を二人は無言で這いながら東へ向かった。

貫目秤所の天井裏東北角にも仕掛けがあった。さきほどより少し小さな口が開き、そこから大奥土間廊下に降りられる。

広川太助が降りようと背を向けたとき、貫目秤所の天井から声がした。

「退き口衆の掟を破る気か」

小賢太の目の前に、忍び装束が音もなく落ちてきた。小賢太は衝撃を受けていた。天井裏に入ってからずっと気を放ち周囲を警戒していたにも拘わらず、まったくわからなかったからだ。

素早く体勢を立てなおしていた広川太助がつぶやいた。

「弓削兵悟」

腰にした忍び刀の柄に手をかけた弓削兵悟が、小賢太と広川太助を等距離に見た。

「この道を通るどころか知る者は、御広敷退き口衆の者だけ。おなじ退き口衆であっても、留守居番や西の丸衆にも報せてはならぬ。それを退き口衆でさえない御広敷添番を招き入れたとは、正気《しょうき》の沙汰とは思えぬ」

弓削兵悟の声には感情がまったくこめられていない。それが小賢太には不気味であった。

「太助、おぬしが大留守居さまについていることは知っておる。もちろん、伊賀組の多くが酒井雅楽頭さまについていることもな。だが、退き口衆の矜持《きょうじ》は不偏《ふへん》不党《とう》。上様だけに忠誠を誓うのではなかったか」

弓削兵悟が広川太助に鋭い目つきを送った。

「わかっておる。だからこそ我は大留守居さまについた」

広川太助が言い返した。

「大留守居さまが誰か特定のお方をお世継ぎにと推しておられるというなら、我も伝助も力を貸したりはせぬ。あのお方は、お満流の方さまのお腹におられる上様の血を引く唯一のお子さまのことだけを考えておられる。若君か姫様かもしれぬというのにだ」

「たしかにそうと言いきれるのか」

弓削兵悟が広川太助に語りかけた。

「不偏不党を守り続ける我らも遊んでいたわけではない。市中に探索の手を伸ばした」

一拍おいて弓削兵悟が続けた。

「北野薩摩守さまのもとを紀州家付け家老水野土佐守が訪ねている。工藤どの、貴公はそのことを聞いておられるか」

小賢太は首肯した。

「水野どのとは聞いておらぬが、紀州より新しいお血筋が見つかったと申してまいったと大留守居さまより報されてござる」

「そのあとでござるよ、工藤どのが新宿念流道場からの帰りに襲われたのは。紀州家は大留守居さまを味方にと誘った。大留守居さまは断った。工藤どの、あなたは大留守居さまの配下。そしてお満流の方さまに近い。工藤どのを排すれば、大留守居さまは別にしてお満流の方さまの手足はもいだに等しい。あなたは生《い》け贄《にえ》に差しだされたのかもしれぬ」

弓削兵悟が、小賢太に向けていた目を広川太助に移した。

「考えすぎかもしれぬが、大留守居さまが将軍家お血筋を守られていると考えるには疑念が残る。いざというとき江戸城を把握すべき大留守居さまこそ、不偏不党でなければならぬと拙者は思う」

言われた広川太助も、小賢太同様に黙するしかなかった。

「いまなら、このことは胸のうちに納めておく。戻るがいい」

「待ってくれぬか」

小賢太は沈黙を破った。

「大留守居さまが、どのようにお考えを変えたかは知らぬ。いまの拙者は、連日勤め御広敷添番である。大奥、とくにお満流の方さまのご身辺の警固が任だ。そのお満流の方さまのお命を狙っておるであろう者が、大奥に入ったのを知りながら何もせぬというわけにはいかぬ」

「大奥は男子禁制である。認められぬ」

弓削兵悟はあっさりと断った。

「それはおかしいではないか。御広敷退き口衆は陰守《かげもり》として入ると聞いた」

「上様のお身体を守るためだ」

弓削兵悟が淡々と応えた。

「ならば、上様のお部屋さまを守ることも許されるのではないか」

小賢太が弓削兵悟に詰め寄った。

「お満流の方さまのお腹におられるは、次の将軍になられるお方かもしれぬ。なにより、女とそのお腹の子を守るに理由が要るのか」

「……」

弓削兵悟が沈黙を守った。

「比べるも畏れ多いかもしれぬが、人の命に軽重《けいちよう》をつけるはどうか。男として、四民《しみん》を守るべき武士として、女の命を救うは当然ではないか」

小賢太の勢いに、弓削兵悟も広川太助も動けないようであった。

最初に口を開いたのは広川太助であった。

「人の命に軽重か。我らには痛い言葉でござる」

物心つく頃からたたき込まれる過酷な修行で、常人のなしえない体術を身につけたがために人として扱われず、戦国の世から人外《じんがい》の者《もの》、化生《けしよう》の者とさげすまれてきた。織田信長《おだのぶなが》にいたっては、老若男女の別なく忍の血を根絶やしにすると伊賀に攻め入ったこともあった。

太平の世になっても、忍は武士でありながら、さげすまれてきた。

「不偏不党に自縄《じじよう》していたのは我らであるな」

弓削兵悟が小さな笑い声をあげた。

「受けた恩は返さねばならぬ。これは忍である前に人として当然のこと。これをできずば、我らはまさに化生の者に堕ちるわ」

弓削兵悟の姿が消えた。天井から声だけが降ってきた。

「亡き古葉伝助への手向け、妹になり代わり礼を申しますぞ」

そのまま気配が消えた。

広川太助が小賢太を誘った。

「急ぎましょう。すでに四つを過ぎておりますれば」

家綱のお成りがないかぎり、大奥は暮六つに眠りにつく。もちろん全員が眠るわけではないが、そのあと二刻（約四時間）も明かりをともしている者はまずいない。

小賢太は、広川太助の後に続いて土間廊下に出た。

大奥の東端に当たる土間廊下を三間（約五・四メートル）ほど進むと、左手にお半下部屋がある。大奥でもっとも格下になるお半下の部屋はほかにも一カ所あり、一部屋に十八名ほどが起居している。音もなく広川太助が、お半下部屋の床下に入りこんだ。小賢太も続いた。

床下の低さに小賢太は辟易《へきえき》した。這うしかできないのだ。

小賢太の不満に気がついたのか、広川太助が話しかけてきた。

「太刀を上に向けて突くことができないようにでございまする」

広川太助の声は、小賢太には十分聞こえるのだが、ほかにはまったく聞こえていない。忍独特のしゃべり方だ。もちろん、このしゃべり方のできない小賢太は無言の行《ぎょう》を命じられている。

広川太助は、お半下部屋の押入の床板を横にずらした。布団を入れてある押入である。夜間はなにもない。

いびきや歯ぎしりのする間をそっと通って、長局向き一の側の廊下に出た。

「この中央の長局がお満流の方さまのお部屋で」

広川太助が立ち止まった。

長局の廊下と局は障子で仕切られていた。なかからの明かりは漏れていなかった。

大奥の女中には、上臈からお末にいたるまで二十八の位階《いかい》がある。上臈の多くは、将軍の妻である御台所とともに京からやってきた公家《くげ》の娘が就き、切米《きりまい》五十石、合《ごう》力《りき》金六十両、十人扶持が与えられ、他にも薪、炭、灯油、食事代などが支給される。

中臈は位階としては六番目になり、切米二十石、合力金四十両、四人扶持が与えられるが、不思議なことに、お末にいたるまで配られる灯明《とうみよう》の割り当てがなかった。

将軍の寝所に侍《はべ》るから長局で寝ることはほとんどないと考えられたのかもしれないが、家綱のように病弱で大奥へ入ることの少ない将軍の中臈は、明かりのない夜をすごすことになる。そこでやむをえず、自腹で灯油を買う。煤《すす》のでない質のいい灯油は高価であり、中臈たちは格下の御錠口番《おじょうぐち》や表使《おもてづかい》などよりも、夜は不便な生活を強いられた。

障子を音もなく開けて、二人はなかに入った。広川太助が、身体を楽にするようにと手振りで示した。

長局の部屋と呼ばれているが、廊下に面した障子を玄関と考えれば、実際は一軒の家に等しい。入ってすぐに控の間があり、右手に台所、その奥に風呂場、厠《かわや》、相之間の部屋、左手に多門《たもん》たちの部屋、次の間、中の間があり、最奥に上段の間と呼ばれる、部屋の主の居室がある。それだけではない、廊下を挟んで反対側には衣装部屋、物置が設けられている。

二人は誰もいない控の間で息を殺して待った。

二

どのくらい時間がたったのか、坐っていた広川太助が立ちあがった。脇差の柄に手をかける。小賢太は、すっと下がると、奥の間につながる襖際でかがみ込んだ。

廊下障子がゆっくりと、動いているのがわからないほどの速度で開いていく。有明行燈さえない廊下は漆黒《しっこく》の闇である。だが、小賢太はそこに明らかに気配を感じていた。

女が忍として今ひとつ使いにくいのは匂うからである。脂粉《しふん》の香りではない、女の匂いが隠せないのだ。

入ってきたのは二人であった。小賢太は気を尖《とが》らせて探ったが、もう一人を見つけることができなかった。

人一人が横になってやっと通れるほど開いた廊下障子が閉じられた。二人が足音を忍ばせて二歩進んだ。

濃密な殺気が控を圧した。小賢太が抑えていた気配を解放したのだ。

ひくっと二人の動きが止まった。音もなく広川太助が廊下障子の前に陣取り、退路を断った。その手にはすでに脇差が抜かれていた。

忍として出るとき、広川太助は脇差に漆《うるし》を引く。光の反射を防ぐのと、鞘走らせる音を消すためであった。

二人の女忍の気配が、明らかに剣呑なものに変わった。

広川太助が冷たい声で言った。

「無駄死にだ」

忍に降伏《こうふく》はない。戦って死ぬか、逃げきるか、自害するかのどれかしか許されていない。

ほんの少しふくれあがった女忍の殺気は、瞬く間にしぼんでいった。逃げきれるかどうかなど試す意味もなかった。紀州が誇る玉込め役から選ばれた女忍といえども、腕利きの退き口衆の前では子供扱いである。

だが、忍は息の根を止めるまで油断してはいけない。自爆用に爆薬を腹に抱いているときもあるのだ。小賢太は意識を二人の女忍に集中させた。

背後で大きな物音とともに何かが落ちる音がした。長局の奥からよく通る声が聞こえた。

「何者じゃ」

一気に長局が騒がしくなった。

「お部屋さま」

「明かりを、明かりを持ちゃれ」

小賢太はためらいも見せず、背中にしていた襖を蹴り開け、長局の奥に向かった。

控の間からお満流の方の居室である上段の間まで二部屋をこさないといけない。

小賢太は、襖を開ける間も惜しんで蹴り倒しながら走った。

小賢太が動くと同時に、控に入りこんでいた女忍の二人が跳んだ。左右に分かれて逃げだすことで広川太助から一人でも助かろうとしたのだ。

だが、女忍たちは広川太助の腕を甘く見ていた。二人が跳ぶのを見た広川太助もまた跳んだ。向かって右に跳びながら、左に脇差を投げた。

「くふっ」

脇差に胸を貫かれて左の女忍が死んだ。

右の女忍は、目の前に来た広川太助に向かって手にしていた短刀を突きだした。

広川太助は、それを脇差の鞘で弾きながら、拳で女忍の喉を打った。

女忍は声もなく喉の骨を砕かれて落ちた。非情な御広敷退き口衆は、女といえども敵には容赦しなかった。

広川太助はそのまま静かに止まった。

小賢太が中の間に入ったとき、人影が右往左往して、何がなにやらわからない状況であった。

混沌のなかから、小賢太は的確にお満流の方の声を聞いた。

「なにをする、上様のお胤を弑《しい》するつもりか」

小賢太は、うろうろしている大奥女中たちを突き飛ばして上段の間に入った。さすがはお部屋さまの寝室だけに、わずかながら有明の明かりがあった。それに照らされて薄鼠色《うすねず》の忍び装束を身につけた曲者が、夜具の上に半身を起こしたお満流の方に小刀を向けていた。

女忍の刃からお満流の方を守っていたのは、お部屋さまにふさわしい夜具であった。春になり、かなり暖かくなったとはいえ、夜はまだ冷える。お腹の子供を守るために、搔巻《かいまき》の上に分厚い綿の上掛けを重ねていた。女忍の手にある小刀ぐらいでは、なかなか通りきらない。

小賢太は、小刀を振り上げた女忍に声を放った。

「玉込め役」

女忍の身体が大きく波打ち、一拍動きが鈍った。

「……」

小賢太は脇差を抜くと峰を返した。妊婦に血を見せることはできない。

我に返った女忍が、小賢太を無視して小刀を脇腹に添え、お満流の方めがけて身体ごと飛びかかろうと身構えた。

小賢太は、大きく踏みこみ、右手の一本で脇差を精一杯伸ばして叩いた。小賢太の脇差が女忍の左肩を砕いた。

一撃の衝撃で、女忍の身体はお満流の方の左に崩れた。

その刃がお満流の方に迫る。

小賢太は、お満流の方めがけて跳んだ。右肩で女忍を押しのける。焼けつくような痛みが右肩に走った。

「くっ」

小賢太は苦痛にうめいた。決死の一刀がはずれたことを知った女忍が、小賢太に向かって呪詛《じゅそ》の言葉を吐いた。

「おのれ、邪魔だてしおって」

ふたたび右手一本で小刀を突き刺そうと身体を起こしかけた女忍の首筋に、小賢太は峰を撃ちこんだ。

首の骨を折られた女忍が声もなく絶命した。

小賢太は、お満流の方を見た。外傷はない。普段ならこのままで問題はないが、小賢太は妊婦の体調まではわからない。

「大事ございませぬか」

急いで脇差を鞘に戻しながら小賢太はお満流の方に訊いた。

「その声は……」

お満流の方の目が大きく見開かれた。しばらくして、力強くうなずいた。

「なに者か、男が大奥へ入るとは」

呆然としていたお満流の方付きの女中がわめき声をあげた。

「男、男でございまする」

「お方さまをお守りいたさねば」

動きを止めていた女中たちが口々にしゃべり出した。

「静まりなさい」

お満流の方が凜《りん》とした声を出した。

騒いでいた女中たちが静かになった。

「この者は、妾の身を案じた上様がお遣わしくだされた警固の者じゃ。無駄に騒いでことを大きくしてはならぬ」

「まことでございまするか」

年嵩の女中が、お満流の方に確認した。

「敷江《しきえ》、上様のお心遣いを疑うと申すか」

お満流の方の声が、低く威厳に満ちていく。小賢太も、思わず膝をつきそうになった。

「いえ、そのようなことは」

敷江が、震え上がった。

お満流の方が夜具から起きあがった。薄い絹の寝間着では隠しきれないお腹の膨らみが小賢太の目の前に現れた。

お満流の方が小賢太の右腕を摑んだ。

「怪我をしておるではないか。誰か、布をもってまいれ」

「このくらいどうということはございませぬ、お捨ておきくだされ」

小賢太は小声でお満流の方にささやいた。

「たわけものが。上様のお子さまを狙った刺客ぞ。刃に毒を塗っていないとはかぎるまい。そなた、参れ」

お満流の方の命に応じて相之間が駆けより、素早く小賢太の衣服を裂いた。二寸(約六センチメートル)ほどの傷が現れた。多くはないが出血はまだ続いていた。

「これを使うがよい」

お満流の方が寝間着の袖を裂いた。

「ごめんつかまつりまする」

それを受け取った相之間が手当てしてくれた。

「これで大丈夫とは思うが、後ほど医師に診せなさい」

お満流の方に言われ、呆然としたままの小賢太はうなずくしかなかった。寝間着からかつて嗅いだ香《こう》の匂いがうっすらと立ちのぼった。

「お方さま」

敷江の戸惑いはまだ収まっていない。

「よいか、今宵のことは他言無用ぞ」

「ですが、お方さまのお命を……」

敷江があらがった。

「もし、外に漏れれば表の介入を許さずに来た大奥に探索の手が入ることになるぞ。それでもかまわぬと申すか」

「それは……」

女だけの大奥に男の手が入る。それは、いろいろな特権を失うことでもあった。

「ならば、下の者どもをまとめ、あとかたづけを始めよ」

お満流の方の指示で、破れた襖がはずされた。広川太助の倒した女忍から少し血が流れたが、脇差を抜かなかったので、それほど酷くはない。ぞうきんで何度か拭き清めただけで跡形もなくなった。

「敷江、両隣の長局に挨拶に行ってまいれ。夜分お騒がせいたし申し訳ございませぬ。主の体調に差し障りが出ましたが、もう収まりましたのでとな」

お満流の方に言われ、敷江が長局を出ていった。

妊娠中の将軍家愛妾の体調を持ち出されて、何か言える者が大奥にいるはずもなかった。これで、今夜の騒動は表に知られることなく終わると、小賢太は確信した。

「さあ、そなたもいつまでもここにいてはなりませぬ」

お満流の方に諭され、小賢太は倒れた女忍を肩に担ぎあげた。

小賢太は黙って頭を下げると、控で待っている広川太助と合流した。広川太助は、左右の肩に女忍を担いでいる。

「…………」

小賢太と広川太助は、目で合図をするとお満流の方の長局を出た。

そのまま滑るように廊下を進んで、元来た道を戻る。貫目秤所の天井裏を過ぎたが、今度は弓削兵悟は出てこなかった。

御広敷侍控に帰った広川太助は、その二階に担いでいた女忍の死体を置いた。

「工藤さま、そやつも」

広川太助が、小賢太に背中の死体を下ろすようにと言った。

「傷口を」

小賢太は忍び装束の片肌を脱いだ。傷口をあらためた広川太助が、懐から貝殻《かいがら》をとりだし、そこに入れてあった軟膏を塗った。

「毒の気配はございませぬ。傷もきれいに肉を裂いているだけなので、治りも早いでしょう。薬をいれましたゆえ膿《う》むこともございますまい」

そう言うと、広川太助は小さく口笛を吹いた。たちまち影が三つ現れた。三人が女忍の死体を一つずつ担いだ。

「これから、この死体を紀州家付け家老水野土佐守の屋敷に届けてまいりまする。工藤さまは、どうぞ、御広敷添番のお役目にお戻りを」

「拙者も参ろう」

小賢太は最後までつきあうつもりでいた。

「いえ、それはなりませぬ。この夜中に、女の死体を担いで江戸城を堂々と出ることはできませぬ。当然、我らだけに許された道を行くことになりまする。これは、江戸城の命運に関わる事柄でございますれば、いかに工藤さまといえどもお教えするわけにはまいりませぬ」

門を守っている大番組や甲賀組与力に気づかれずに外に出るということは、江戸城落城のときに将軍や家族が攻めてきた敵の目をかすめて逃げだすことのできる道である。特定の者だけしか知ってはならないことだった。

「わかった。気をつけてくれ」

小賢太は広川太助らの身を案じた。水野土佐守の屋敷には、紀州の隠密である玉込め役が待ちかまえている。

「お任せくだされ」

広川太助に見送られて、御広敷侍控を出た小賢太は、人の気配のない御広敷を歩きながら心に引っかかるものがあった。

「智美はどうなったのだ」

小賢太の独り言に応える者はなかった。

翌朝、いつものように元橋御門脇の座敷に光山が来た。光山は、昨夜のことを何一つ問うでもなく語るでもなく、淡々といつものように打ち合わせをしただけで帰っていった。

「なんだ……」

元橋御門の右隣にある七つ口が騒がしくなった。小賢太は、控を出て七つ口に向かった。

五菜たちが走り回り、御広敷侍がなにかと指示を出していた。

「戸板を用意しろ。布団を一枚敷いておけ」

「北桔橋御門を出たところに駕籠を用意させよ。親元への連絡は終わったのか」

小賢太は、顔見知りの御広敷添番を見つけて、声をかけた。

「なにごとでござるか」

振り返った御広敷添番が、小賢太に応えた。

「お末の一人が、長局で大怪我をしたようでござる。今朝方見つけられたそうでござるが、長局の物置に倒れていたようで。詳しいことはわかりませぬが、どうやら斬られたらしく、当座の手当ては奥医師がしたそうでござるが、思いのほか深く、親元へ帰して養生させることになったようで」

そこまで言って、御広敷添番は呼ばれていった。

「まさか、智美どのか」

しばらく七つ口で待っていると、大奥から女中六人がかりで布団にくるんだ怪我人を七つ口に運んできた。そこに置かれている戸板の上に横たえると、急いで女中たちが離れる。ここから先は、五菜たちが戸板を持つのだ。

「布団をかけてやれ」

御広敷添番の声に、怪我人の上に薄い布団が掛けられる。これは城中を通るあいだ奇異な目に顔をさらさないようにとの配慮であった。

小賢太は無言で怪我人を見送った。

やはり智美であった。もともと白い肌だが、いまは蒼白であった。息も荒々しく、布団に包まれて傷が見えないが、かなり深いことがわかった。

小賢太は、広川太助を目で探した。広川太助は、元橋御門左の出入り改め切手書《きってがき》役所前にいた。広川太助も小賢太に気づいていたのだろう、小さくうなずいた。

二人は七つ口の騒動で出入りを止められ、人気のなくなった御用達下部屋《ごようたししもべや》に入った。

広川太助が口を開いた。

「やられましたな。昨夜出てこられないので、妙だとは思っておりましたが」

「うむ。智美どのも相当な遣い手であったが、おそるべしよな、紀州玉込め役というのは」

小賢太は素直に敵を認めた。

「そのことでございまするが……」

広川太助が周囲に目を配った。

「昨夜、女忍どもの死体を水野土佐守の屋敷に届けに参ったのでございますが、やはり玉込め役と出会いましてござる」

広川太助の本題がこれであることは、小賢太にもすぐにわかった。

小賢太は苦い思いで問うた。

「争いになったのか」

「さようで」

やはり忍同士は宿敵なのだろう。おなじ徳川の血筋に仕えていることに変わりはないが、わずかな立場の違いが戦いを生み、無益に命を散らす。小賢太はやるせない思いを胸に抱いた。

「で、どうなったのか」

「向こうが少なかったおかげでございましょう。なんとか倒すことができましてございまする」

広川太助の顔に、どのような感情も窺うことはできなかった。忍として長い間生きてきた一族は、心の動きを顔に出すことはないようだ。

小賢太は、広川太助に尋ねるような口調で言った。

「紀州は退いてくれるであろうか」

「無理でございましょう。もとを糺《ただ》せば一つの木につながるとはいえ、枝分かれしてしまった血筋は他人となりまする。そうなれば、争いを起こすだけ」

広川太助がきっぱりと否定した。

御広敷御門周囲が騒がしくなった。七つ口の騒ぎよりは小さいが、人の動く気配がした。

「なにごとでござろうか」

そう言って広川太助が下部屋から出て、辺りにいた御広敷下男に訊いた。

「どうかしたのか」

「大留守居さまが、御広敷までお見えになられるそうでございまする」

言い残して御広敷下男が走り去っていった。

御広敷御門周囲はもちろん、大留守居が通るであろうところの掃除や修繕で雑用を担う御広敷下男は猫の手も借りたいほど忙しい。

小賢太は、広川太助に話しかけた。

「大留守居さまが、御広敷に来られるとのことだが、あることとなのか」

「いえ。このように不意にお見えになることは、今まで一度もございませんでしたが」

広川太助も、小賢太に一礼すると去っていった。御広敷侍にも下準備があるのだ。御広敷も大留守居の支配下にある。ここに勤務する役人たちはもちろん、建物も大留守居が管轄している。もっとも、大奥だけは別だった。

大奥を管轄する職は幕府の表役にはない。大奥は表の支配を一切受け付けないところだった。幕府側から大奥へ要望があるときは、将軍家御側御用人《おそばごようにん》が大奥の年寄役と協議するのである。

小賢太も、足早に元橋御門脇に戻った。

それから一刻ほどで、大留守居北野薩摩守忠則が五人の留守居同心を従えて御広敷に来た。

御広敷の玄関から上がった北野薩摩守は、御広敷の中央にある広大な下座敷に入った。

その前に、御広敷番頭を筆頭に御広敷添番が小賢太を含めて全員並んでいた。御広敷伊賀者は、座敷に入ることを許されず、組頭だけが廊下に座していた。

御下座に控えている御広敷添番頭鈴木左門が、平伏しながら言った。

「突然のご検分《けんぶん》、なにか我らに不始末でもございましたでしょうや」

「うむ。聞けば、大奥女中の一人が襲われたうえ大怪我をいたし、親元へと帰されたというではないか。何者によるものか、わかっておるのか」

北野薩摩守の来訪は、やはり智美の一件であった。

「お聞き及びのとおり、お末が倒れておりましたのが、長局二の側の物置のなかでございますゆえに、我ら御広敷の者は入ることができませぬ。また、大奥よりいまだなんの連絡もまいっておりませぬ」

鈴木左門が、現状を説明した。

「それを待っておるというのか、貴公は」

北野薩摩守の声は大きくなかったが、その場にいた全員の耳を強く打った。

「御広敷はいったいなんのためにあるのだ。大奥と外の繋ぎ、警固ではないのか。その守るべき大奥で事があったのだ。ならば、妙な者が出入りしておらぬか、あの怪我をした女中の親元になにか手掛りはないかと調べるのも任であろう。それがもし上様を狙ったものであったらどうしたか、そなたらが腹を切ったところでなんの代わりにもならぬのだぞ」

北野薩摩守が厳しく、御広敷一同を叱った。

鈴木左門が、あわてて平伏し、怯えた声を出した。

「た、ただちに手配をいたしまする」

鈴木左門が跳びあがるように下座敷を後にした。御広敷添番たちも続いていく。

小賢太は部屋の隅で動かなかった。

北野薩摩守が連れてきた留守居同心たちに命じた。

「手伝ってやれ。あれではどうやったらいいのかわかっておらぬわ」

「承知いたしましてございまする」

同心たちは小賢太に軽く黙礼して、下座敷を出ていった。

「来い」

北野薩摩守が小賢太を招いた。

小賢太は、静かに立ちあがると、北野薩摩守の目の前に行った。

「智美どののようすはいかがでございましょうや」

小賢太は、最初に智美のことを気づかった。男女の想いにはならなかったが、しばらくとはいえともに仕事をなした仲である。

「とりあえず、命は取り留めたらしいが、背中の傷が存外深く、肩の貝殻骨を割られたようだ。あれでは、もう忍としてお役には立てませぬと小向が申しておった」

「さようでございますか」

小賢太は、北野薩摩守の説明を聞いて肩を落とした。

「落胆《らくたん》せずともよい。智美にはかねてより言い交わした者がおったようでな、傷が治りしだい祝言《しゅうげん》を上げるということじゃ。命をかけることがなくなるだけ、よいやもしれぬわ」

北野薩摩守がほっと息を吐いた。

「それは目出度《めでた》いことと申すべきなのでございましょうが、女の身体に傷が残ってしまっては……」

「そのようなことを気にするような輩のもとへは嫁がぬであろう。あの智美じゃぞ」

安心させるように、北野薩摩守が小賢太に笑いかけた。

「小向に言わせると、どうも一人に負わされた傷ではないようなことを申しておったが」

「三人に同時に襲われたのかもしれませぬ」

こちらが三人の紀州の女忍のことを知ったように、向こうもこちらの手の内を知っていたのだろう。

「智美の敵はとってくれたようじゃな」

「不本意ながら、女を手にかけましてございまする」

「よくぞやってくれた。女相手だと切っ先が鈍るのではないかと懸念しておったのだが、貴公を選んでよかったと心から思うぞ」

北野薩摩守が、苦い顔をしている小賢太を手放しで褒めた。

その笑顔を見て、小賢太の胸に昨夜の弓削兵悟から聞かされた懸念が蘇った。小賢太は、遠慮せずに問うことにした。

「お伺いいたしたきことがございまする」

北野薩摩守が、小賢太の顔をじっと見た。それでわかったのだろう。北野薩摩守が口を開いた。

「紀州が推すお血筋のことか」

「はい、駿河大納言忠長さまの御一子さまの御子孫と伺いましたが……」

「ここで儂がそれに反対し、紀州家を弾劾《だんがい》したら、ますます同情が集まるではないか。かといって、いまさら隠れたお血筋に将軍家をお継ぎいただくわけにもいくまい。真のお血筋だという確証もない。紀州が言うだけでは弱い。だからこそ、儂は紀州家のことを無視したのだ。けっしてお満流の方さまを軽《かろ》んじてはおらぬ」

北野薩摩守の責任は重い。

万一お世継ぎが決まる前に家綱が死ぬようなことがあれば、慣例に従って大留守居は将軍不在の江戸城のすべてを担わなければならなくなる。そこに個人の感情は入る余地はない。

「だが、ちと捨ておけぬことになったな。万一を思って、貴公を御広敷に移したのだが、まこと、大奥にまで刺客を忍ばせ、お部屋さまのお命を狙うとはな。やりすぎである。紀州には釘を刺しておく」

北野薩摩守が立ちあがった。小賢太はその思慮《しりょ》に敬意を表して頭を深く下げた。

「まだまだ落ち着くことはあるまい。苦労をかける」

北野薩摩守は、そう言い残して小賢太の前から去っていった。


その日、江戸城を出た北野薩摩守は、屋敷に向かわずに市ヶ谷御門を出て、田町《たまち》二丁目の紀州家付け家老、新宮城主三万五千石水野土佐守の屋敷へと出向いた。

安藤帯刀《たてわき》とおなじく紀州家への付け家老とされた水野土佐守の家柄も申し分ない。先祖は、家康の母於大《おだい》の方の実家であった。

現れた北野薩摩守を、水野土佐守が客間に迎えた。

「これはこれは、大留守居どの」

もとは家康の直臣であっても、いまは陪臣でしかない。水野土佐守は北野薩摩守を上座にすえた。

「何用でございましょうか」

わかっていないはずはない。昨夜半には控えていた玉込め役が倒され、大奥へ入れた三人の女忍が死体となって届けられたのだ。

しかし、水野土佐守は眉一つひそめることはなかった。

「紀州へお帰しなされよ」

北野薩摩守は、ここに松平長七郎の一子が滞在していることを知っていた。いかに将軍世継ぎとなる血筋であろうと、将軍臨終《りんじゅう》の席に間に合わなかった者はその資格を失う。

「なんのことやらわかりかねまする」

とぼける水野土佐守に、北野薩摩守がさみしそうな顔をした。

「お屋敷の周囲をご覧になられるがよろしかろう。明日までにお帰りなきときは、紀州公にご登城願うことになりましょう」

三万五千石大名格の付け家老とはいえ、藩主家に傷がつけば無事ではすまない。

とくに家康によって息子の家を守るようにとつけられた付け家老である。藩主がなんらかの咎めでもうければ、切腹改易は免れなかった。

「それではの。二度と会わぬことを望む」

北野薩摩守は出されたお茶に手をつけることなく、水野土佐守邸を辞した。

水野土佐守に代わって北野薩摩守を見送りに出た重臣が、客間へと戻ってきた。

「殿」

「どうであった」

水野土佐守が問うた。

「五十名ほどの同心どもに屋敷が囲まれておりまする」

「留守居同心どもか。したが、五十名ほどならば蹴散らせよう。いまここに何名おる」

水野土佐守が重臣に訊いた。

「九十名ほどでございまするが、戦をするわけにはまいりますまい」

「なぜじゃ、忠長さまのお血筋に刃を向ければ、かの同心どもが反逆に問われる。われらは、お血筋を護衛してお城に向かうだけではないか」

水野土佐守が言った。

「殿、それは無理でございましょう。紀州家上屋敷から藩主公お供のうえというならまだしも、お血筋さまが、付け家老とはいえ陪臣の屋敷から将軍家臨終の席に向かうのは筋がとおりませぬ。また、お血筋さまは上様へのお目通りもなされておられませぬ。偽者と言われてしまえば、どうしようもございませぬ」

「ではまず、紀州家上屋敷へお血筋さまを……」

「なりませぬぞ、殿。五十名の同心に九十名の藩士をあてるなどすれば、江戸市中で戦を起こすも同然。しかも、相手はお役目で出ている留守居同心でござる。お膝元での争乱は謀反と言われましょう。勝っても当家は潰されますぞ」

　重臣が水野土佐守をいさめた。

「どうしようもないのか」

「なにとぞ、この度はお退きくださりますよう」

　重臣が水野土佐守に向かって平伏した。

「お血筋どのが将軍になれば、水野家も大名に復帰できると思うたものを。大権現家康さまの御命とはいえ、直臣から陪臣へ落とされ、能があっても執政として政に加われぬ悔しさ、千石に満たぬ旗本どもにさえ見下げられる口惜しさ。晴らす好機であったが……無念じゃ」

水野土佐守が、血を吐くような口調で言った。

翌日、水野土佐守の屋敷から厳重に警固された駕籠が出た。駕籠は迷うことなく品川《しながわ》の大木戸をこえ、東海道へと消えていった。

三

「三代将軍家光さまの四男であらせられる館林宰相綱吉《つなよし》公がおられるに、なにを迷うことがございましょう」

昨延宝七年（一六七九）に隠居した久世大和守広之の後任として老中に列した堀《ほっ》田備中守正俊《たびっちゅうのかみまさとし》が、御用部屋で声を張りあげた。

堀田備中守は、家光の乳母であった春日局の養子である。と同時に家光の男色の相手だった堀田加賀守正盛《かがのかみまさもり》の三男であった。家光によって大名にまで引きあげられた堀田家にとって、その血筋こそ至上であった。

四十七歳の若き老中は、十歳年上の大老酒井雅楽頭忠清に強く詰め寄っていた。

「たしかに、綱吉公は家光さまの若君であらせられるが、それを言うなら甲府宰相綱豊公こそ選ばれてしかるべしではないか。綱豊公は、家光さまの三男綱重どののお子さまであるからの」

酒井雅楽頭が、うるさげに応えた。たしかに血筋の正統さを争うなら、四男より三男の系統が上に立つのが武家の慣習である。

堀田備中守はそのような理由で納得しなかった。

「しかし、綱豊公は大権現さまから数えて五世の曾々孫、綱吉さまは四世の曾孫。将軍を継ぐには、家康さまからの血の濃さがなによりではござらぬか」

机を叩かんばかりにして意見を言う。

「それを申すなら、いまお満流の方さまのお腹におられるお子さまよりも館林宰相綱吉公が、正統であるということになるの」

酒井雅楽頭が堀田備中守を抑えた。

現将軍である家綱と綱吉が家康から言えば三世の子になり、家綱の子は五世になる。

「それは……」

堀田備中守も正論の前には黙るしかなかった。

「しかし、それではご大老さまの言われる宮将軍など論外ではござらぬか」

稲葉美濃守が酒井雅楽頭の言葉に食いついた。

「何度もおなじことを言わせるでない。我ら徳川に仕える者の第一義をなんだと思うか。我ら徳川の家臣が旨とすることは、大権現家康さまのお血筋を絶やさぬことじゃ。徳川家を守ること、それが仕事なのだ」

酒井雅楽頭が、その場にいた全員を睨みつけた。

「それを、お血筋が遠いの近いのと競いあってどうするつもりか。将軍位を奪い合うことでお血筋のあいだに亀裂ができたらどうする。戦国の世を思い出してみよ。織田信長どののしかり、武田信玄どののしかり、上杉謙信《うえすぎけんしん》どののしかり。皆一族のあいだで争い、ついには没落していくことになったではないか。いや、そこまで遡《さかのぼ》らずともよい。三代将軍家光さまのときのことを思い出してみよ。二代将軍秀忠さまは、嫡男である家光さまより三男の忠長さまをお慈《いつく》しみあそばされ、三代の座に忠長さまをと願われた。あのとき、世間はどうであったか。家光さまに挨拶をなす者より、忠長さまに伺候《しこう》する者が多かったではないか。あのとき、大権現さまが長幼《ちょうよう》の序《じょ》を糺されなければ、家光さまにつく者と忠長さまにつく者とで戦になったやもしれぬ。身内の戦となれば、どちらかが死ぬまで終わらぬがつね。たとえどちらが勝ったにせよ、徳川の力が失われるは避けられぬ。そこを薩摩や長州《ちょうしゅう》、伊達《だて》や上杉が狙わぬと言えようか」

酒井雅楽頭の考えを、老中一同は沈黙して聞いた。

「だからこそ、儂は将軍と徳川家を切り離したいのだ。なに、将軍といえども、宮将軍は鎌倉とおなじく飾りにすぎぬ。政は我ら御用部屋の衆が執りおこなえばよい。徳川に忠誠を誓う譜代の者ならば、なにごとも問題なく進もう」

酒井雅楽頭の話は終わった。

最初に沈黙を破ったのは、老練な大久保加賀守であった。

「上様のお子さまがお生まれになる前に、このようなことを言っても詮《せん》なきことでござろう。とりあえず、お世継ぎさまには宮家、館林宰相綱吉公、甲府宰相綱豊公と、お生まれになられるお子さまのいずれかということに御用部屋としては決したいと思うが、いかがでござろうかな」

酒井雅楽頭に完全に押しこまれていた他の老中たちは、一歩退いた形の提案にとびついた。この日、執政衆はそれで解散し、御三家へお世継ぎ断念を暗黙に命じる報せが向かった。


やはり寝込みを襲われたことが恐ろしかったのだろう。

あの日から十日間、小賢太に帰宅の許しは出なかった。着替えなどは五菜が取りに行ってくれた。食事もお満流の方の長局で用意されることになった。

休むことなく連日勤めをしている小賢太をさすがに気の毒と思ったのか、光山がお満流の方に進言してくれ、小賢太は四月の一日、休みをもらうことになった。

十一日ぶりに屋敷へ帰ってきた小賢太を、子平が迎えた。ひさしぶりの我が家に、小賢太はぐっすりと眠った。

翌朝、小賢太は佐喜に弁当を作らせて、江戸の町へ出た。

橘町から深川へ向かった。一雲の道場ではない。上州屋のあった辺りを探索してみようと思ったのである。

智美が怪我をしてからは、小向との連絡も途絶えている。よほど留守居同心組屋敷を訪ねてみようかと思ったが、智美の状態もある。小賢太は、小向を頼らないことにした。

本所深川が、本格的に開発されだしたのは明暦の大火の前後である。江戸は、もともとは小さな漁村でしかなかった。天下の城下町として発展していくには小さい。そこで幕府は、土地不足を緩和するために海に面した湿地帯を埋めたてた。それが本所深川である。

しかし、深川は海を埋めたてたことで水が出やすい。それを防ぎ、さらに移動の便を図るために本所深川にはあちこちに水路が設けられている。絶えず小舟が行き来する新開地は、一旗揚げようと江戸へ出てきたあぶれ者たちを吸収し、女子供が迂闊《うかつ》に歩けるところではなくなっていた。

小賢太は、上州屋のあったところに立った。家はあるのだが人がいない。小賢太は、歩いていた若い木場《きば》の男衆に訊いた。

「ここに上州屋というのがあったと思うのだが」

「ああ、ここね。なんでも盗賊に入られたとかで、一家惨殺だったらしく、幽霊が出るとかいうので、後誰も入らねえんですよ」

若い衆はさっさと歩いていった。

「盗賊か」

ありきたりな結果に、小賢太は苦笑するしかなかった。

あきらめて帰ろうとした小賢太の前に、藤堂が姿を現した。

「待っていたぜ。かならずここに顔を出すと思っていたからな」

藤堂の顔は憔悴《しょうすい》しきって、すさまじいものであった。

「親分を留守中に殺された用心棒が、どういう末路をたどるか知っているか、ええ。博徒は当然、商家、闇にいたるまで回状《かいじょう》が出るんだ。もう、おいらを雇うところは、この江戸どころか街道筋のどこにもねえ。身を持ち崩した浪人の生活《たつき》の道を奪いとって楽しいかえ」

「身を持ち崩すのが悪いのではないか。いままでさんざん人を泣かせてきたのだ。自業自得《じごうじとく》と思え」

小賢太は言いがかりとしか思えない藤堂に反論した。

「ならば、おまえも自業自得だと知るがよいさ。恨みを買ったのだからな」

藤堂が醜く顔をゆがめた。誰かを招くように顎をしゃくった。

数人の浪人者がゆっくりと近づいてきた。相撲取りのような大きな浪人や、まるで子供のように小さな浪人がいる。

「上州屋の残した金で、おめえに二十両の首金をかけたのよ。ここに集まった連中は、深川じゃ名の知れた者ばかりだ。いかにおめえが遣い手でも、これだけの刺客を相手にはかなうめえ」

藤堂が勝ち誇ったように笑った。

首金とは賞金のことだ。二十両あれば、ちょっとした贅沢をしても一年はすごせる。

「この者たちには二十両。ならば、おぬしの手にはなにが入るのだ」

小賢太は問うた。親分の敵討ちなどと殊勝《しゅしょう》な心を持つ者なら、ここまで堕ちることはない。

「上州屋が引き受けた仕事をやりとげたことで、おいらは上州屋の跡目を継ぐのさ。深川の一部と新堀《しんぼり》のなわばりをな」

「なるほど、命のやりとりはもうこりごりということか」

藤堂は、小賢太と三度勝負しながら三度とも逃げだしている。小賢太はあざ笑った。

「ほざくがいいさ。けっきょくは、生きのこった者の勝ちだからな」

藤堂が素早く身を退いた。そこへ小賢太がふみこんだ一刀を抜きざまに送ったが、小柄な浪人の突きだした鞘に止められた。

小賢太は深追いせず、また後ろにも跳ばなかった。それは小柄な浪人が腰に差している太刀の異様なまでの長さにあった。

四尺（約一・二メートル）はある。小賢太の二尺八寸（約八五センチメートル）の太刀に比べても、その長さがどれほどのものかわかる。小柄な浪人がそんな長い太刀を差していれば、石突《いしづ》きを地面に擦る。見れば、石突きの先に小さな滑車をつけ、地面を転がすようにしてあった。

「抜刀術か」

小賢太が互いの太刀をふれあったままにさせたのは、間合いの違いを警戒したからだ。

「神変抜刀流《しんぺんばつとうりゆう》、中村彦矢《なかむらひこや》」

身体に似つかわしくない太い右腕で小賢太の力押しを止めながら、中村が名乗った。

抜刀術は居合いから派生したものだが、居合いのように鞘内で勝負を決するというものではない。抜き撃ち、薙ぎ撃ち、払いと普通の太刀よりも長い間合いを存分に使う。

「……………」

小賢太は端《はな》から名乗るつもりなどはない。太刀で鞘を押さえながら、左手で脇差の鯉口を切った。このまま脇差で突くつもりであった。

それを悟ったのか、中村彦矢が大きく後ろに跳んだ。小賢太は、右腕にあった圧が消えた瞬間に地に這うほど低く姿勢を下げた。風音をともなって小賢太の頭上を長刀が通りすぎていった。

小賢太は思いきり間合いを開けた。

長刀を素早く鞘に戻した中村彦矢と、太刀を青眼に構えた小賢太は、五間の間合いで対峙した。普通、剣の間合いは三間である。が、中村彦矢の太刀ならば、もう半間（約九〇センチメートル）はみなければならない。さらに、抜刀術は鞘を大きく突きだすことから剣先が伸びる。急所を断つに一寸は要らない。間合いの読み違いは命にかかわった。

互いに目を外すことなく相手の動きを注視する。

小賢太は、ふと異常に気づいた。逃げ腰になっている藤堂は別にしても、他の浪人たちがまったく加わろうとしないのだ。

「仲でも悪いのか」

小賢太は藤堂に向かって訊いた。

それに応えたのは、目の前にいた中村彦矢であった。

「一対一で倒さなければ、首金が少なくなるではないか」

中村彦矢が、腰を落とし、鞘ごと長刀をぐっと前に突きだした。

刀というのは長くなればなるほど抜きにくくなる。四尺ともなれば、まずまともに抜けない。その長刀との立ち合い。小賢太は、初めての敵に興奮していく自分を感じていた。

小賢太と中村彦矢のあいだに稲妻のように殺気が走った。

「りゃあ」

最初に動いたのは中村彦矢であった。

間合いの長さを利用して必殺の抜き撃ちを放った。横薙ぎに撃たれた長刀は、小賢太を両断したかに見えた。

小賢太は長刀を見てはいなかった。長い太刀を相手にするとき、刀が抜かれるのを見てからでは遅い。中村彦矢の唇が少しすぼまった瞬間、小賢太は太刀を右脇に引きつけると間合いを縮めた。

鈍い音がして長刀と太刀がかみ合い、火花が散った。

「つっ」

かろうじて長刀を止めたが、完全に治りきっていない右肩に負担がかかり、小賢太は小さくうめいて太刀から右手を離してしまった。

止められた中村彦矢が、ふたたび斬撃を発するために長刀を引こうとした。

「させぬ」

小賢太は、太刀にかかる圧力がなくなるのを感じた瞬間、さきほどから鯉口を切ったままにしておいた脇差を右手で抜いて投げた。

「ぐへっ」

胸から脇差を生やして、中村彦矢が死んだ。

「やるのう」

右から聞こえたその声に、小賢太は脇差をあきらめて左に跳んだ。いままで小賢太がいた場所を光が射抜いた。

「槍か」

相撲取りのような体格の浪人の手には、一間槍《いっけんやり》が握られていた。

槍を手元にしごきこみながら浪人が笑った。

「間合いが違う槍を太刀で防ぐことはできぬ」

嘯《うそぶ》く浪人に、小賢太は太刀を右斜め前におき、刃を返した下段に構えた。

「水月流《すいげつりゅう》槍術、山内竜玄《やまうちりゅうげん》。跳ね上がる太刀の疾さでは、間に合わぬぞ」

山内竜玄が、小賢太の意図を見抜いた。

「りゃりゃりゃ」

槍が突きだされ、引かれ、また突きだされを繰り返した。

小賢太は、太刀をつかわずに身体を動かすことでそれをかわし続けた。

太刀で受け止めようとして失敗したら、間違いなく串刺しになる。山内竜玄の槍は、疾さだけでなく空気にも穴を開けそうなほどの重さをもっていた。

山内竜玄の動きが変わった。突きだしていた槍の石突き辺りを握ると槍を振り回し始めた。

「突くだけではないのだ、槍は」

さきほどの長刀の倍以上の長さで槍が水平に小賢太を襲った。

小賢太は、大きく間合いを取ってこれを避けた。槍の穂先さえ避ければいいと迂闊に踏みこむことはできない。槍の名手は一瞬で槍を手元に繰りこむことができる。槍は一間にもなるが、一尺にもなるのだ。

「逃げたか。だが、もう後がないぞ」

山内竜玄に言われるまでもなく、小賢太は背中に堀を渡る風を感じていた。小賢太は、しっかりと太刀を構えなおすと腰を落とした。

小賢太の構えを見て山内竜玄が笑った。

「右肩を怪我しているおまえに柄を断つことができるか」

小賢太は静かに息を整えた。槍の穂先の直下は穂先をおさめるためにわずかに亀裂が入っている。そこならば左手だけでも拍子が合えば斬りとばせる。

「もらったぞ」

山内竜玄が、槍を振り回し、水平に来ると見せかけて手元に繰りこみ、電光石火《でんこうせっか》に突きだした。小賢太は、身体を大きく右に開きながら前に左足を踏みこみ、太刀を跳ねあげた。

堅い音がして、槍の穂先が根本から跳んだ。

「なにっ」

驚いた山内竜玄は、それ以上声を出すことができなかった。ひるがえった小賢太の太刀が山内竜玄の首の血脈を撥ねとばした。

細い音を出しながら血を噴いていた山内竜玄は、その血が止まるのと同時に音をたてて崩れた。

「ほう、これはこれは、山原氏《やまはらうじ》」

「なかなかやりおりますな。甲田氏《こうだ》」

残っていた二人が顔を見合わせた。

「十両でよろしいかな」

二人は、太刀を抜きはなつと、ゆっくり小賢太へと近づいてきた。

「では」

山原がまず、小賢太に向かって右袈裟を送った。それを右にかわした小賢太めがけて甲田が左袈裟にきた。これを太刀で受け止めた小賢太に、山原の片手薙ぎが胴を狙う。それを返す刀で弾きながら、小賢太が太刀を振るう。間合いをつめかけていた甲田が、あわてて後ろに下がった。

「今一度」

そろって間合いを開けた二人が、息を合わせて小賢太を襲った。

山原が上段から斬り下ろせば、甲田が胴を狙い、甲田が突きを見せれば、山原が横薙ぎというぐあいに続けざまにくる。なかなか手慣れたようすであった。

真剣をつかうのはかなり力がいる。小賢太の右手は限界に来ていた。何度目かの攻撃を受け止めたとき、小賢太の太刀が流れた。

二人がにやりと笑った。

「甲田氏、そろそろのようでござるぞ」

「さよう、山原氏。楽にしてやろうではございませぬか」

わざと口に出して言うことで、小賢太の焦りを誘っている。それぐらいのことはわかっているが、相互に助け合って隙をつくらない二人に小賢太は追いこまれていた。

二人が小賢太の左右に動いた。山原が右上段に、甲田が左下段に構える。小賢太は、しびれてきた右手をあきらめ、左手だけで太刀を青眼よりわずかに低く構えた。

小賢太は、かつて師の針ヶ谷夕雲が左手に持った杖で弟子たちをあしらっていた光景を思い出していた。

「力があるからといって右腕で刀を振ろうとするな。太刀を持つのは左手で、右手は添えるだけ。撃つときに右手に力を足せばいい。左腕をつねに意識しておけば、右腕を足したとき、太刀は岩をも砕くのじゃ」

夕雲はそう言いながら、十人ちかい弟子をあしらっていた。

小賢太は最初に来るのは、右にいる甲田であろうと読んでいた。簡単なことだ。片手薙ぎは伸びる。威力は劣るが、首や脇腹などの急所を断つに力はいらない。左手一本で太刀を持っている小賢太の間合いは左が広く、右が狭い。

山原がさっと足を運んだ。

小賢太は、応じるように見せながら右足に軸を移した。

甲田がまっすぐに間合いをつめてきた。下段から斜めに太刀が斬り上がってきた。

小賢太は、右足を中心に身体を回した。左手の太刀を水平に大きく手を伸ばして薙ぐ。小賢太の動きが予想外だったのか、わずかに甲田の動きが鈍った。それが明暗をわけた。

甲田の太刀は小賢太に一寸届かず、小賢太の太刀は甲田の右脇腹を存分に裂いた。

肝臓を裂かれた甲田が声もなく絶命した。

山原の顔色が変わった。

「おのれ」

背中を向けることになった小賢太めがけて上段から渾身《こんしん》の一撃を放った。小賢太は、それを足を送ることでかわし、振り向きざまに太刀を両手で持ってまっすぐに叩き落とした。

山原の顔から胸へと紅い筋が走り、白目をむいて倒れた。

無理に力を出した小賢太の右腕は力を失った。左手一本で太刀を支えながら、小賢太は肩で大きく息をした。

藤堂が小賢太の前に立った。

「ぼろぼろになってくれたようだな。役に立ったか、こいつらも」

足元に転がる甲田の死体を藤堂が蹴飛ばした。

「こいつらがいると、深川のなわばりがやりにくくてしょうがなかった。なんせ、おいらより遣えるからな、これが」

藤堂が腰の太刀を叩いた。鍔鳴りが澄んだ音を立てる。

「さて、もう右手は動かすこともできねえだろ。左手だけじゃ、おいらの居合いを止められめえ」

藤堂が腰を落としながら間合いをつめてきた。小賢太も左腕だけで太刀を支える。

「これであのお方への顔向けもでき、この辺り一帯を支配できるって寸法さ。おめえが上州屋をやってくれたことに感謝するぜ」

藤堂は饒舌《じょうぜつ》にしゃべりながら腰をひねっていく。ひねりが頂点に達したとき、電光石火の居合いが小賢太を襲う。

切迫した殺気が藤堂から吹きつけてきた。小賢太は退かずにそこで待った。相抜けではない、相討ちを狙っていた。

藤堂の太刀が鞘走った。

「馬鹿な」

渾身の一撃だったであろう。小賢太の胸を存分に裂くはずだった藤堂の太刀が途中で止まっていた。

間の抜けた顔で小賢太を見あげる藤堂に、小賢太の左手の太刀がゆっくりと近づき、すっと後頭部をなでた。急所を断たれて藤堂は瞳を上にあげてくの字に後ろに倒れた。

音を立てて藤堂の太刀が落ちた。小賢太は左手の太刀をそっとおいて、懐に手を入れた。

「命を救っていただきました」

小賢太が懐からだしたものは、お満流の方からもらった懐刀であった。黒漆塗りの鞘に大きなひびが入っていた。これが藤堂の太刀を止めてくれた。

着物を開いてみると、すっと紅い筋が血を滴らせていた。内臓に食いこむ前に刃が止まっていた。もう二寸懐刀がずれていたら、小賢太は無事ではすまなかった。

小賢太は、懐刀を押しいただくとくたびれた足を動かし始めた。

四

自邸に帰った小賢太は、そのまま熱を出して倒れた。極度の疲労と右肩の傷が炎症を起こしたためである。

三日間、小賢太は意識を失っていた。ようやく気づいたが憔悴《しょうすい》がひどく、まだ起きあがることは無理であった。

小賢太は、子平に水を飲ませてもらいながら訊いた。

「届けは出してくれたか」

役についている者が休むには、届けを出さなければならない。無断で欠勤すると、よくて御役御免、悪くすると改易される。

「はい」

子平が応えたとき、玄関に訪《おとな》いを入れる声がした。

子平が急ぎ足で行った。

「若さま、御広敷の広川太助さまがおみえでございますが」

「見苦しいさまをお見せするが、どうぞと案内してくれ」

小賢太は何とか起きようとしたが、右手にまだ力が入らない。あきらめてそのまま横になっていることにした。

広川太助が入ってきた。左手に鮎《あゆ》を入れた籠を持っていた。

「大丈夫でございましょうか」

「すまぬな。みっともない姿を見せる」

広川太助の見舞いに、小賢太は頭を下げた。

「これは、拙者が獲ってまいりましたもの。ご養生の足しに」

広川太助が鮎を差しだした。

「かたじけない。遠慮なくいただく」

小賢太は、広川太助に問われるままに深川であったことを語った。

「裏で糸を引いておられるのは……」

「おそらくご大老さまであろうな。しかし、なぜ大老ともあろうお方が、このような真似をなさるのか」

「……」

二人は顔を見合わすしかない。酒井雅楽頭は、下馬《げば》将軍《しょうぐん》と陰で呼ばれているほどの力を持っている。

「なにより気になるのは、なぜ、天守台を狙ったかなのだ」

小賢太は、最初からそれがわからなかった。あれがなければ、小賢太は今度のことに巻きこまれることはなかった。

「一度調べてみましょう」

「頼む」

広川太助がそう言い残して去っていった。

小賢太の見舞いに、毎日誰かが来ていた。本人は来なかったが大留守居北野薩摩守の使いも見舞金を持ってきたし、小田切一雲が真里谷円四郎を連れてきた。

「工藤もまだまだよな。剣は力ではないということがわかっておらぬわ。ほれ、これをやろう」

一雲がそう言って腰から愛用の太刀を置くと笑って帰った。

その翌日、小向新左衛門がやってきた。伊勢崎藩下屋敷近くで会って以来であった。

「ご無沙汰いたしておりました」

「智美どのはいかがか」

小賢太よりも智美のほうが重傷である。あれから十四、五日しかたっていない。

「おかげさまで命には別状ございませぬ。紙子《かみこ》を着こんでいたからでございましょう」

紙子は上質の和紙で作った下着のことである。重ね方をうまくすれば、太刀の勢いをかなり弱める。鎖帷子と違い完全に太刀先を止められないが、重くなく、着ていても目立たないし、見られても不自然ではない。

「それはよかった」

娘の油断の話をするのは親として、頭領として辛いだろうと思った小賢太は、それ以上訊かなかった。

「工藤さま、藤堂と決着をつけられたとか」

小賢太は、小向にも広川太助にしたのとおなじ話をする羽目《はめ》になった。

「藤堂の裏にいるのは、酒井雅楽頭の用人でござる」

小向が話を始めた。

それによると、ずっと酒井雅楽頭の下屋敷を見張っていた小向と達哉は、何度か出入りをする藤堂を見つけ、屋敷に忍びこんで藤堂が酒井家の用人と話をしているのを確認していた。

「ご連絡すべきとは思いましたが、工藤さまは連日勤めとして御広敷に入られたままでございました。それに大老家にかかわることとなれば、慎重にいたせと大留守居さまからのご命令でもあり、お報せいたしませせなんだ」

小向が詫びた。

「やはりそうか。大留守居さまは、どうされるおつもりなのであろう」

「大老がどのような理由でこのようなことをされたのか、それがわからぬ間は動きがとれぬとの仰せでございました」

「たしかにそうだな。わけもわからずに糾弾しても、かわされるがおちだ。わかった。拙者も勝手な動きはせぬと大留守居さまにお伝えくだされ」

小賢太の言葉を持って小向が辞していった。

小賢太が床上《とこあ》げできたのは、半月後のことであった。

「お方さまがお見えになる。そのまま控えておるように」

御広敷に出た小賢太に、光山が朝の打ち合わせの席でそう言った。

お満流の方の長局から元橋御門脇座敷まではそう離れていないが、将軍家の子供を妊娠している中臈がそう再々出てきてよいところではない。

光山が去ってから半刻（約一時間）ほどのちにお満流の方が入ってきた。平伏して迎えた小賢太は、いつもの覇気《はき》が感じられないことに気づいた。

「もうよいのですか、身体のほうは」

「お心を煩《わずら》わせましたことをお詫び申しあげまする。また、病中にはお見舞いまで頂戴し、恐悦至極に存じまする」

小賢太が倒れたことを聞いたお満流の方は、三日に一度、身体によいとされる食材を届けつづけてくれた。お満流の方の気遣いに、小賢太は感謝の言葉を返した。

「もとはといえば、妾の命を救ってくれた傷からじゃ。これからも頼みおくぞ」

お満流の方は、それだけ言うと、足早に長局へと戻っていった。

ちらと見たお満流の方の顔色の悪さに、小賢太は驚いていた。だが、そのようなことを問いかけることが許されるわけもない。

小賢太は、すぐに御広敷の見回りに出た。

かつて侵入者を迎え撃った銅屋根塀のところで広川太助と弓削兵悟が待っていた。

広川太助が小賢太に声をかけた。

「もうよろしいので」

「ああ、なんとか腕も動く」

小賢太は広川太助に礼を述べた。

「二人そろって待っていたとは、なにかわかったのでござるか」

小賢太は問うた。

「天守台の謎が解けましてござる」

広川太助が重々しく口を開いた。

「なんと」

小賢太は、思わず大きな声をあげた。弓削兵悟があきれた顔を見せた。

「長老に問うたらすぐでございました」

「教えてくれ」

小賢太は勢いこんで訊いた。

「知らぬほうがよいということもござる」

弓削兵悟が小賢太の興奮を冷ますべく冷静な声で言った。

「もう遅い。いまさら平穏な日々には戻れぬ」

半年ほど前までは人を傷つけたことさえなかった小賢太であったが、いまでは両手で足りぬほど敵を屠《ほふ》っている。口をぬぐって知らん顔できる状況ではなかった。

広川太助と弓削兵悟が顔を見合わせて頷いた。

「あそこには、大権現家康さまがご長男、信康《のぶやす》公が遺言が隠されているのでござる」

「信康公が遺言だと」

小賢太はとまどった。家康の長男信康は、戦国の世に生まれ、そして戦国の世によって死ななければならなかった人物である。

信康は、永禄二年（一五五九）に家康と正室築山《つきやま》どののあいだに生まれた。十二歳で岡崎《おかざき》城と西三河の衆を預けられた。度重なる戦に手柄を立て、あっぱれ武将の器と言われながら、天正《てんしょう》七年（一五七九）、武田家との内応を織田信長に疑われ、二十一歳の若さで自刃させられた。

徳川家にとって悲運な武将であることはたしかだが、その遺言を巡って争いが起こるには時代が経ちすぎている。

「たしかなのか」

小賢太は、重ねて確認するしかなかった。あまりに荒唐無稽《こうとうむけい》すぎる。

「はい。あの遺言を天守台に埋めたのは、頭領初代服部半蔵正成《まさなり》の意を受けた伊賀者でございますれば、我らは退き口衆としてこのお城に配されて以来、ずっと伊賀組を見張っておりましたゆえ、知ったのでござる」

広川太助が口にした名前に、小賢太は絶句するしかなかった。

服部半蔵正成、父の代から徳川家康に仕えた伊賀の地侍《じざむらい》である。槍の半蔵と異名をとるほど戦場での手柄も多かったが、徳川家の忍の頭領として知られる。江戸城の御門に名前を残すほど徳川家康に厚く信頼され、忍としては異例の八千石を得た。だが、跡継ぎの半蔵正就《まさなり》が暗愚《あんぐ》で改易となった。

「どうして服部半蔵どのが出てくるのだ」

信康と服部半蔵の関わりが、小賢太にはわからなかった。

弓削兵悟が、感情のない声で告げた。

「信康さまの検死介錯を命じられたのが、服部半蔵でございました」

小賢太は、弓削兵悟からことの起こりを聞かされた。

「天正七年八月、天下統一にもっともちかい位置にあった信長どののもとに、一通の手紙が届きもうした。差出人は永禄十年（一五六七）に信康さまのもとへお輿入れした信長どのが娘、徳姫《とくひめ》さま。そこには、信康さまと母築山どのの二人が武田家と内通していると書かれてあったのでござる」

徳川の家で表立って禁句とされているのが、家康の長男信康と、六男忠輝《ただてる》が双子の松千代《まつちよ》、そして生まれさえ系譜に記されていない権之丞《ごんのじょう》のことだ。

松千代は、言わずと知れた双子を忌《い》む習慣からであり、権之丞はキリシタンに帰《き》依《え》したためである。

信康は、父であり神ともなった大権現家康への反逆が問題であった。

徳川幕府の根幹は、主君への忠である。これは、親子兄弟といえども変わらない。その根幹を揺るがすことを、家康の嫡男がおこなったのだ。幕府で信康の名前が禁句になるのは当然であった。

「信長どのは、いたくお怒りになり、家康さまに釈明を求められた。その使者にたったのが酒井忠次《ただつぐ》でござった」

「酒井家まで……」

小賢太は言う言葉もなかった。

「酒井家は徳川家と祖をおなじくする名門。忠次はこのとき、東三河衆筆頭を務めておりました」

このころの徳川家は二つに分かれていた。徳川家発祥でもある西三河と、家康の代になって今川《いまがわ》から取り返した東三河である。

東三河は酒井家、西三河は石川《いしかわ》家が筆頭となり、戦のごとに先陣を交代で務めていた。家康は二つの軍団のうち、徳川に古くから属している西三河を長男信康に預け、おのれは武田との境界に接する東三河を押さえた。

弓削兵悟の声が続いた。

「同族で、しかも家臣筆頭。家康さまは、酒井忠次に信康さまの救命を期待されたことでございましょう。ですが、酒井忠次は、信長どのの糾弾に何一つ弁明いたさなんだのでござる。酒井といえば、徳川の家老、それが黙して語らずとなれば、疑いを認めたも同然。信長どのは、信康さまの自刃を家康さまに求められました。家康さまはこれに逆らえず、信康さまを西三河の要地岡崎から二俣《ふたまた》へと移し、そこで自害を命じられたのでござる」

駿河遠江三河と三国の主となっていた徳川家だったが、十数カ国を支配する勢いのある信長に逆らうことはできず、家康はよくできた息子を犠牲にするしかなかった。

「これは、織田家の嫡男信忠《のぶただ》どのよりも信康さまが優れておられたゆえ、後顧《こうこ》の憂いを絶つとした信長どのの謀《はかりごと》だと申す者もございますが、真相はわかりませぬ」

弓削兵悟が口を閉じた。

「その遺言が天守閣の土台に埋められていると」

「はい。そのように聞きましてござる。遺言状の中身までは誰も知らぬようでございまするが」

広川太助が話を締めくくった。

「どうやら、その遺言状に都合がよいか悪いかは別にして酒井家について書かれているということのようでござるな」

小賢太がうなずいた。

「そうそう、天方山城守通興のことも知れましてござる。大留守居さまが祐筆に問い合わせてくださいました」

広川太助が話を続けた。

「何者なのだ、天方とは」

「天方家は、もとは今川義元《よしもと》に仕えておりましたが、今川家滅亡の後、家康さまの配下にはいり、東三河衆としてかずかずの戦で戦功を立てたそうでござる。家康さまのご信任も厚かったとか。その信頼が仇《あだ》になったのでござろうか、天方山城守は服部半蔵とともに信康さまの検死介錯役として二俣の城へ向かわされた。家康さまの命で腹を切った信康さまの介錯を天方山城守がおこなったのでござるが、そこは実子のこと、家康さまの不興《ふきょう》を買い、徳川家から追放されたとのことでござる」

「なるほど、それで伊豆屋が言ったことも知れたわ。しかし、酒井、服部、天方と幕府創設の礎《いしずえ》となった家が、徳川家に反旗を翻した。それを促すほどのものが、あの天守台に隠されているというのか」

小賢太は、銅屋根塀に遮られて見ることのできない天守台のほうへと目をやった。

終章

延宝八年（一六八〇）五月五日、余命幾ばくもない家綱の世継ぎが御用部屋にて内々に決まった。

大老酒井雅楽頭忠清が、宮将軍として後西院《ごさいいん》天皇の皇子有栖川宮幸仁親王《ありすがわのみやゆきひと》を迎えると宣言し、ほとんどの老中がその軍門に下った。

一人堀田備中守正俊だけが館林宰相徳川綱吉こそ正統と抗弁したが、衆議をひっくり返す力はなかった。

「御用部屋の意見はほとんど一致をみた。上様への言上《ごんじょう》には、有栖川宮幸仁親王さまの臨席が要る。明日にでも京都所司代へその旨を申し送ろう。本日は、皆ご苦労であった」

酒井雅楽頭は、満足げに解散を宣した。

その夜、堀田備中守は下城せず、ひそかに将軍御座の間へと向かった。

すでに就寝時間になっていたが、堀田備中守は待たされることなく家綱の枕元へと通された。

枕元に平伏する堀田備中守に、家綱が静かに尋ねた。

「備中、どうした」

「上様、ご病床にあられるときにこのようなことを言上つかまつるは不敬と重々承知いたしておりまするが……」

堀田備中守がそこで言葉に詰まった。

家綱が、優しげな笑いを浮かべて声をかけた。

「世継ぎのことか」

堀田備中守が畳に額をすりつけた。

「お満流の腹の子はまもなく臨月とはいえ、生まれたところで赤子に政ができるわけもない。躬《み》も吾が子が成長するまで生きてはおれぬ」

家綱が静かに目を閉じた。

「備中、甲府か館林か」

「お血筋の一代近い館林宰相さまがよろしいかと」

家綱の問いに、堀田備中守が応えた。

「わかった。では、雅楽頭を呼べ。館林宰相もな」

おのが意見が負けるはずはないとうぬぼれた酒井雅楽頭の隙をついた堀田備中守によって、五代将軍は館林宰相綱吉へ逆転した。

夜分、急に呼び返された酒井雅楽頭は、お側役曾我因幡守祐興《そがいなばのかみひろおき》をともなって大手門をくぐった。

「ご大老さま」

後ろから酒井雅楽頭に声をかけた者がいた。

「おう、牧野備後守《まきのびんごのかみ》ではないか」

振り返った酒井雅楽頭は驚きを見せた。

牧野備後守成貞《なりさだ》は、館林宰相徳川綱吉の家老である。

「どうしたのだ、こんな夜中に」

曾我因幡守が訊いた。

「お上より主を急のお召しでございまする。まずは、わたくしめがごようすを窺おうと」

「なんだと」

牧野備後守の応えを聞いた瞬間、酒井雅楽頭の足が止まった。

「どうなされました、ご大老」

「やられたわ」

曾我因幡守の問いかけに、酒井雅楽頭ががっくりと肩を落とした。

「ご大老」

心配そうに覗きこむ牧野備後守に向かって、酒井雅楽頭が言った。

「吉事よ。館林宰相家に最高の吉事が舞いこんだわ」

酒井雅楽頭が大きく肩の力を落とした。


五代将軍が綱吉と決まったことは、ただちに発表された。途端に、館林宰相の神田上屋敷には、誼《よしみ》を通じようとする大名や旗本が祝いの品をもって行列をなした。その逆に、郭《くるわ》内に与えられていた大老酒井雅楽頭の屋敷からは、あれほど集まっていた人の姿がまったくなくなっていた。

翌日、陽が落ちてから、ひそかに大留守居北野薩摩守忠則が大老酒井雅楽頭忠清を訪ねた。

客間に北野薩摩守を通し、酒井雅楽頭がげっそりとやつれた顔で入ってきた。

「薩摩守、珍しいの」

酒井雅楽頭は北野薩摩守が敵対していたことは知っている。たかが大留守居になにができると放置していたつけが、いまきていた。

北野薩摩守が口を開いた。

「お伺いいたしたいことがございまして、ご多用とは存じましたが、厚かましくも参上つかまつりました」

酒井雅楽頭が苦笑を浮かべた。

「忙しいわけなどないわ。祖父のときに知っておったはずだが、ここまで人心と申すものが移ろいやすいものとは思わなんだわ」

酒井雅楽頭の祖父忠世《ただよ》が大老のときに西の丸が全焼する事件が起こった。三代将軍家光が上洛中で城の全権を預けられていた忠世は責任を取らされて失脚、父忠行《ただゆき》も連座で若年寄を罷免《ひめん》され、酒井家は幕政から消えざるを得なくなった。そのときのことを忠清は覚えていた。

「でなんだ、今宵は」

酒井雅楽頭が、北野薩摩守に話をうながした。

「お伺いしたいことは、天守台に隠されているものをどうされるおつもりかということでござる」

「薩摩守よ。おぬし我が酒井家の出自を知っておるか」

北野薩摩守の質問に、酒井雅楽頭は応えず、別のことを言い出した。

「我が酒井家は、徳川家と祖をおなじくする。大権現家康さまから遡ること八代、親氏《ちかうじ》さまから分かれた。いや、正確には我が酒井家が本家なのだ」

酒井雅楽頭が話を始めた。

徳川家の祖といわれる徳阿弥《とくあみ》は、もとは流浪の僧侶であった。その徳阿弥の才に目をつけた三河坂井《さかい》郷の主五郎左衛門《ごろうざえもん》が娘婿に迎え、一子をなした。やがて妻に先立たれた徳阿弥、還俗《げんぞく》して親氏と名乗っていたのを松平有親《ありちか》が見初《みそ》め、娘を嫁がせた。このとき、親氏は坂井郷を息子に譲り、おのれは松平の養子になった。のち松平は徳川に変わって将軍となり、坂井は酒井へと変化し家臣となった。

「いわば、徳川の家にとっていちばん古い親戚でありながら、酒井家の取り扱いはよくないと思わぬか」

酒井雅楽頭にそう言われても、旗本である北野薩摩守は肯定できなかった。

「まあよいわ」

同意しない北野薩摩守に、酒井雅楽頭が落胆した。

「天守台に隠されているものがなにかぐらいは知っておるであろう」

「それくらいは」

北野薩摩守が頷いた。

「信康さまの御遺言と申しておるがな、そのじつは血判状《けつぱんじよう》よ」

「血判状ですと」

予想外の話に、北野薩摩守が驚愕した。

「これ以上知るということは、北野の家を潰すことにもなりかねぬが、よいのか」

北野薩摩守の反応を見て、酒井雅楽頭が念を押した。

「かまいませぬ。城のなかはすべて大留守居の範疇《はんちゆう》。役目をお受けするときにその覚悟はいたしております」

北野薩摩守は、じっと酒井雅楽頭の瞳を見つめた。

「よかろう」

酒井雅楽頭が首肯した。

「あそこにあるのはな、織田信長どのを裏切り、武田家と手を結ぶという血判状だ。それならば驚くに値しないと思っておるな。信康さまは、築山どのと組んで武田家に内通したとされて、自刃させられたのだからな」

酒井雅楽頭は、的確に北野薩摩守の考えていることを読んだ。

「だがな、あそこに血判してあるのは信康さまだけではない。家康さまもなのだ」

「ば、馬鹿な。家康さまが信長どのを裏切るなどと……」

北野薩摩守が、あまりの衝撃にうめいた。

「戦国の世は騙《だま》しあいじゃ。家康さまがそうなされたのも無理はない。信長どのの所業《しょぎょう》を見てみればわかろう。比叡山延暦寺《ひえいざんえんりゃくじ》の焼き討ちで僧俗三千人を皆殺し、長《なが》島一向一揆《しまいっこういっき》では女子供も撫で斬り、妹婿の浅井長政を殺したときは頭蓋《ずがい》の骨で杯まで造っておる。身内といえども、逆らう者は容赦せぬ。それはまだよい。問題は、その前、元亀《げんき》三年（一五七二）の武田信玄の侵攻のときじゃ。京を目指して甲州を出た信玄は、駿河から三河と攻めてきた。となると、矢面《やおもて》に立つは徳川になる。家康さまは、信長どのに援軍を求めた。かつて、浅井朝倉《あさくら》の連合と戦ったときに、信長どのの求めに応じて、家康さまは全軍に等しい戦力を出した。当然、相当な軍勢が来てくれるかと思えば、たった三千しか出してくれぬ。焼け石に水でしかない。必要なときには頼るくせに、頼ったときは切り捨てる。こんな武将についておられるものか。天下をとったあかつきには、不要と殺されかねない。家康さまは、武田家の誘いに乗った」

酒井雅楽頭は熱に浮かされたようにしゃべった。

「だが、話が煮詰まる前に漏れた。どうやら、信康さまが、妻徳姫どのにちらと漏らされたらしい。二人は、それはそれは仲睦《なかむつ》まじかったそうだからの。だが、さすがは信長どのの娘、見事に夫を裏切った。不意をつけばこそ倒せる信長どのに用心されてはどうしようもない。家康さまは、致し方なくすべての罪を信康さまに押しつけることで、徳川家を守られたのだ」

北野薩摩守は呆然と聞いていた。

「釈明を命じられた祖先酒井忠次にしても困ったであろうな。名将の素質を持つ徳川期待の跡継ぎ信康さまを死に追いやらねばならぬ。でなければ、徳川家が危ない。沈黙を守ったのは上出来であった。下手に釈明して、信長どのにつけこまれるよりははるかにまし」

酒井雅楽頭が忠次の心境を感じたのか苦笑した。

「信康さまは無念であられたであろう。漏れたなら漏れたで、親子そろって乾坤《けんこん》一擲《いってき》の戦いに挑んで欲しかったはずだ。自刃を命じられたときに、家康さまから奪いとっていた血判状を残すようにと、服部半蔵に命じられた。半蔵もそれに応じた。天正伊賀の乱で女子供まで殺された伊賀は信長どのに深い恨みがある。さらに、甲州との連絡はすべて半蔵がおこなっていた。息子さえ捨て去る主君だ、家臣などいつやられるかわからぬ。半蔵は血判状を預かり、そして江戸城でもっとも壊されることのない天守閣にそれを埋めた。天守閣が潰れるのは、徳川家が滅ぶときだからな。当然何度も天守閣が建てなおされるなど考えもしなかっただろう。そして、配下の伊賀者たちに血判状を封じた箱を守るように命じた」

「それで天守閣に近い御広敷にあれだけの数の伊賀者が」

北野薩摩守は、御広敷に配された伊賀者が、他の山里《やまざと》伊賀者や明屋敷《あきやしき》伊賀者に比して多いことに納得がいった。

酒井雅楽頭が力なく言った。

「儂はの、このことにかかわったがゆえに、家康さまから疎《うと》まれ、徳川一の家臣である酒井家が冷遇を受けている現状を打破すべく、血判状を手に入れ、それをもとに館林や甲府、御三家を排除し、宮将軍を実現させるつもりであった」

「鎌倉の執権北条《しっけんほうじょう》家を目指されたのか。いや、徳川家に代わって征夷大将軍になられるつもりだったのか」

北野薩摩守の問いに、酒井雅楽頭は沈黙で応えた。

宮将軍に酒井家の姫を嫁がせ、できた子供に次代を継がせれば、将軍の地位は実質酒井家のものとなる。酒井家は将軍の外戚《がいせき》として権力を思う存分に振るえる。それこそ、御三家をこえる石高と官位、百万石と副将軍も夢ではない。

「……天方は闇に消え、服部も潰された。酒井家だけではなにもできますまい。今の話、墓まで持っていくことにいたす」

少しだけ思案した北野薩摩守が立ちあがった。

「お満流の方さまのご身辺に気をつけよ。館林公は、冷たいお方じゃ」

背を向けた北野薩摩守に、酒井雅楽頭がつぶやくように声をかけた。

「……まさか」

北野薩摩守が凍ったように立ち止まった。

皐月《さつき》八日、長く病床にあった家綱が死んだ。

翌日、いつものように元橋御門脇座敷で控えていた小賢太のもとへ役替えの辞令がくだった。

「御広敷添番工藤小賢太、本日をもって御広敷添番の役を解き、円明院《えんめいいん》さま付き用人を命ず」

小賢太は、平伏して受けた。円明院とは、家綱の死によって落飾《らくしょく》した側室お満流の方の法名《ほうみよう》であった。

「なお、五十石を加増し、お目見え格とする」

将軍側室の御用を承るのだ。どうしても直接顔を合わさなければならない。

「ありがたき仰せ、喜んで承りまする」

望んでいたお目見え格への復帰であったが、小賢太はそれほどの喜びを感じていないことにとまどっていた。

「円明院さまは、上様四十九日のご法要がすみしだい、桜田御用屋敷へとお移りになる。工藤、おぬしも従うように」

組頭よりそう言われ、小賢太はただちに連日勤めのために持ちこんでいた私物の片づけにはいった。

円明院と名前を変えたお満流の方が、桜田御用屋敷に移ってきたのは、七月の半ばすぎであった。

大奥随一の権力者であったお部屋さまも、髪を下ろせば世俗と別れなければならない。幕府より五十人扶持を給されるだけとなった円明院に従う者は数名のみであった。

円明院は、桜田御用屋敷の奥のわずか八畳の茶室を居室として余生をすごすことになった。

「工藤、またぞろ世話になります」

身重の身体を曲げて、円明院が小賢太に頭を下げた。

「おそれおおいことを。なにとぞ、お健やかにおすごしくださいませ。御用がございますれば、なんなりとお申しつけくださいませ」

小賢太は、愁《うれ》いをおびた円明院の美しさに気をとられるほどであった。家綱に殉ずる形で切られた髪も、妊婦であることから剃髪《ていはつ》ではなく落飾とよばれる肩で切りそろえられ、小顔によく似合っている。有髪の尼は、薄紫の被衣《かずき》を着てもなおあでやかさを失っていなかった。

顔が赤くなる前にと、御前をさがった小賢太は、桜田御用屋敷内に用意された長屋に戻った。

「どうなされた、ご支配」

達哉がそわそわと落ち着きのない小賢太に首をかしげた。達哉も北野薩摩守の命で円明院用人配下の同心としてここに移ってきていた。

「なんでもないわ」

小賢太は、ぶっきらぼうに応えた。

そして、七月の末に円明院は一人の女子を産んだ。

その五日後の深夜、桜田御用屋敷を殺気が包んだ。

「工藤さま」

天井裏からかけられた声に、目覚めた小賢太は素早く起きあがった。

「広川どのか」

天井板を外して顔をだしたのは、御広敷侍の広川太助であった。

「参ったようでござる」

広川太助は、陰守として御用屋敷に詰めていた。

「円明院さまを頼む。なかで争うわけにもいかぬでな」

小賢太は袴の股立を取り、たすきをかけて御用屋敷を出た。達哉もおなじ姿で続く。その手には半間柄の手槍《てやり》が握られていた。

御用屋敷門前は、十人の黒覆面に囲まれていた。

小賢太は、じっと睨みつけて口を開いた。

「ここを円明院さまのご隠居所と知ってのことか」

応えは右からの一撃であった。

小賢太は、半歩退いてかわすと、太刀を抜きざまに放った。甲高い音をたてて黒覆面の太刀が弾かれ、がら空きになった胴に小賢太の返す刀が突き刺さった。

敵の数が多いときは斬ってはいけない。刃が血脂で斬れなくなるからだ。小賢太は次々と襲い来る黒覆面を突きで倒した。五人を屠った小賢太の目に、達哉が手槍を素早く繰りだして、一人の腹を突き破るのが見えた。数えてみると生き残っている黒覆面は二人になっていた。

「八人が……」

残った二人が震えた。

「女と子供の命を狙う輩を容赦する気はない」

血塗られた太刀を小賢太は突き出した。

「このままでは帰れぬ」

「おう」

気をのまれていた二人が小賢太の宣言で追い詰められ、太刀を上段に振りかぶって斬りかかってきた。

小賢太は、大きく左足を前に出して姿勢を低くし、下段から斬りあげた。達哉は、手槍を回すようにして脇腹を突いた。

刺客は門をこえることもできず、全滅した。

「頼む」

達哉に引き続きの警戒を任せた小賢太は、北野薩摩守の屋敷に走った。黒覆面たちの後始末を頼むためである。

「おかしな世の中でございますな。すでに将軍はきまったというのに、まだ襲いきまする」

小賢太の嘆きに、北野薩摩守が応えた。

「いまの上様にもお子さまがないからの。円明院さまのお産みになった姫さまに御三家から婿でも取られてはたまらぬとお考えになられたのであろうな。権力を握るまでは聡明なお方も、その座に就くと不安でたまらなくなるようだ」

北野薩摩守が大きなため息をついた。

延宝九年（一六八一）、前年に大老を退いて隠居していた酒井雅楽頭が死んだ。綱吉の度重なる嫌がらせに対する命をかけた抗議だと噂が飛んだ。だが、抗議の自害は将軍に逆らった形になり、酒井家は断絶の憂き目にあう。雅楽頭の死は、病死として届けられ、素早く荼毘《だび》にふされた。同日、南茅場町の伊豆屋から出火、一家全員が焼死した。

貞享《じょうきょう》元年（一六八四）、五代将軍綱吉を産み出した最高の殊勲者、大老堀田筑前守正俊が、城中で従兄弟《いとこ》の若年寄稲葉正休《まさやす》によって刺し殺された。正休も、その場で斬り伏せられ、事件は私怨として片づけられた。

押さえつける者を失った綱吉はその本性を現し、御用部屋を軽んじ、何事も自らが決めはじめた。こうして綱吉は独裁を強め、ついに天下の悪法生類憐《しょうるいあわれ》みの令へと行き着く。

酒井雅楽頭も伊賀組頭領も伊豆屋ももういない。だが、お満流の方と娘を襲い来る者はまだ続いていた。そのたびに撃退したが、いつまでも無事ですむという保証はなかった。

三年を過ぎたところで、小賢太は北野薩摩守に呼びだされた。

「そろそろ儂も隠居せねばならぬらしい。昨日、上様より十徳《じっとく》を賜《たまわ》ったわ」

十徳は隠居した者がかぶる頭巾のようなものである。これを賜るというのは、隠居せよという暗黙の命であった。

綱吉が、いよいよ邪魔者の排除に本腰を入れ始めたのであった。

「儂はもうなにもできぬ。襲撃者の死体を隠すことも、退き口衆を援護することもな。そこでじゃ、円明院どのとお姫さまはお亡くなりになったことにしようと思うのだが」

北野薩摩守の提案に、小賢太は首をかしげた。

「どういうことでございましょう」

「お二人が病で亡くなったことにしてしまうのよ。大留守居の力を使えば、ごまかすくらいは容易じゃ。もっとも、桜田の御用屋敷を出なければならぬし、お上からの扶持米もなくなる。が、お命には代えられまい」

将軍側室が住む間、桜田御用屋敷は男子禁制の大奥扱いである。つまり御広敷を統轄する大留守居の支配にあった。

「なるほど。で、お二方のお身柄はどこに」

小賢太の問いに、北野薩摩守がにやりと笑いを浮かべた。

「工藤、貴公、今年でいくつになった」

「三十三歳でございますが」

「三つ違いか、悪くはないな」

北野薩摩守が言った。

「なんのことで……」

「嫁をもらえ、工藤」

その二日後、桜田御用屋敷から、まず家綱の娘沙代姫《さよひめ》病死の届け出がだされた。享年八。続いて半月後、円明院病死の報せがあげられた。


武士から町人へと実権が移り華やかな文化が花咲いた元禄のころ、四百石に復していた工藤小賢太は、小普請組ながら美しい妻と三人の子供に恵まれ、穏やかな毎日を過ごしていた。

三十四歳になっても日課の素振りを止めない小賢太は年齢以上に若々しく見える。

「よろしいのですか、菅原さまのご推薦をお断りして」

生まれたばかりの次女を抱いて縁側で、夫の鍛錬を見ていた妻が言った。

「もう、役付きは懲りたわ」

小賢太は、素振りを止めて縁側に腰を下ろし、妻の顔をみつめた。

「ご迷惑をおかけしましたね」

「いや、迷惑とも苦労とも思わぬ。でなければ、あなたと出会うこともなかった」

夫婦は見つめ合った。

家のなかでは、二歳の長男の相手をする長女の声がしている。

「愛しいものよなあ」

妻の腕に抱かれている次女の顔を小賢太は見つめた。

「師夕雲が言われた無住心、こだわることを捨てよを悟ったと思ったが、一生無理よな」

立ちあがった小賢太は屋敷越しに見えるお城へ目をやった。

「この穏やかな暮らしを失いたくはない」

小賢太は、一瞬そびえ立つ天守閣を見たような気がした。

あとがき

『幻影の天守閣』の新装版をお届けします。

初版が二〇〇四年の十二月ですので、じつに十一年ぶりの全面改訂になります。基本的には、内容に大きな変化はございません。事実誤認、語句の誤用、誤字などの訂正、読みやすいように段組を変えたなど、細かい修正のみを中心に、ストーリーの改変は最低限に留めております。

この作品に取りかかったのは二〇〇四年の初めだったと思います。書き下ろし文庫でのデビューから三年、ずっと徳間文庫さんでしかお仕事をいただけなかったわたくしに光文社さんが声をかけてくださいました。その理由は、雑誌「小説宝石」の書評でわたくしの作品が取りあげられたことにありました。

「小社の雑誌で取りあげておきながら、つきあいがないのはどうなのか」

こういった遣り取りが当時の編集部であり、試しに一冊書かせてみようと、一巻完結ものをとご依頼くださったのです。

そのころ、わたくしは歯科医院を開業しながら、年に二冊、徳間文庫さんで書き下ろしのシリーズを出しておりました。二足の草鞋《わらじ》というやつです。いわゆる兼業作家でしたが、お仕事の声がかかる。これはなによりありがたいことでした。

「よろこんでさせていただきます」

二つ返事で引き受けたわたくしは、さて、なにを書くかで悩みました。

作家業をしていくならば、いつでも二つや三つ、シリーズを始められるだけの材料を持っていなければなりません。ただ、今回はシリーズではなく、一巻完結という初めてのご依頼だったため、どうしようかと困惑したわけです。

長い作品は、矛盾を生み出してもどこかでつじつまを合わせられます。しかし、単発となれば、しっかり伏線は回収しなければなりませんし、風呂敷を拡げすぎることもできません。話を大きくするのは簡単ですが、まとめあげて形を作るのは難しいのです。

今でさえ、文章の下手な私です。その当時、やっと数冊上梓《じょうし》したばかりの新人だった私には、一冊で話をまとめきれるだけの自信がありませんでした。

あのとき、私のなかに有った案は『勘定吟味役』、『奥右筆』、『斬馬刀』そして

『天守番』でした。『天守番』を除いた外は、すべて後にシリーズとして発表したものばかりです。

お読みいただいた方にはおわかりいただけましょうが、どれも一冊で片付けられるものではありません。

「短くまとめられるものは……」

と悩んだ結果、『天守番』を主人公にした物語を選びました。

江戸城は、将軍が居城とした天下一の城です。その江戸城に天守閣がない。当初はありました。あったと言っても、三度建て直しという紆余曲折を経て、焼失しました。

現在、江戸期から残存している天守閣は十二あります。世界遺産の姫路城天守閣のように小天守を従えた立派なものから、越前丸岡のこぢんまりしたものまで、それぞれに特徴があります。

そう、天守閣は城の顔でした。

つまり江戸城は顔のない状態だったのです。歴史をひもとけば、江戸城の天守閣は明暦の大火で焼失、その後図面まで引かれておきながら、泰平の世に不要であるという松平伊豆守信綱の意見で、再建なされなかったとあります。たしかに、その通りです。天守閣は、望楼という役割でしかありません。城を攻められて、天守閣にこもるようになれば、もう敗北は避けられません。籠城の助けにもならないのが天守閣でした。その天守閣が、争って建てられたのはなぜでしょう。

　望楼としての天守閣……天守閣から周りがよく見えるということは、周りからも天守閣は目立ったのです。

　その地を吾がものと宣言するに、天守閣ほど適したものはありません。現代と違い、高層建築といえば、せいぜい寺院の山門という時代です。そんな乱世に、三層五階だとか、六層七階だとかの天守閣は、まさに夢のような建物であったでしょう。これだけのものを建てる力がある。戦国武将たちにしてみれば、天守閣こそ、吾が力の象徴だったはずです。

　しかし、乱世が泰平に変わり、秩序が生まれれば、権威の象徴は無用の長物になります。維持管理に手間と金がかかるだけの厄介物とまでは言いませんが、天守閣の役目は終わりました。ゆえに、徳川幕府も焼けた天守閣を再建しなかったのでしょう。

　もちろん、費用の問題もあります。少し話はずれますが、「江戸城天守閣を再建する会」というＮＰＯがあります。私も会員になっておりますが、そこが現在天守閣を建てるとしたら、どのくらいの費用がかかるのかを試算いたしました。少なく見積もっても、五十億円以上だそうです。現代の五十億円は、江戸期でいくらの金額になるか、計算方法や、基準とするもので相当な差が出ますが、数万両ではきかないでしょう。ほとんど壊滅した江戸城下の再建に莫大な費用が要るときです。不要不急な天守閣のために金を割くだけの余裕は幕府にはなかった。再建を断念したのは、英断でありました。

ではなぜ、天守番という役目は残ったのでしょう。番をする建物がないにもかかわらず、役目は続きました。これこそまったくの無駄ではないでしょうか。たしかに、天守番は下級役人で、支払う給金も安い。天守閣再建に比べれば、どれほどのことはないとも言えます。ですが、これこそ好機なのです。守るものがなくなったから、廃止する。これ以上ない名分です。なくなることへの反発もでないでしょう。ですが、一度残してしまえば、廃止が難しくなるのです。天守閣がなくなる以上の理由がなければ、もう天守番は潰せません。これくらいのこと知恵伊豆と呼ばれた松平伊豆守が気づかなかったとは思えないのです。そこで、天守番が残された意味を謎解きとして、私はこの物語を仕立てました。

ところで、これとよく似た話が現代にもありませんか。

なにをしているのかわからない役目とか、なぜ残されているのかなぞの組織とか。バブルが崩壊して、低迷期に落ちこんだ日本は、浮かれた日々を前世紀のことといわぬばかりに、緊縮、倹約に走りました。改革、改革と毎日訴える政治家、経営者がもてはやされました。

あれから二十年以上が経ちました。日本の景気はいささか上向いたようにも見えますが、それ以上に失ったもののほうが多い気がしています。

このあとがきを書いている今日、内閣が新しい閣僚名簿を発表しました。大臣の数は十九人だそうです。一時期、経費節減のためとして省庁合併が流行りました。厚生省と労働省が一つになり、厚生労働省になりました。文部省と科学技術庁が合併し、文部科学省に変わりました。他にもあります。大臣の椅子は減ったはずです。それがいつの間にか増えている。必要だから増やしたんだと言われるでしょう。でも、本当に必要なのでしょうか。

古来日本は、優秀な官僚が政治を支えてきました。今もそうでしょう。大臣を増やすのではなく、担当を増やすだけでいけたのではないでしょうか。大臣にかかる負担は増えますが、それをきっちり補佐できる人材には困らないはずです。大臣一人が増えると、執務室、秘書官、連絡事務担当者、警固する人員、それらの人々を支える人間が要ります。また、大臣経験者には生涯恩給が支払われるとも聞きます。

そして一度できたポストは前例になる。

果たして、いくつの天守番が誕生したのか……。

天守閣、その美しく荘厳な姿にも陰はある。今年は松江城が国宝に指定されました。いくつ天守閣があったのか、寡聞にしてわたくしは知りません。江戸期の一国一城令を考えても、それが今や十二だけです。大臣の椅子のように、もう増えることはありません。大切に次代、未来へと受け継いでいかなければならないと思います。

散文になりましたことをお詫びします。

では、本文をお楽しみください。幸い、光文社さんのご厚意で、後日談を来月出させていただくことになりました。これもひとえに、読者さまのお陰です。深く感謝しております。

なお、一巻完結と言いながらの続編ですが、登場人物が同じだけで別のテーマを取り扱ったつもりでおります。

是非、そちらもよろしくお願いして、あとがきを締めさせていただきます。

ありがとうございました。

追記

ノーベル賞を今年も二人の方が受賞されました。どちらの方も地道な研究を重ねてこられた結果だと伺っております。努力という名の天守閣を建てられたことに、心からお祝いを申しあげます。

平成二十七年秋　穏やかで暖かな日差しを浴びながら。

上田秀人　拝

光文社文庫

長編時代小説

幻影《げんえい》の天守閣《てんしゆかく》　新装版

著　者　上《うえ》　田《だ》　秀《ひで》　人《と》

2015年11月20日　初版1刷発行

発行者　鈴　木　広　和
印　刷　萩　原　印　刷
製　本　ナショナル製本

発行所　株式会社　光　文　社
〒112-8011　東京都文京区音羽1-16-6
電話 (03)5395-8149　編　集　部
8116　書籍販売部
8125　業　務　部

© Hideto Ueda 2015
落丁本・乱丁本は業務部にご連絡くだされば、お取替えいたします。
ISBN978-4-334-77206-2　Printed in Japan

JCOPY　＜(社)出版者著作権管理機構　委託出版物＞
本書の無断複写複製（コピー）は著作権法上での例外を除き禁じられています。本書をコピーされる場合は、そのつど事前に、(社) 出版者著作権管理機構（☎03-3513-6969、e-mail : info@jcopy.or.jp）の許諾を得てください。

組版　萩原印刷

お願い　光文社文庫をお読みになって、いかがでございましたか。「読後の感想」を編集部あてに、ぜひお送りください。
このほか光文社文庫では、どんな本をお読みになりましたか。これから、どういう本をご希望ですか。どの本も、誤植がないようつとめていますが、もしお気づきの点がございましたら、お教えください。ご職業、ご年齢などもお書きそえいただければ幸いです。当社の規定により本来の目的以外に使用せず、大切に扱わせていただきます。

光文社文庫編集部

本書の電子化は私的使用に限り、著作権法上認められています。ただし代行業者等の第三者による電子データ化及び電子書籍化は、いかなる場合も認められておりません。

読みだしたら止まらない！

上田秀人の傑作群

好評発売中★全作品文庫書下ろし！

御広敷用人 大奥記録●水城聡四郎新シリーズ

(一) 女の陥穽《かんせい》
(二) 化粧の裏
(三) 小袖の陰
(四) 鏡の欠片《かけら》
(五) 血の扇
(六) 茶会の乱
(七) 操《みさお》の護《まも》り
(八) 柳眉《りゅうび》の角《つの》

勘定吟味役異聞●水城聡四郎シリーズ

(一) 破斬《はざん》
(二) 熾火《おきび》
(三) 秋霜《しゅうそう》の撃《げき》
(四) 相剋《そうこく》の渦《うず》
(五) 地の業火《ごうか》
(六) 暁光《ぎょうこう》の断
(七) 遺恨《いこん》の譜《ふ》
(八) 流転《るてん》の果て

神君の遺品 目付 鷹垣隼人正 裏録(一)
錯綜の系譜 目付 鷹垣隼人正 裏録(二)

幻影の天守閣 新装版

光文社文庫

光文社時代小説文庫　好評既刊

縁むすび　稲葉稔
故郷がえり　稲葉稔
剣客船頭　稲葉稔
天神橋心中　稲葉稔
思川契り　稲葉稔
妻恋河岸　稲葉稔
深川思恋　稲葉稔
洲崎雪舞　稲葉稔
決闘柳橋　稲葉稔
本所騒乱　稲葉稔
紅川疾走　稲葉稔
浜町堀異変　稲葉稔
死闘向島　稲葉稔
おくうたま　岩井三四二
甘露梅　宇江佐真理
ひょうたん　宇江佐真理
彼岸花　宇江佐真理

夜鳴きめし屋　宇江佐真理
幻影の天守閣　上田秀人
破斬　上田秀人
熾火　上田秀人
秋霜の撃　上田秀人
相剋の渦　上田秀人
地の業火　上田秀人
暁光の断　上田秀人
遺恨の譜　上田秀人
流転の果て　上田秀人
女の陥穽　上田秀人
化粧の裏　上田秀人
小袖の陰　上田秀人
鏡の欠片　上田秀人
血の扇　上田秀人
茶会の乱　上田秀人
操の護り　上田秀人

光文社時代小説文庫　好評既刊

神君の遺品　上田秀人
錯綜の系譜　上田秀人
風の轍　岡田秀文
応仁秘譚抄　岡田秀文
半七捕物帳　新装版（全六巻）　岡本綺堂
影を踏まれた女（新装版）　岡本綺堂
白髪鬼（新装版）　岡本綺堂
鷲（新装版）　岡本綺堂
中国怪奇小説集（新装版）　岡本綺堂
鎧櫃の血（新装版）　岡本綺堂
江戸情話集（新装版）　岡本綺堂
蜘蛛の夢（新装版）　岡本綺堂
斬りて候（上・下）　門田泰明
一閃なり（上・下）　門田泰明
任せなせえ　門田泰明
奥傳　夢千鳥　門田泰明
夢剣　霞ざくら　門田泰明

汝　薫るが如し　門田泰明
冗談じゃねえや（特別改訂版）　門田泰明
大江戸剣花帳（上・下）　門田泰明
奴隷戦国 1572年 信玄の海人　久瀬千路
奴隷戦国 1573年 信長の美色　久瀬千路
あられ雪　倉阪鬼一郎
おかめ晴れ　倉阪鬼一郎
きつね日和　倉阪鬼一郎
開運せいろ　倉阪鬼一郎
出世おろし　倉阪鬼一郎
江戸猫ばなし　光文社文庫編集部編
五万両の茶器　小杉健治
七万石の密書　小杉健治
六万石の文箱　小杉健治
一万石の刺客　小杉健治
十万石の謀反　小杉健治
一万両の仇討　小杉健治

光文社時代小説文庫　好評既刊

三千両の拘引　小杉健治
四百万石の暗殺　小杉健治
百万両の密命（上・下）　小杉健治
黄金観音　小杉健治
女衒の闇断ち　小杉健治
朋輩殺し　小杉健治
世継ぎの謀略　小杉健治
妖刀鬼斬り正宗　小杉健治
雷神の鉄槌　小杉健治
般若同心と変化小僧　小杉健治
つむじ風　小杉健治
陰謀　小杉健治
千両箱　小杉健治
闇芝居　小杉健治
闇の茂平次　小杉健治
掟破り　小杉健治
敵討ち　小杉健治

俠気　小杉健治
武田の謀忍　近衛龍春
にわか大根　近藤史恵
巴之丞鹿の子　近藤史恵
ほおずき地獄　近藤史恵
寒椿ゆれる　近藤史恵
烏金　西條奈加
はむ・はたる　西條奈加
涅槃の雪　西條奈加
八州狩り（決定版）　佐伯泰英
代官狩り（決定版）　佐伯泰英
破牢狩り（決定版）　佐伯泰英
妖怪狩り（決定版）　佐伯泰英
百鬼狩り（決定版）　佐伯泰英
下忍狩り（決定版）　佐伯泰英
五家狩り（決定版）　佐伯泰英
鉄砲狩り（決定版）　佐伯泰英

光文社時代小説文庫　好評既刊

奸臣狩り（決定版）　佐伯泰英
役者狩り（決定版）　佐伯泰英
秋帆狩り（決定版）　佐伯泰英
鵺女狩り（決定版）　佐伯泰英
忠治狩り（決定版）　佐伯泰英
奨金狩り（決定版）　佐伯泰英
神君狩り　佐伯泰英
夏目影二郎「狩り」読本　佐伯泰英
流離　佐伯泰英
足抜　佐伯泰英
見番　佐伯泰英
清搔　佐伯泰英
初花　佐伯泰英
遣手　佐伯泰英
枕絵　佐伯泰英
炎上　佐伯泰英
仮宅　佐伯泰英

沽券　佐伯泰英
異館　佐伯泰英
再建　佐伯泰英
布石　佐伯泰英
決着　佐伯泰英
愛憎　佐伯泰英
仇討　佐伯泰英
夜桜　佐伯泰英
無宿　佐伯泰英
未決　佐伯泰英
髪結　佐伯泰英
遺文　佐伯泰英
夢幻　佐伯泰英
佐伯泰英「吉原裏同心」読本　光文社文庫編集部編
薬師小路　別れの抜き胴　坂岡真
秘剣横雲　雪ぐれの渡し　坂岡真
縄手高輪　瞬殺剣岩斬り　坂岡真

光文社時代小説文庫　好評既刊

無声剣　どくだみ孫兵衛　坂岡　真
鬼役　坂岡　真
刺客　坂岡　真
乱心　坂岡　真
遺恨　坂岡　真
惜別　坂岡　真
間者　坂岡　真
成敗　坂岡　真
覚悟　坂岡　真
大義　坂岡　真
血路　坂岡　真
矜持　坂岡　真
切腹　坂岡　真
家督　坂岡　真
気骨　坂岡　真
手練　坂岡　真
青い目の旗本　ジョゼフ按針　佐々木裕一

黒い罠　佐々木裕一
木枯し紋次郎（上・下）　笹沢左保
大盗の夜　澤田ふじ子
鴉婆　澤田ふじ子
狐官女　澤田ふじ子
逆髪　澤田ふじ子
雪山冥府図　澤田ふじ子
冥府小町　澤田ふじ子
花籠の櫛　澤田ふじ子
やがての螢　澤田ふじ子
短夜の髪　澤田ふじ子
はぐれの刺客　澤田ふじ子
宗旦狐　澤田ふじ子
もどり橋　澤田ふじ子
城をとる話　司馬遼太郎
侍はこわい　司馬遼太郎
仇花斬り　庄司圭太